A
Costureira
DE
Khair
Khana

GAYLE TZEMACH LEMMON

A Costureira DE Khair Khana

Cinco irmãs, uma família extraordinária
e a mulher que arriscou tudo para
garantir a sobrevivência de todos

Tradução
Carmen Fischer

SEOMAN

Título original: *The Dressmaker of Khair Khana*
Copyright © 2011 Gayle Tzemach Lemmon
Copyright da edição brasileira © 2013 Editora Pensamento-Cultrix Ltda.

Texto de acordo com as novas regras ortográficas da língua portuguesa.

1ª edição 2013. / 2ª reimpressão 2021.

Todos os direitos reservados. Nenhuma parte deste livro pode ser reproduzida ou usada de qualquer forma ou por qualquer meio, eletrônico ou mecânico, inclusive fotocópias, gravações ou sistema de armazenamento em banco de dados, sem permissão por escrito, exceto nos casos de trechos curtos citados em resenhas críticas ou artigos de revistas.

A Editora Seoman não se responsabiliza por eventuais mudanças ocorridas nos endereços convencionais ou eletrônicos citados neste livro.

Coordenação editorial: Manoel Lauand
Capa: Gabrielle Bordwin
Foto da capa: © Susan Fox / Arcangel Images
Foto da autora: © Jack Guy
Editoração eletrônica: Estúdio Sambaqui

Dados Internacionais de Catalogação na Publicação (CIP)
(Câmara Brasileira do Livro, SP, Brasil)

Lemmon, Gayle Tzemach
  A costureira de Khair Khana / Gayle Tzemach Lemmon ; tradução Carmen Fischer. -- São Paulo : Seoman, 2013.

  Título original: The dressmaker of Khair Khana.
  ISBN 978-85-98903-66-8

  1. Cabul (Afeganistão) - Biografia 2. Cabul (Afeganistão) - Condições econômicas 3. Cabul (Afeganistão) - Usos e constumes 4. Costureiras - Cabul (Afeganistão) - Biografia 5. Irmãs - Cabul (Afeganistão) - Biografia 6. Khair Khana (Cabul, Afeganistão) - Biografia 7. Mulheres de negócios - Cabul (Afeganistão) - Biografia 8. Sedigi, Kamela, 1977- 9. Sedigi, Kamela, 1977- - Família 10. Vida comunitária - Cabul (Afeganistão) - História - Século 21 I. Título.

13-04889   CDD-958.1

Índices para catálogo sistemático:
1. Mulheres : Afeganistão : História social
958.1

Seoman é um selo editorial da Pensamento-Cultrix.

Direitos de tradução para o Brasil adquiridos com exclusividade pela
EDITORA PENSAMENTO-CULTRIX LTDA.
R. Dr. Mário Vicente, 368 – 04270-000 – São Paulo, SP
Fone: (11) 2066-9000
E-mail: atendimento@editoraseoman.com.br
http://www.editoraseoman.com.br
que se reserva a propriedade literária desta tradução.
Foi feito o depósito legal.

Para
TODAS AS MULHERES
cujas histórias jamais serão contadas;

e para
RHODA TZEMACH

e
FRANCES SPIELMAN

Nota da Autora

As histórias contadas neste livro são o resultado de três anos de entrevistas e pesquisas de campo em Cabul, Londres e Washington, D.C. A segurança no Afeganistão só piorou nesses últimos anos. Eu alterei os nomes de muitas pessoas que aparecem nas páginas deste livro como medida de proteção ou por respeito ao desejo de privacidade delas. Atendendo ao pedido de algumas, eu também omiti certos detalhes de menor importância, mas que tornariam as personagens deste livro facilmente identificáveis. Eu me esforcei, arduamente, para manter a precisão das datas e períodos relacionados a suas histórias, mas admito que, às vezes, eu possa ter escorregado em meio a tudo que se passou no Afeganistão nas últimas três décadas e nos anos que se passaram desde o começo deste relato.

Índice

Introdução   11

1. A chegada da notícia que mudou tudo   23
2. Tempo de despedidas   36
3. Costurando um novo futuro   48
4. O plano conquista o mercado   65
5. Surge uma nova ideia… mas será que vai dar certo?   84
6. Uma escola em pleno funcionamento   100
7. Uma inesperada cerimônia de casamento   117
8. Uma nova oportunidade bate à porta   133
9. Ameaça na escuridão da noite   153
   Epílogo: Kabul Jan, Kaweyan e a fé de Kamila na boa sorte   169

Agradecimentos   185
Bibliografia   191
Referências   198

Introdução

Aterrissei pela primeira vez no Afeganistão numa fria manhã de inverno em 2005 depois de dois dias de viagem de Boston a Dubai, via Londres. Meus olhos ardiam e minha cabeça girava. Demasiadamente ansiosa para conseguir dormir, eu havia passado toda a noite em pé no Terminal II do aeroporto de Dubai à espera do voo da companhia aérea Ariana que me levaria para Cabul, marcado para decolar às seis e meia da manhã. A companhia aérea afegã exigia que os passageiros estivessem no aeroporto com três horas de antecedência, o que tornava a procura por um hotel um problema fora de cogitação. Os destinos dos voos anunciados para antes do amanhecer no grande painel preto pareciam levar aos lugares mais exóticos do mundo: Karachi, Bagdá, Kandahar, Luanda. Percebi que eu era a única mulher no aeroporto e, acomodada sobre o parapeito de uma janela situada num canto do saguão do Terminal II pouco mobiliado, esperando carregar meu celular, fiz de tudo para me tornar invisível. Mas podia sentir os olhares intrigados dos homens que passavam por mim usando suas *shalwar kameez* soltas, empurrando seus carrinhos de bagagem com pilhas altas de malas, estourando de tão abarrotadas, amarradas com fortes cordões marrons. Imaginei que eles estivessem se perguntando que raios aquela mulher jovem estava fazendo ali, sozinha, às três horas da madrugada.

Para ser sincera, eu também estava me perguntando a mesma coisa. Entrei no banheiro feminino, totalmente desocupado, cuja limpeza tinha acabado de ser feita, para trocar minha vestimenta de Boston – um blusão de gola olímpica, um par de jeans da marca Kasil e botas inglesas de couro marrom – por um par de calças pretas, uma camiseta preta de mangas compridas, um par de sapatos pretos Aerosoles e meias também pretas. A única cor que eu fiz concessão em usar era uma malha de lã solta de cor ferrugem que eu havia comprado numa loja New Age em Cambridge, Massachusetts. Minha amiga Aliya havia me emprestado um xale de lã preta para cobrir a cabeça, que procurei jogá-lo casualmente sobre a cabeça e os ombros, como ela havia me ensinado quando estávamos sentadas juntas num divã forrado de pelúcia a milhares de milhas – e mundos – de distância em seu quarto no alojamento para estudantes da Harvard Business School. Agora, vinte e quatro horas depois, sozinha num esterilizado banheiro do aeroporto de Dubai, eu coloquei e recoloquei umas doze vezes o xale até achar que minha aparência estava passável. Olhei-me no espelho e não me reconheci. "Oh, está ótimo", eu disse em voz alta para meu reflexo com ar de preocupação. "A viagem vai ser ótima". Uma confiança fingida. Calcei meus sapatos de sola de borracha e deixei o banheiro feminino.

Oito horas mais tarde eu desci a escada de metal para pisar no solo calcetado com macadame do Aeroporto Internacional de Cabul. O sol brilhava intensamente e a fragrância de um ar carbonizado de inverno – frio, porém misturado com fumaça – penetrou diretamente em meu nariz. Eu segui me arrastando e tentando não deixar o xale de Aliya cair, enquanto arrastava atrás de mim o carrinho com a bagagem. Eu tinha que parar a todo instante para prender o véu. Ninguém havia me avisado sobre as dificuldades de mantê-lo preso enquanto andava e mais ainda quando tinha que arrastar uma pesada bagagem. Como é que as mulheres a minha volta conseguiam andar com tanta desenvoltura e graça? Eu queria ser como elas, mas, em vez disso, eu parecia ridícula, uma estrangeira desajeitada parecendo uma patinha feia se atrapalhando entre os cisnes locais.

Eu esperei por uma hora naquele aeroporto, estilo década de 1960, impressionada com as carcaças dos tanques russos ainda continuarem ali ao lado das pistas de pouso e decolagem, décadas depois de os soviéticos terem deixado o Afeganistão. Entrei na fila para mostrar o passaporte e tudo correu de maneira rápida e sem incidentes. Até ali, estava indo tudo bem, eu pensei. Mas então, depois da passagem pela alfândega, as pessoas ao meu redor começaram logo a se dispersar para todos os lados, demonstrando um senso de propósito que eu absolutamente não tinha. Senti uma forte pontada de ansiedade atravessar meu estômago ao constatar que eu não tinha ideia do que fazer nem para onde ir. Os jornalistas que viajam para lugares distantes e arriscados normalmente contam com a colaboração de "ajudantes" – homens ou mulheres locais que providenciam seus deslocamentos, entrevistas e hospedagem. O meu era um jovem chamado Mohamad, que não dava as caras. Revirei minha carteira à procura do número de seu telefone, me sentindo desamparada e assustada, mas tentando manter a aparência de alguém com firmeza de propósito. Onde é que ele poderia estar, eu me perguntava. Será que ele havia esquecido da americana, ex-produtora da ABC News, a quem ele havia prometido, por *e-mail*, buscar no aeroporto?

Finalmente encontrei o número de seu celular anotado num pedaço de papel amassado no fundo de minha bolsa. Mas não estava conseguindo ligar para ele; eu havia feito a minha parte, carregando devidamente o meu telefone celular do Reino Unido, mas meu cartão SIM [chip] de Londres não estava funcionando ali em Cabul. Tanta trabalheira para nada.

Passaram-se dez minutos, depois vinte e nada de Mohamad aparecer. Eu me imaginei ainda parada ali no aeroporto de Cabul cinco dias depois. Vendo as famílias afegãs atravessar correndo as portas de vidro, eu me senti ainda mais sozinha do que havia me sentido no Terminal II do aeroporto de Dubai às três horas da madrugada. Apenas os sisudos soldados britânicos andando em volta de imponentes tanques da OTAN em frente ao aeroporto me proporcionavam um pouco de alívio. Se o pior acontecesse, pensei, eu poderia procurar os britânicos e pedir ajuda a eles. Nunca antes, a presença de um tanque militar num aeroporto me havia sido tão tranquilizadora.

Finalmente, eu vi um sujeito barbudo de vinte e poucos anos vendendo cartões telefônicos, balas e sucos numa pequena banca num canto da porta de entrada do aeroporto. Com uma nota de cinco dólares na mão e um grande sorriso na cara eu lhe perguntei em inglês se podia usar seu celular. Sorrindo, ele estendeu-o para mim.

"Mohamad", eu disse berrando para ter a certeza de que ele estava me ouvindo. "Alô, alô, aqui é Gayle, a jornalista americana. Estou aqui no aeroporto. Onde você está?"

"Olá, Gayle", ele disse, calmamente. "Estou aqui no estacionamento; há duas horas que estou aqui. Nós não temos permissão para chegar mais perto, por questões de segurança. Simplesmente siga as pessoas; estou esperando por você."

É claro, restrições por questão de segurança. Como é que eu não havia pensado nisso?

Tive de empurrar meu próprio carrinho prateado sobrecarregado de malas por uma distância de dois campos de futebol até o estacionamento a quilômetros dos tanques da OTAN e seus soldados britânicos. Lá, como ele havia dito, estava Mohamad, sorrindo calorosamente.

"Bem-vinda a Cabul", ele me saudou, pegando meu saco verde Eddie Bauer cheio de lanternas, roupas de neoprene e cobertores de lã que eu havia comprado especialmente para aquela viagem. Eu fiquei me perguntando quantos estrangeiros ingênuos Mohamad já havia recebido daquela mesma maneira acolhedora. Ele, que também era jornalista, havia trabalhado por muitos anos com jornalistas estrangeiros. Uma amiga da CBS News de Londres havia insistido para que eu contratasse seus serviços, porque sabia que ele era um profissional experiente e confiável – exatamente o que eu necessitava em Cabul, no inverno de 2005, época em que os ocasionais ataques com foguetes e bombas haviam assumido o caráter de plena insurgência. Naquele momento, eu me senti grata por ela ter insistido.

Nas ruas da capital afegã, a liberdade que imperava para todos resultava numa cacofonia de amputados andando de muletas, carros colados com fita adesiva, burros de carga, bicicletas movidas a combustível e veículos utilitários das Nações Unidas – todos competindo pelo direito preferencial de passagem, sem faróis para guiá-los, com apenas alguns policiais para controlar o trânsito. A sujeira pegajosa do ar escuro de Cabul se agarrava a tudo – pulmões, suéteres, lenços de cabeça e janelas. Era uma recordação perniciosa de décadas de guerra nas quais tudo, desde árvores até o sistema de esgoto, havia sido destruído.

Eu jamais havia visto uma cidade que funcionava como uma "Terra sem Lei". Os motoristas avançavam a dianteira de seus veículos até chegar a duas polegadas de nosso Corolla Toyota azul, para então, subitamente, disparar de volta para sua própria pista. Música afegã era tocada em alto volume nos veículos Toyota, Honda e Mercedes presos como nós no trânsito congestionado. Reinava na cidade um barulho ensurdecedor de buzinas. Velhos de cabelos brancos com cobertores de lã jogados sobre os ombros avançavam para frente dos carros, fazendo parar o trânsito e não estando nem aí para os veículos em movimento. Evidentemente que eles – como todo mundo – estavam acostumados a tal selvageria do caos incontrolável que reinava em Cabul.

Mas eu não estava. Eu era uma marinheira de primeira viagem.

Eu estava em férias de inverno de meu segundo ano de MBA na Harvard Business School. O jornalismo sempre havia sido meu primeiro amor, mas um ano atrás eu havia largado meu emprego como responsável pela cobertura das campanhas presidenciais para a editoria política da ABC News, onde havia passado grande parte de minha vida adulta. Com trinta anos, eu dei o salto e decidi seguir minha paixão por desenvolvimento internacional, certa de que se eu não fosse naquele momento não seria nunca mais. De maneira que eu havia trocado o ninho acolhedor de meu mundo de Washington, D.C. por uma carreira universitária. A primeira coisa que eu fiz foi começar a procurar um tema rico em histórias que ninguém mais estava cobrindo. Histórias que tinham importância para o mundo.

O assunto que me atraiu foi o que dizia respeito às mulheres que trabalhavam em zonas de guerra: uma forma de empreendedorismo particularmente intrépida e inspiradora que ocorre regularmente bem no centro dos conflitos mais perigosos do mundo – e seus resultados.

Eu comecei minha pesquisa em Ruanda. Eu fui para lá com o propósito de ver com meus próprios olhos como as mulheres desempenharam um papel na reconstrução de seu país, criando oportunidades de negócios para elas mesmas e para outros. As mulheres representavam três quartos da população de Ruanda, imediatamente após o genocídio de 1994; uma década depois, elas continuavam sendo maioria. As autoridades internacionais – todas masculinas –, de sua capital Kigali, me disseram que não havia nenhuma história para contar: que as mulheres de Ruanda não eram donas de pequenos negócios, que elas trabalhavam apenas no setor muito menos lucrativo da informalidade, vendendo frutas e peças de artesanato em pequenas barracas montadas nas calçadas. Minha pesquisa me mostrou que eles estavam errados: eu encontrei mulheres que eram donas de postos de gasolina e que dirigiam hotéis. E as vendedoras de frutas que eu entrevistei estavam exportando abacates e bananas para a Europa, duas vezes por semana. Logo depois, escrevi para o *Financial Times* perfis de algumas das mais bem-sucedidas empreendedoras que eu havia encontrado – inclusive uma empresária que vendia cestos para a Macy's, a mais famosa rede de lojas de departamentos de Nova York.

Agora, apenas alguns meses mais tarde, eu estava em Cabul, novamente a serviço do *Financial Times*, para fazer uma reportagem sobre um fenômeno surpreendente: uma nova geração de empresárias afegãs que havia surgido na esteira da tomada do poder pelo Talibã. Eu havia também me prontificado a encontrar uma protagonista para um estudo de caso que faria parte de um curso oferecido pela Harvard Business School no ano seguinte. Meus antigos colegas de rede de notícias haviam tentado ajudar a me preparar para a estadia em Cabul e abriram o caminho fornecendo seus contatos, mas, assim que cheguei lá, percebi quão pouco eu sabia de fato sobre aquele país.

Tudo que eu tinha era o desejo apaixonado de encontrar uma história.

A maioria das histórias de guerra e suas consequências eram inevitavelmente focadas nos homens: nos soldados, nos veteranos que regressavam e nos estadistas. Eu queria saber o que era a guerra para aquelas que eram deixadas para trás: as mulheres que se viravam para continuar vivendo mesmo quando seu mundo se partia em dois. A guerra obriga as mulheres a reorganizarem suas vidas e muitas vezes as coloca à força, inesperadamente e despreparadas, no papel de provedoras da família. Tendo que responder pela sobrevivência da família, elas inventam formas de sustentar seus filhos e ajudar suas comunidades. Mas suas histórias raramente são contadas. Estamos muito mais acostumados – e nos sentimos muito mais à vontade – a ver as mulheres sendo retratadas como vítimas de guerra que merecem nossa compaixão, do que guerreiras sobreviventes que nos impõem respeito. Eu estava decidida a mudar esse quadro.

Cheguei, portanto, a Cabul em busca de tal história. A situação das mulheres afegãs havia atraído a atenção de todo o mundo depois da retirada do poder do Talibã pelas forças americanas e afegãs que se seguiu aos ataques terroristas de 11 de setembro de 2001. Eu estava curiosa por saber que espécie de empresas as mulheres estavam criando num país em que poucos anos atrás elas havia sido proibidas de estudar e trabalhar. Eu trazia comigo, de Boston, quatro páginas grampeadas escritas em espaço simples contendo nomes e endereços de *e-mail* de possíveis fontes, resultado de semanas de conversa com repórteres de televisão e jornais, contatos de Harvard e voluntários que estavam trabalhando na região.

Discuti com Mohamad as ideias que eu tinha sobre prováveis pessoas que poderiam ser entrevistadas. Enquanto tomávamos xícaras de chá no salão vazio de um hotel frequentado por jornalistas, eu perguntei se ele conhecia alguma mulher que estava dirigindo seu próprio negócio. Ele riu. "Você sabe que no Afeganistão os homens não se metem no trabalho das mulheres." Mas depois de pensar por um momento, olhando para mim, ele admitiu que sim, que havia ouvido falar de algumas mulheres de Cabul que haviam criado suas próprias empresas. Eu desejei que ele estivesse certo.

Eu passava os dias ocupada em procurar contatar as possíveis pessoas a serem entrevistadas da lista que tinha comigo, mas sem resultados. Muitas das mulheres cujos nomes me haviam sido fornecidos estavam dirigindo organizações não governamentais (ONGs), que não tinham nada a ver com negócios. Na verdade, fui informada que, quando a comunidade internacional aterrissou em massa no Afeganistão em 2002, era mais fácil fundar uma ONG do que uma empresa. Os incentivos haviam sido criados anteriormente. Funcionárias americanas em Washington e Cabul podiam estar favorecendo mulheres de negócios afegãs, promovendo eventos públicos e gastando com eles milhões de dólares do governo, mas ali estava eu lutando por encontrar uma única empresária com um plano viável de negócios. Com certeza, ela existia, mas eu estava procurando no lugar certo?

Meu prazo estava se esgotando e eu estava começando a temer que teria de voltar para casa de mãos vazias, decepcionando tanto o *Financial Times* quanto o meu professor de Harvard. Foi então que, finalmente, uma mulher que trabalhava com a organização sem fins lucrativos de Nova York, a Bpeace, me falou de Kamila Sidiqi, uma jovem costureira que havia se tornado uma empresária do ramo de confecção de roupas. Ela não apenas dirigia seu próprio negócio, eu fui informada, mas também havia conseguido, ainda na adolescência, iniciar seu improvável negócio durante a era Talibã.

Finalmente, eu estava sentindo a excitação que anima a vida de todo repórter, o surto empolgante de adrenalina causado por uma notícia que dá sentido à sua vida profissional. A ideia de uma mulher vestida de burca iniciando um negócio bem diante do nariz do Talibã era algo, com certeza, admirável. Como a maioria dos estrangeiros, eu havia imaginado que as mulheres afegãs tivessem sido durante todo o domínio do Talibã prisioneiras silenciosas – e passivas – à espera que sua prolongada prisão domiciliar chegasse ao fim. Eu estava fascinada, e curiosa, por saber mais sobre elas.

Quanto mais eu escavava ao meu redor, mais eu percebia que Kamila era apenas uma entre muitas jovens mulheres que haviam trabalhado durante todos os anos do regime Talibã. Movidas pela necessidade de ganhar dinheiro para sustentar suas famílias e pessoas queridas quando a economia de Cabul foi esmagada pelo peso da guerra e da má administração, elas transformaram pequenas brechas em grandes oportunidades e inventaram maneiras de burlar as regras. Como as mulheres de todo o mundo sempre haviam feito, elas abriram um caminho para seguirem em frente em prol de suas famílias. Elas aprenderam a manipular o sistema e até mesmo a prosperar dentro dele,

Algumas se tornaram funcionárias de ONGs estrangeiras, em geral na área de saúde da mulher, cujas organizações tiveram permissão do Talibã para continuar atuando. As médicas puderam continuar trabalhando. E também as mulheres que ensinavam a outras noções básicas de higiene e práticas sanitárias. Algumas ensinavam em escolas clandestinas, davam cursos para meninas e mulheres que cobriam tudo, desde operar o Microsoft Windows até matemática e dari [língua iraniana falada no Afeganistão], bem como o Livro Sagrado do Alcorão. Esses cursos eram realizados por toda a cidade de Cabul em casas particulares ou, ainda melhor, nos hospitais de mulheres, a única zona segura permitida pelo Talibã. Mas as mulheres jamais podiam abandonar totalmente a guarda; as classes eram dissolvidas no mesmo instante em que alguém vinha correndo avisar que o Talibã estava se aproximando. Outras ainda, como Kamila, criavam empresas em suas próprias casas e arriscavam sua segurança em busca de compradores para as mercadorias que produziam. Com vocações diferentes, todas essas mulheres tinham uma coisa em comum: seu trabalho significava para suas famílias a diferença entre sobreviver e morrer de fome. E elas fizeram isso por iniciativa própria.

Ninguém havia contado detalhadamente as histórias dessas heroínas. Havia diários comoventes que relatavam a brutalidade e o desespero das vidas das mulheres sob o domínio do Talibã, além de livros inspiradores sobre mulheres que criaram novas oportunidades depois do recuo forçado dos talibãs. Mas essa história era diferente: ela era sobre mulheres afegãs que se apoiavam mutuamente quando o mundo ao redor as havia esquecido. Elas se apoiavam e apoiavam suas comunidades sem nenhuma ajuda exterior ao seu pobre país alquebrado e, nesse processo, refizeram seu próprio futuro.

Kamila é uma dessas jovens mulheres e, a julgar pelo impacto duradouro que seu trabalho teve sobre o Afeganistão dos dias de hoje, é justo dizer que ela é uma das mais visionárias. Sua história nos diz muito sobre o país para o qual nós continuamos enviando tropas quase uma década depois de os soldados de infantaria do Talibã terem deixado de patrulhar as ruas do lado de fora da porta de sua casa; e nos oferece um rumo, enquanto observamos para ver se a década passada de progresso modesto se revelará um novo começo para as mulheres afegãs ou uma aberração que desaparecerá quando os estrangeiros forem embora.

Decidir escrever sobre Kamila foi fácil. Mas escrever sobre ela na realidade não foi nada fácil. A segurança foi para o espaço durante os anos em que passei entrevistando os familiares, amigas e colegas de Kamila. Homens-bomba e ataques aéreos aterrorizavam a cidade com cada vez mais frequência – e potência. Às vezes, eles chegavam a ter um nível tal de sofisticação e coordenação que obrigava os cidadãos de Cabul a permanecerem em suas casas ou locais de trabalho por horas a fio. Até mesmo Mohamad, que costumava ser um sujeito estoico, chegava a se mostrar nervoso e trazia-me um lenço preto de estilo iraniano de sua mulher para que eu ficasse parecendo mais com as mulheres locais. Depois de cada incidente, eu ligava para meu marido para lhe assegurar que estava tudo bem e implorar que ele não desse muita importância a todas as más notícias dos alertas que ele recebia do Google, sobre o Afeganistão. Enquanto isso, por toda a Cabul os muros de cimento ganhavam mais altura e as cercas de arame farpado em volta deles ganhavam mais espessura. Como todo mundo em Cabul, eu aprendi a conviver com guardas fortemente armados e sucessivas revistas como medida de segurança, toda vez que entrava num prédio. Ladrões e insurgentes começaram a sequestrar jornalistas e voluntários estrangeiros de suas casas e carros, às vezes para extorquir dinheiro e outras por motivos políticos. Meus amigos jornalistas e eu passávamos horas trocando informações que havíamos ouvido sobre ataques e possíveis ataques, passando torpedos, uns para os outros, quando os alarmes de segurança nos advertiam sobre quais áreas da cidade nós deveríamos evitar naquele dia. Numa tarde, depois de um dia intenso de entrevistas, recebi um telefonema preocupado de uma pessoa da Embaixada dos Estados Unidos, querendo saber se era eu a escritora americana que havia sido raptada no dia anterior. Assegurei-lhe que não era eu.

Essa piora da situação, a cada dia, dificultava o meu trabalho. As garotas afegãs que haviam trabalhado com Kamila durante o regime Talibã tinham cada vez mais medo de me encontrar, já que suas famílias ou chefes queriam evitar a atenção que uma visita de estrangeiro costumava atrair. Outras, por medo de serem espionadas por seus colegas, recusavam-se totalmente a falar comigo. "Você não sabe que o Talibã está voltando ao poder?" – uma jovem me perguntou, num sussurro nervoso. Ela trabalhava na época para as Nações Unidas, mas havia acabado de me informar que trabalhara para uma ONG durante o regime Talibã. "Eles são informados de tudo que acontece", ela disse, "e se meu marido souber que andei falando com você, ele me abandonará".

Eu não sabia o que dizer em tais situações, mas fazia tudo que podia para proteger tanto as minhas entrevistadas como a mim mesma: eu passei a me vestir de maneira ainda mais conservadora do que as mulheres afegãs a minha volta; andava com a cabeça coberta com os lenços que havia comprado numa loja de roupas islâmicas de Anaheim, na Califórnia; e me esforçava para falar dari, a língua local. Quando chegava às lojas ou escritórios para fazer entrevistas, eu permanecia em silêncio pelo máximo de tempo possível e deixava que Mohamad falasse por mim com os guardas de segurança e recepcionistas. Eu sabia que quanto mais eu fosse confundida com uma mulher local, mais protegidos estaríamos.

Uma de minhas saídas para fazer entrevista coincidiu com um audacioso ataque matutino a uma hospedaria da ONU que matou cinco de seus funcionários. Por muitas noites após aquele ataque, eu saltava da cama e me apressava a calçar os chinelos toda vez que ouvia as pisadas do gato do vizinho sobre a cobertura de plástico que protegia nosso telhado – achando que os passos eram de alguém tentando arrombar a casa. Um amigo sugeriu, meio que de brincadeira, que eu tivesse uma arma automática AK-47 no quarto para defender nossa casa contra possíveis agressões. Eu concordei, imediatamente, mas minhas companheiras de quarto temeram que, dada a minha pouca experiência com armas de fogo, tal medida criaria mais perigo do que prevenção.

Kamila e suas irmãs também se preocupavam com minha segurança. "Você não tem medo? O que dizem seus familiares?" – Malika, a irmã mais velha de Kamila, me perguntou certa vez. "A situação atual é extremamente perigosa para os estrangeiros" – concluiu.

Eu tratei de lembrar a todas que elas haviam passado por coisas muito piores e nunca haviam parado de trabalhar. Por que eu deveria parar? Elas tentavam protestar, mas sabiam que eu estava certa: apesar dos riscos, elas haviam persistido durante os anos de domínio Talibã, não apenas porque tinham de fazê-lo, mas também porque acreditavam no que faziam. E o mesmo se dava comigo.

Pelo fato de continuar em Cabul – e continuar voltando para lá ano após ano – eu conquistei o respeito delas e isso fortaleceu a nossa amizade. E quanto mais eu sabia sobre a família de Kamila – seu compromisso com a prestação de solidariedade e com a educação, seu desejo de fazer a diferença em prol de seu país – maior era o meu apreço por ela. Eu me esforçava para ser digna de seu exemplo.

Com o tempo, a família de Kamila se tornou parte da minha. Uma de suas irmãs me ajudava a aprender a língua dari, enquanto outra se esmerava em preparar deliciosos pratos tradicionais do Afeganistão feitos de arroz, couve-flor e batata para sua hóspede vegetariana vinda dos Estados Unidos. Quando eu tinha que sair à noite, elas sempre tratavam de verificar se meu carro estava do lado de fora antes de me deixar calçar os sapatos. Passávamos tardes sentadas na sala de estar com os pés calçados apenas com meias tomando chá e devorando petiscos feitos de frutas secas do norte. Quando não estávamos trabalhando contávamos piadas sobre maridos, política e sobre a "situação" – eufemismo usado por todos em Cabul para se referir à segurança. Nós cantávamos e dançávamos com as lindas menininhas que eram sobrinhas de Kamila. E nos preocupávamos umas com as outras.

O que eu encontrei em Cabul foi uma amizade entre mulheres, como eu jamais havia visto antes, marcada por sentimentos de empatia, risadas, coragem e curiosidade diante do mundo e, acima de tudo, uma paixão pelo trabalho. Eu percebi isso na primeira vez que encontrei Kamila: ali estava uma jovem mulher que acreditava do fundo de seu coração que, ao criar seu próprio negócio e ajudar outras mulheres a fazerem o mesmo, ela poderia ajudar seu país a superar a situação difícil em que vinha se arrastando por tanto tempo. A jornalista em mim precisava saber: de onde vinha a força daquela paixão ou daquele chamado? E o que a história de Kamila tinha a nos dizer sobre o futuro do Afeganistão e o envolvimento dos Estados Unidos nele?

Esta é a história que eu procurei contar. E estas são as perguntas que eu procurei responder.

I

A chegada da notícia que mudou tudo

"Kamila Jan, eu tenho a honra de lhe entregar seu diploma".

O homenzinho de cabelos brancos e rugas profundamente marcadas disse com orgulho ao entregar à jovem mulher aquele documento de caráter oficial. Kamila pegou o documento e leu:

Este documento é um certificado de que Kamila Sidiqi concluiu com êxito seus estudos no Instituto de Formação de Professores Sayed Jamaluddin.

Cabul, Afeganistão
Setembro de 1996

"Muito obrigada, Agha", Kamila disse. Um sorriso de orelha a orelha irradiou em sua face. Ela era a segunda mulher de sua família a concluir o curso de dois anos no Instituto Sayed Jamaluddin; sua irmã mais velha, Malika, havia se formado alguns anos antes e já estava trabalhando como professora de uma escola secundária de Cabul. Malika, no entanto, não havia tido que enfrentar os constantes bombardeios e fogos disparados por foguetes da guerra civil quando ia e voltava da escola.

Kamila apertou em suas mãos o documento precioso. O lenço pendia de forma casual de sua cabeça e ocasionalmente desviava-se para trás, revelando alguns fios de seu cabelo castanho ondulado, que resvalavam nos ombros. Calças pretas de pernas largas e sapatos escuros de bico fino e salto baixo transpareciam por baixo da barra de seu casaco comprido até os pés. As mulheres de Cabul eram conhecidas por estender os limites rígidos da tradição de seu país e Kamila não era exceção. Até a derrubada do poder do governo do Dr. Najibullah, que era apoiado por Moscou, em 1992, pelos Mujahideen ("santos guerreiros") que opunham resistência à presença soviética, muitas mulheres de Cabul andavam pelas ruas vestidas à maneira ocidental e com as cabeças descobertas. Mas naquele momento, apenas quatro anos depois, os Mujahideen definiam o espaço público e a vestimenta das mulheres com muito mais rigor, ordenando que trabalhassem em espaços separados dos homens, que andassem com a cabeça encoberta e usassem roupas largas e recatadas. As mulheres de Cabul, jovens e velhas, se vestiam de acordo com tais regras, embora muitas – como Kamila – acrescentassem um pouco de vida a elas, usando um belo par de sapatos sob aqueles casacos pretos disformes.

Estava muito longe de ser como nas décadas de 1950 e 1960, quando as mulheres elegantes de Cabul deslizavam pela capital do país em trajes de estilo europeu combinando com finos lenços de cabeça. Durante a década de 1970, as estudantes da Universidade de Cabul chocavam seus compatriotas mais conservadores das áreas rurais, usando minissaias que mostravam os joelhos e sandálias sofisticadas. Aqueles anos de mudanças foram marcados por protestos e tumultos políticos no campus da Universidade. Mas tudo isso aconteceu bem antes da juventude de Kamila: ela havia nascido apenas dois anos antes da invasão do Afeganistão pelos soviéticos em 1979, ocupação essa que deu origem a uma guerra de resistência afegã que durou uma década e, sob o comando dos Mujahideen, acabaram dessangrando os russos. Quase duas décadas depois de o primeiro tanque soviético ter entrado no Afeganistão, Kamila e seus amigos ainda não sabiam o que era viver em paz. Após os soviéticos derrotados terem retirado sua última ajuda ao país, em 1992, os comandantes Mujahideen vitoriosos começaram a lutar entre si pelo controle de Cabul. A brutalidade da guerra civil chocou os habitantes daquela cidade. De um dia para o outro, as ruas dos bairros foram transformadas pelas facções adversárias em linhas de frente, atirando uma na outra à queima-roupa.

Apesar da guerra, a família de Kamila, como dezenas de milhares de outras famílias de Cabul, continuou indo à escola e ao trabalho sempre que possível, enquanto a maioria das famílias de seus amigos fugiu em busca de segurança nos vizinhos Paquistão e Irã. Com seu recente diploma de professora, Kamila logo iniciaria seus estudos no Instituto Pedagógico de Cabul, uma universidade aberta a ambos os gêneros, fundada no início da década de 1980 durante os anos de ocupação soviética, que promoveram uma ampla reforma educacional com a expansão das instituições estatais. Dentro de dois anos, ela receberia seu bacharelado e poderia iniciar sua carreira de professora em Cabul. Ela pretendia se tornar professora de dari e, quem sabe, algum dia ensinar literatura.

Mas apesar dos anos de trabalho árduo e de seus planos otimistas para o futuro, não haveria nenhum começo alegre para celebrar a grande conquista de Kamila. A guerra civil havia destruído a imponente arquitetura da capital e os bairros de classe média, transformando as ruas da cidade num monte de ruínas, encanamentos e prédios destruídos. Foguetes lançados por comandos bélicos atravessavam regularmente o horizonte de Cabul, caindo sobre as ruas da capital e matando indiscriminadamente seus habitantes. Eventos corriqueiros como uma formatura haviam se tornado arriscados demais até mesmo para serem levados em consideração e muito menos para se comparecer.

Kamila guardou seu diploma impresso com esmero numa robusta pasta marrom e deixou o escritório administrativo, deixando para trás uma série de jovens à espera de receber seus diplomas. Ao percorrer um estreito corredor com janelas até o teto que ia dar na entrada principal do Instituto Sayed Jamaluddin, ela passou por duas mulheres que teciam uma conversa em meio a uma grande aglomeração.

"Ouvi dizer que eles estão chegando hoje", uma mulher disse para a outra.

"Meu primo me disse que eles estão na entrada de Cabul", a outra respondeu sussurrando.

Kamila soube imediatamente quem eram "eles": eram os talibãs, cuja chegada era considerada, naquele momento, como inevitável. As notícias percorriam a capital numa velocidade estrondosa por meio de uma rede abrangente de famílias que incluía toda a parentela e que ligava todas as províncias do Afeganistão. As notícias sobre o iminente regime eram devastadoras e diziam que as mulheres estariam enrascadas. As regiões rurais mais afastadas e mais difíceis de serem controladas podiam, às vezes, estabelecer exceções para suas mulheres jovens, mas o Talibã andava a passos largos no sentido de consolidar seu poder nas áreas urbanas. Até ali, eles haviam vencido todas as batalhas.

Kamila ficou parada, em silêncio, no corredor da escola em que ela havia lutado tanto para estudar, apesar de todos os riscos e ficou ouvindo o que suas colegas estavam conversando com uma crescente sensação de inquietude. Ela aproximou-se para ouvir melhor a conversa das garotas.

"Você sabe que eles fecharam as escolas para mulheres de Herat", disse a morena de nariz agudo. Sua voz soava carregada de preocupação. O Talibã havia tomado aquela cidade do oeste um ano antes. "Minha irmã ouviu dizer que as mulheres não podem nem mesmo sair de casa quando eles tomam o poder. E nós aqui que pensávamos já ter passado pelo pior".

"Convenhamos", disse a outra, segurando a mão da amiga, "pode não ser tão ruim assim". "Talvez eles até tragam consigo um pouco de paz, se Deus quiser."

Apertando sua pasta entre as mãos, Kamila desceu correndo as escadas para tomar o ônibus que a levaria por uma longa viagem até a casa de sua família no distrito de Khair Khana, ao norte de Cabul. Apenas alguns meses antes, ela havia percorrido a pé os onze quilômetros depois de um foguete ter caído na estrada de Karteh Char, o bairro em que ficava sua escola, danificando o telhado de um hospital das forças de segurança do governo e interrompendo o serviço de transporte pelo resto daquele dia.

Todo mundo em Cabul já havia se acostumado a buscar abrigo nas ombreiras das portas ou nos porões das casas assim que ouviam o já familiar zumbido dos foguetes se aproximando. Um ano antes, o instituto de formação de professores havia transferido as aulas de Karteh Char, por ser um bairro castigado regularmente pelos ataques aéreos e pelo fogo de morteiros, para o local no centro que um dia fora uma escola francesa e que o diretor acreditava ser mais seguro. Pouco tempo depois, outro foguete, cujo alvo era o Ministério do Interior, que ficava nas proximidades, foi parar diretamente em frente à nova sede da escola.

Todas essas lembranças se atropelavam, rapidamente, na mente de Kamila quando ela embarcou no ônibus "Millie" azul-claro enferrujado, que um dia fizera parte do serviço de transporte público, e tomou seu assento. Ela se debruçou sobre a janela com grandes manchas de barro e ficou ouvindo o que diziam as mulheres à sua volta enquanto o ônibus chacoalhava pelas ruas esburacadas de Karteh Char. Cada uma tinha sua própria versão de como seria o novo regime para os habitantes de Cabul.

"Talvez eles tragam segurança", disse uma garota sentada algumas fileiras atrás de Kamila.

"Eu não acho isso", respondeu sua amiga. "Eu ouvi pelo rádio que, uma vez no poder, eles não permitem a existência de escolas. Tampouco de trabalho. Nós não podemos nem sair de casa sem a permissão deles. Talvez, eles só fiquem aqui por alguns meses..."

Kamila olhava pela janela e tentava ignorar as conversas ao seu redor. Ela sabia que provavelmente aquela garota estava certa, mas não queria nem pensar no que seria dela e de suas irmãs menores que ainda viviam em casa. Ela ficou olhando para os donos de lojas naquelas ruas empoeiradas da cidade, envolvidos em seus afazeres diários de fechar suas mercearias, estúdios fotográficos e padarias. Nos últimos quatro anos, as entradas das lojas de Cabul haviam se tornado um barômetro da violência do dia: quando suas portas estavam totalmente abertas era porque a vida estava seguindo em frente, mesmo que fosse ocasionalmente marcada pelo zumbido de um foguete disparado ao longe. Mas quando elas estavam fechadas em plena luz do dia, os moradores dali sabiam que o perigo estava por perto e que também eles fariam melhor se ficassem em casa.

O velho ônibus seguia em frente sacolejando entre um e outro ronco da descarga de seu escapamento e finalmente chegou ao ponto em que Kamila desceu. Khair Khana, um bairro de periferia ao norte de Cabul, era onde morava uma grande comunidade de tajiques, o segundo maior grupo étnico do Afeganistão. Como a maioria das famílias tajiques, os pais de Kamila vinham do norte do país. O sul era, tradicionalmente, terreno dos pashtuns. O pai de Kamila havia transferido sua família para Khair Khana durante sua última viagem em serviço militar como oficial do exército afegão, ao qual havia servido por mais de três décadas. Cabul, ele pensava na época, ofereceria às suas nove filhas melhores chances de uma boa educação. E educação, ele acreditava, era de suma importância para suas filhas, sua família e o futuro de seu país.

Kamila desceu correndo sua rua empoeirada, segurando o lenço por cima da boca para não inalar a grossa fuligem da cidade. Ela passou pelas calçadas estreitas diante da mercearia onde caixotes de madeira com verduras, cenouras e batatas eram vendidas. Trocou olhares com noivos e noivas sorridentes, carregados de flores, em uma série de fotografias de casamento penduradas na parede de um estúdio fotográfico. Da padaria vinha o cheiro delicioso do pão *naan* saindo do forno, seguido do açougue onde apareciam pendurados nos ganchos de aço grandes pedaços de carne vermelha. Enquanto andava, Kamila ouviu dois comerciantes trocando suas experiências do dia. Como todos os habitantes de Cabul que haviam permanecido na cidade, aqueles dois homens estavam acostumados a assistir a ascensões e quedas de novos regimes e eram capazes de perceber rapidamente o colapso iminente. O primeiro, um homem baixinho careca e enrugado, estava dizendo que seu primo havia lhe dito que as tropas de Massoud estavam carregando seus caminhões e fugindo da capital. O outro balançava a cabeça em sinal de descrença.

"Vamos ver o que vai acontecer", ele disse. "Quem sabe as coisas não acabem melhorando. Inshallah [se Deus quiser]. Mas eu duvido."

O comandante Ahmad Shah Massoud era o ministro da defesa do país e um herói militar tajique do Vale de Panjshir, perto de Parwan, de onde vinha a família de Kamila. Durante os anos de resistência contra os russos, as forças do Dr. Najibullah haviam aprisionado o pai de Kamila por suspeita de apoiar Massoud, que era conhecido como o "Leão do Vale de Panjshir" e era um dos mais famosos combatentes Mujahideen. Após a retirada dos russos em 1992, o Sr. Sidiqi foi libertado pelas forças leais a Massoud, que trabalhavam então para o novo governo do presidente Burhanuddin Rabbani. O Sr. Sidiqi passou a colaborar por um tempo com os soldados de Massoud, mas acabou decidindo se aposentar e viver em Parwan, lugar onde havia passado sua infância e amava acima de qualquer outro no mundo.

Durante todo o verão do ano anterior a 1996, Massoud havia jurado acabar com a ofensiva dos talibãs, mesmo com a continuidade do bombardeio incessante da capital e com a tomada pelas forças talibãs de uma cidade após outra. Se as tropas do governo estavam realmente desistindo de lutar e se retirando de Cabul, Kamila pensou, os talibãs não podiam estar longe. Ela apressou o passo com os olhos fixos no chão. Não havia porque se preocupar. Ao se aproximar do portão verde de metal de sua casa, na esquina da movimentada rua principal de Khair Khana, ela soltou um suspiro de alívio. Ela nunca havia sido tão agradecida por morar tão perto da parada de ônibus.

O grande portão verde se fechou com uma batida atrás de Kamila e sua mãe, Ruhasva, correu até o pátio para abraçar sua filha. Ela era uma mulher muito pequena, com tufos de cabelos brancos que emolduravam seu rosto redondo, e de expressão respeitosa. Ela deu um beijo em ambas as faces de Kamila e abraçou-a com força. A Sra. Sidiqi havia ouvido as notícias da chegada dos talibãs durante toda a manhã e havia ficando andando por duas horas, de um lado para outro de sua sala, preocupada com a segurança de sua filha.

Finalmente em casa, junto de sua família e com a noite caindo, Kamila se acomodou sobre uma almofada de veludo na sala de sua casa. Ela pegou um de seus livros preferidos – uma coletânea de poemas cujas páginas estavam gastas pelo uso –, e acendeu um lampião de vidro com um palito de fósforo que tirou de uma das caixas pequenas, em vermelho e branco, que a família mantinha espalhadas pela casa justamente para tais ocasiões. A eletricidade era um luxo; ela chegava de maneira imprevisível e funcionava apenas por uma ou duas horas por dia, isso quando funcionava, e todos haviam se acostumado a viver no escuro. Tinham uma longa noite pela frente e esperavam ansiosamente para ver o que aconteceria a seguir. O Sr. Sidiqi não falou muito ao se juntar à filha no chão, ao lado do rádio, para ouvir as notícias da BBC de Londres.

A apenas seis quilômetros dali, Malika, a irmã mais velha de Kamila, estava finalmente terminando um dia ainda muito mais atribulado.

❋

"Mamãe, eu não estou me sentindo bem", disse Hossein.

O menino de quatro anos de idade era o segundo filho de Malika e o preferido de sua tia Kamila. Ela brincava com ele no quintal de terra ressecada da família, em Khair Khana, e juntos contavam as cabras e ovelhas que às vezes passavam por ali. Naquele dia, dores de barriga e diarreia afligiam seu pequeno corpo e foram piorando com o passar da tarde. Ele estava deitado sobre a pilha de almofadas que Malika havia arranjado no centro do grande tapete vermelho da sala. Hossein respirava com dificuldade ao entrar e sair de um sono agitado.

Malika observava Hossein e se perguntava se estava em condições de tomar conta dele. Estava grávida de vários meses, pela terceira vez, e havia passado o dia dentro de casa seguindo a advertência que uma vizinha lhe fizera cedo pela manhã para que não fosse trabalhar, porque os talibãs estavam chegando. Distraidamente, ela costurou as partes de um terno de *rayon* que estava fazendo para um vizinho enquanto assistia com crescente preocupação a piora do estado de saúde de Hossein. Havia agora gotas de suor cobrindo sua testa e seus braços e pernas estavam frios e úmidos. Ela precisava chamar um médico.

De seu guarda-roupa, Malika pegou o maior xale ou lenço de cabeça que possuía. Ela procurou cobrir não apenas sua cabeça, mas também a parte inferior de seu rosto. Como a maioria das mulheres cultas de Cabul, ela costumava usar o xale de maneira casual sobre a cabeça e os ombros. Mas naquele dia teria que usá-lo de maneira diferente; se os talibãs estavam realmente a caminho de Cabul, eles exigiriam que as mulheres andassem com uma burca que, em dari, se chamava chadri e que encobria não apenas a cabeça, mas todo o rosto. Essa já era a lei imposta por eles em Herat e Jalalabad, que haviam caído em seu poder apenas algumas semanas antes. Como ela não tinha nenhuma burca, o véu enorme era a peça mais próxima das exigências dos talibãs que Malika conseguiu encontrar. Ele teria que servir.

Quando sua cunhada, que morava no apartamento acima do seu, chegou para cuidar de seu filho mais velho, Malika pegou Hossein no colo e aninhou-o por baixo de seu largo casaco preto. Com ele apertado contra sua barriga de grávida, ela saiu apressada pela porta para encarar a caminhada de dez minutos até o consultório médico.

O silêncio que reinava na rua deixou Malika assustada. Naquela hora de início de tarde, em seu bairro, costumava haver uma confusão de táxis, bicicletas, burros e caminhões, mas naquele dia as ruas estavam vazias. Os boatos sobre a aproximação dos talibãs tinham levado a vizinhança a se esconder em suas casas, atrás de portões trancados e cortinas fechadas. Aquele era agora um jogo de espera e ninguém sabia o que aconteceria nos próximos dias.

Malika estremeceu ao som produzido por seus próprios saltos na calçada. Mantinha os olhos fixos no chão ao passo que se esforçava para manter firmes as dobras de seu xale; mas o tecido pesado insistia em escorregar de sua cabeça, forçando-a a mudar o menino de lado, enquanto arranjava a veste e caminhava o mais rápido possível. Uma sombra da tarde começou a cair sobre as fileiras desiguais de casas e lojas do bairro de Karteh Parwan.

Finalmente, Malika virou à direita da rua principal e chegou ao consultório que ocupava o andar térreo de uma fileira desordenada de lojas, todas com o mesmo piso de cimento e tetos baixos. Muitas fileiras de pedra amarronzada separavam as lojas dos apartamentos com sacadas acima. Aliviada por se encontrar num espaço protegido e por poder descansar por um instante, Malika falou com o médico que havia saído de seu consultório ao ouvir as batidas à porta.

"Meu filho está com febre; acho que ele deve estar muito mal", ela disse. "Eu o trouxe aqui o mais cedo que pude."

O médico, um senhor de idade que havia tratado a família de seu marido por muitos anos, ofereceu-lhe um sorriso amável.

"Sem problema, é só tomar seu assento e aguardar. Não vou demorar."

Malika acomodou Hossein numa cadeira de madeira na sala de espera vazia e às escuras. Ela ficou andando, de um lado para outro, tentando se acalmar; em seguida, passou a mão em sua barriga e inspirou profundamente. O pequeno Hossein estava pálido e seus olhos pareciam vítreos e sem expressão. Ela envolveu-o com seus braços e apertou-o contra o próprio corpo.

De repente, um barulho vindo lá de fora a assustou. Malika saltou da cadeira em que estava sentada e dirigiu-se à janela. Nuvens cinzentas pairavam sobre a rua e havia ficado escuro lá fora. A primeira coisa que ela conseguiu vislumbrar foi um caminhão lustroso de cor escura. Ele parecia novo, certamente mais novo do que a maioria dos carros de Cabul. Em seguida, ela viu três homens parados ao lado do caminhão. Eles usavam turbantes grossos enrolados no alto de suas cabeças e tinham nas mãos varas que pareciam bastões. Eles estavam batendo em alguém – isso ela pôde perceber.

Para começar, Malika notou que a figura abatida diante deles era uma mulher. Ela estava estirada no meio da rua, com o corpo enroscado formando uma bola e tentava aparar os golpes. Mas os homens não paravam de golpeá-la. Malika podia ouvir o som dos golpes incessantes dos bastões de madeira batendo na mulher desamparada – em suas costas e pernas.

"Onde está seu chadri?" um dos homens gritou para a sua vítima, erguendo os braços para o alto para golpeá-la de novo. "Por que você não está encoberta? Que espécie de mulher é você para sair assim descoberta?"

"Pare!" a mulher suplicou. "Por favor, tenha misericórdia. Eu estou usando um xale. Não tenho nenhum chadri. Nunca antes fomos obrigadas a usá-lo."

Ela começou a chorar. Lágrimas começaram a escorrer dos olhos de Malika ao assistir àquela cena. Seus instintos a instigavam a correr até a rua para salvar a pobre mulher de seus agressores. Mas sua mente racional sabia que aquilo era impossível. Se saísse do consultório médico, ela também seria espancada. Aqueles homens não teriam nenhum escrúpulo para bater também numa mulher grávida, ela pensou. E ademais, ela tinha que proteger seu filho doente. Então ela continuou parada junto à janela, ouvindo a mulher chorar, sem poder fazer nada, e tratou de secar suas próprias lágrimas.

"Você acha que este é o antigo regime?" um dos homens jovens gritou. Seus olhos estavam pintados com o cosmético negro usado pelos soldados do Talibã. "Este não é o regime do Dr. Najibullah nem dos Mujahideen", ele disse, golpeando de novo a mulher com seu bastão. "Nós acreditamos no *charia*, o código de conduta do Islã, e é esta a lei que agora rege este país. As mulheres têm que andar encobertas. Que isto lhe sirva de lição."

Finalmente, os homens voltaram para seu caminhão e foram embora. A mulher se curvou insegura para pegar sua bolsa do chão e saiu mancando lentamente.

Malika voltou para junto de Hossein, que estava enroscado em sua cadeira soltando gemidos fracos. As mãos dela tremeram ao pegar os dedinhos das mãos dele. Como a mulher lá na rua, ela pertencia a uma geração de mulheres de Cabul que não sabia o que era usar o chadri. Elas haviam crescido na capital muito tempo depois de o primeiro-ministro Mohammad Daoud Khan ter instituído o uso voluntário de véu pelas mulheres, na década de 1950. O rei Amanullah Khan havia tentado, sem sucesso, promover essa reforma trinta anos antes, mas foi apenas em 1959, quando a mulher do próprio primeiro-ministro apareceu no ato de comemoração do dia da independência nacional usando um lenço na cabeça em vez de cobri-la totalmente com o chadri, que a mudança finalmente entrou em vigor. A atitude dela chocou as massas e marcou uma virada cultural na capital. As mulheres da geração seguinte de Cabul passaram a trabalhar como professoras, operárias, médicas e funcionárias públicas; elas iam trabalhar apenas com a cabeça encoberta e o rosto exposto. Até aquele dia muitas mulheres nunca haviam tido motivo para usar e nem mesmo possuíam os véus que haviam encoberto totalmente as cabeças de suas avós.

De repente, os tempos haviam novamente mudado. As mulheres seriam, dali em diante, obrigadas a se vestir de uma maneira — e adotar um estilo de vida – que jamais haviam conhecido, por governantes que não haviam conhecido outra coisa. Seria isso que a esperava lá fora quando saísse do consultório médico? Malika sentiu as batidas aceleradas do coração em seu peito ao se perguntar como iria para casa em segurança com Hossein. Como o da mulher que vira lá fora, o lenço de Malika era grande, mas não o suficiente para cobrir toda a sua face e convencer os soldados de que era devota. Ela abraçou Hossein com força, tentando tanto proteger a ele como a si mesma.

Foi justamente naquele momento que o médico voltou.

Depois de um exame rápido, porém completo, ele assegurou a Malika que não era nada grave. Ele recomendou que ela desse a ele muito líquido e passou-lhe a receita a ser aviada; em seguida, conduziu Malika e Hossein até a sala de espera. Quando chegaram à porta de saída, Malika parou.

"Doutor, eu gostaria de lhe pedir para ficar aqui por mais alguns minutos." Ela apontou o queixo na direção do menino em seus braços. "Preciso descansar por um instante antes de carregá-lo de volta para casa."

Malika não queria falar sobre o que tinha acabado de ver, mas o fato continuava atormentando-a. Ela precisava pensar numa maneira de sair em segurança daquela situação.

"É claro", o médico respondeu. "Fique o tempo que quiser."

Malika ficou andando de um lado para outro da sala de espera, suplicando por ajuda. Ela não poderia voltar para a rua sem um chadri, daquilo ela tinha certeza. Mas não fazia ideia de como conseguir um.

De repente, seu coração disparou. Pela janela, ela viu Soraya, a professora de seu filho mais velho, descendo a rua em direção ao consultório médico. Malika reconheceu de longe seu passo determinado e, em seguida, entreviu o rosto da professora transparecendo por trás do véu escuro. Levava uma pequena sacola de compras pendurada em cada braço. Malika correu até a porta. Depois de averiguar a calçada para se certificar de que os talibãs não estavam mais à vista, ela deu um passo furtivo para fora do consultório médico.

"Soraya Jan", ela chamou da soleira da porta. "É Malika, a mãe de Saeed".

Surpresa, a professora se aproximou às pressas e Malika lhe contou o que havia acabado de ver ali na rua.

Sem poder acreditar, Soraya balançou a cabeça. Ela havia passado uma hora comprando todas as verduras e legumes que conseguiu para o pilau, o arroz aromático afegão do jantar da família, e pão *naan*, mas estava muito difícil encontrar comida. Um bloqueio do Talibã estava obstruindo a cidade, impedindo que os caminhões que transportavam alimentos chegassem aos habitantes – cerca de 1,2 milhão –, da capital. Soraya havia conseguido, com dificuldade, comprar apenas algumas batatas e cebolas. No mercado corriam boatos sobre a chegada dos talibãs, mas Malika era a primeira pessoa conhecida que havia visto de perto os novos invasores da capital.

"Minha casa fica bem ali na esquina", Soraya disse para Malika, segurando a sua mão. "Você e Hossein vêm comigo. Nós vamos arranjar um chadri para você voltar para casa. Não se preocupe, vamos dar um jeito."

Malika sorriu pela primeira vez naquele dia.

"Muito obrigada, Soraya Jan", ela disse. "Fico enormemente agradecida."

As duas mulheres percorreram rapidamente o quarteirão até a casa de Soraya, que ficava atrás de um portão amarelo vivo. Elas não pronunciaram uma única palavra durante o rápido percurso e Malika ficou se perguntando se Soraya estava rezando como ela para que não fossem paradas. Ela não conseguia tirar de sua mente a imagem da mulher a cujo espancamento assistira ali, naquela mesma rua.

Alguns minutos depois, elas já estavam sentadas na pequena cozinha de Soraya. Malika segurava com força um copo de chá verde quente e pela primeira vez, em muitas horas, conseguiu relaxar. Ela estava profundamente agradecida pelo aconchego da casa de sua amiga e pelo fato de Hossein, a quem ela havia dado um comprimido ainda no consultório médico, já estar um pouco melhor.

"Eu tenho um plano, Malika", Soraya anunciou. Ela chamou seu filho, Muhammad, que estava em outro cômodo da casa. Quando o menino apareceu, ela encarregou-o de uma missão. "Eu preciso que você vá até a casa de sua tia Orzala. Diga a ela que precisamos que ela empreste um chadri para a tia Malika; diga que o devolveremos dentro de alguns poucos dias. Isto é muito importante. Entendeu?"

O menino de oito anos assentiu.

Depois de apenas meia hora, o pequeno Muhammad entrou correndo na sala e entregou, solenemente, a Malika uma sacola de plástico branco com as alças cuidadosamente amarradas. Dentro dela havia um chadri azul. "Minha tia disse que a senhora pode ficar com o chadri pelo tempo que for necessário", Muhammad falou, sorrindo.

Malika desdobrou a peça que, na verdade, era feita de muitas camadas de tecido costuradas à mão, umas às outras. A parte da frente, com aproximadamente um metro de comprimento, era feita de poliéster claro com uma barra finamente bordada na parte mais baixa e uma touca no alto. O lado mais comprido do chadri e as camadas da parte de trás formavam um ondeado ininterrupto de pregas sanfonadas que iam quase até o chão. Para usar aquilo era preciso entrar embaixo daquelas dobras onduladas e verificar se a touca estava no lugar certo para proporcionar o máximo de visibilidade possível, através da fenda entrançada para os olhos, que tornava o mundo levemente azulado.

A família convidou Malika para ficar para o jantar e, depois de comer com eles um prato de arroz e batatas à luz de velas no piso da sala, ela levantou-se e vestiu o chadri. A barra de seu elegante par de calças marrom ficou transparecendo por baixo do véu. Até então, Malika havia usado aquele tipo de peça de vestuário apenas algumas vezes, quando tinha visitado os parentes nas províncias e, por isso, achou difícil andar com todas aquelas camadas e pregas escorregadias. Ela esforçou-se para enxergar através da pequena abertura para os olhos que tinha apenas uns cinco centímetros de altura por oito centímetros de largura. Ela pisou no tecido enquanto se despedia, pela última vez, da família de Soraya.

"Um de meus filhos em breve lhe trará o chadri de volta", Malika disse, abraçando a amiga que havia salvado a sua pele.

Ela pegou Hossein pela mão e começou a caminhar para casa sob o céu de uma noite estrelada, andando devagar e com cuidado para não pisar de novo no véu. Ela ia rezando para que o disparo de foguetes esperasse até que pelo menos ela chegasse em casa em segurança.

Muitos dias transcorreriam antes de ela poder ver seus familiares de Khair Khana e contar a eles a aflição que havia passado. Malika fora uma das primeiras a passar pela experiência que agora estava defronte de todas as mulheres. O futuro seria exatamente como a jovem estudante do Instituto Sayed Jamaluddin havia previsto.

2

Tempo de despedidas

O RÁDIO EMPOLEIRADO NA PRATELEIRA DA SALA continuava emitindo seus zumbidos. O pai de Kamila, Woja Abdul Sidiqi, pregou os ouvidos nos alto-falantes pretos daquele velho aparelho chinês para tentar decifrar as palavras do repórter da BBC. Um homem imponente, com suas mechas de cabelos brancos e rosto angular que lhe davam um ar de realeza, o Sr. Sidiqi revelava suas raízes militares em sua postura altiva e conduta séria. Os filhos mantinham-se em silêncio; ninguém jamais ousava interromper seu melancólico ritual noturno. Ele moveu, cuidadosamente, o botão do velho rádio para sintonizá-lo, e logo a sala se encheu com as vozes do noticiário persa da BBC transmitido ao vivo de Londres. O noticiário da noite, que já fazia parte da hora do jantar do Sr. Sidiqi, havia se tornado o elo mais importante da família com o mundo exterior.

Boletins informativos dramáticos haviam chegado pelo rádio no decorrer do mês que havia transcorrido desde que as tropas de jovens talibãs barbudos, usando turbantes, haviam entrado em Cabul montados sobre tanques pesados e reluzentes caminhões japoneses, eufóricos com o que eles proclamavam ser seu triunfo divino. Na manhã do primeiro dia, eles enforcaram o ex-presidente comunista, o Dr. Najibullah, no poste de um semáforo da Praça Ariana, bem no centro de Cabul. Como ele era detestado por suas ligações estreitas com os ateus soviéticos e sua severa sanção às figuras islâmicas durante a década de 1980, os talibãs fizeram de seu assassinato um espetáculo tétrico para o mundo assistir. Eles penduraram cigarros na boca inerte do ex-presidente e encheram de dinheiro os bolsos de suas calças para simbolizar sua decadência moral. Seu cadáver espancado e inchado ficou se decompondo por três dias na ponta de uma corda.

O Sr. Sidiqi havia sido recrutado para o exército quando adolescente, nos anos 1960, por um representante do governo que estava em visita a Parwan, sua província natal. Em sua carreira militar de artilheiro, e depois atuando como topógrafo e consultor, ele assistiu a distúrbios políticos, inclusive a derrubada do poder do rei Mohammed Zahir Shah por seu antigo primeiro-ministro Mohammad Daoud Khan. Daoud dissolveu a monarquia e declarou seu país uma república, mas, cinco anos depois, foi assassinado por um grupo de comunistas de linha dura que transformou em rotina atos como prisão, tortura e morte dos adversários. A União Soviética ficou convencida de que os revolucionários que um dia ela havia apoiado não eram mais confiáveis e, em 1979, o Exército Vermelho invadiu o Afeganistão que, desde então, viveu em guerra.

Cada um dos governos ao qual o Sr. Sidiqi servira havia enfrentado uma ameaça quase constante de derrubada por adversários, tanto de dentro como de fora do país, e todos eles haviam contado com o exército para manter a estabilidade. Mas, atualmente, uma força militar imensamente diferente estava no controle e suas táticas eram totalmente novas e notórias. Multidões de meninos e homens se amontoaram no cruzamento movimentado da Praça Ariana para assistir ao enforcamento do Dr. Najibullah e relataram para suas esposas, irmãs e mães, em casa, a cena extraordinária que haviam testemunhado. A mensagem era inequívoca: um novo regime havia assumido o comando.

O pai de Kamila estava preocupado com o que poderia acontecer com sua própria família, já que ele podia prever como os talibãs tratariam seus inimigos. Afinal, ele havia servido ao governo do Dr. Najibullah e trabalhado com Massoud, o combatente de Panjshir que havia se tornado o maior inimigo dos talibãs e continuava comandando forças suficientes para impedir que eles controlassem todo o país. Mas o Sr. Sidiqi instou suas filhas para que não se preocupassem. "Eu sou apenas um velho aposentado; não tenho absolutamente nada a ver com política", ele tentou tranquilizá-las. Com o passar dos dias, no entanto, Kamila foi ficando cada vez mais apreensiva. Os talibãs começaram a perseguir os jovens tajiques, capturando-os em mesquitas e lojas sob suspeita de prover armas e informações às forças de Massoud, que estavam no momento opondo resistência ao norte de Cabul. Os soldados do Talibã com suas metralhadoras Kalashnikov penduradas nos ombros patrulhavam a cidade montados em seus tanques e caminhões, procurando erradicar qualquer confusão e esmagar qualquer iniciativa de oposição.

O Sr. Sidiqi, um homem culto que havia percorrido o país no tempo em que servira ao exército e acreditava que as diferenças étnicas não deveriam importar aos afegãos, empenhou-se em explicar a suas filhas por que aqueles homens tinham motivos de sobra para temer o mundo fora de seus campos de refugiados. Muitos deles eram órfãos cujos pais haviam sido mortos quando os bombardeios soviéticos haviam devastado suas aldeias no sul. Os invasores russos, ele disse, haviam tirado as famílias e casas daqueles soldados. Eles nunca haviam chegado a conhecer seu país nem sua capital. "Acho que essa foi a primeira coisa que muitos daqueles garotos viram de Cabul", ele disse para suas filhas, "e provavelmente a primeira vez que eles viram tantas pessoas de tantas origens diferentes". A maioria deles havia sido criada em campos de refugiados nas regiões sul e leste do Paquistão. O pouco conhecimento que eles tinham de sua própria história eles haviam adquirido através do filtro de professores profundamente religiosos, mas que mal haviam frequentado as escolas muçulmanas e passavam a eles interpretações singulares e ressentidas do Islã – muito diferentes da tradição afegã. Nos campos onde haviam crescido, em muitas famílias de refugiados as esposas e filhas eram mantidas presas dentro de casa quase o tempo todo para garantir a manutenção de sua segurança e honra. "Aqueles rapazes que seguem a bandeira branca dos talibãs passam a vida inteira sem ter quase nenhum contato com mulheres", o Sr. Sidiqi disse a suas filhas. Na realidade, eles eram instruídos a evitar se expor à tentação amoral do sexo oposto, cujo lugar legítimo era dentro de casa atrás de portas fechadas. Isso fazia a vida e a cultura da capital parecer ainda mais estranha e desconcertante para os jovens soldados que estavam agora no controle de suas ruas. Aos seus olhos, Cabul parecia uma Sodoma e Gomorra dos tempos modernos, onde as mulheres andavam livres e desacompanhadas, usando maquiagem sedutora e roupas de estilo ocidental; onde os comerciantes não seguiam religiosamente suas obrigações religiosas; onde os excessos prosperavam e abundavam as bebidas alcoólicas. Para aqueles jovens fanáticos, Cabul era uma cidade depravada onde imperava o crime e a libertinagem e, portanto, urgentemente necessitada de uma purificação espiritual.

Os moradores de Cabul assistiram desamparados às mudanças que os talibãs começaram a impor sobre sua capital cosmopolita de acordo com sua visão utópica do Islã do século VII. Quase imediatamente eles instituíram um sistema brutal – e eficiente – de lei e ordem. Os acusados de roubo tinham uma mão e um pé decepados e os membros cortados eram pendurados em postes nas esquinas das ruas para servir de exemplo aos outros. Da noite para o dia, a criminalidade naquela cidade monumentalmente sem lei caiu para quase zero. Em seguida, eles proibiram tudo que consideravam desvio da obrigação de prestar culto religioso: música, que fazia parte de uma longa tradição cultural do Afeganistão, cinema, televisão, jogos de cartas, de xadrez e até mesmo a brincadeira de soltar pipas, o passatempo popular das tardes de sexta-feira. E eles não pararam por aí; criar representações da figura humana logo passou a ser proibido, como também usar roupas ou penteados de estilo europeu. Depois de um curto período de tempo necessário para deixá-la crescer, o comprimento da barba dos homens não podia ser menor do que a de punho cerrado. Fazer a barba era proibido. A modernidade, e qualquer coisa ligada a ela, foram totalmente banidas.

Mas de todas as mudanças impostas pelo Talibã, as mais dolorosas e desmoralizantes foram aquelas que iriam transformar radicalmente a vida de Kamila, de suas irmãs e de todas as mulheres de sua cidade. Os decretos promulgados recentemente obrigavam:

Que as mulheres ficassem em casa.
Que as mulheres não tinham permissão para trabalhar.
Que as mulheres eram obrigadas a usar o chadri em público.

As mulheres foram oficialmente banidas das escolas e dos escritórios, embora muitas professoras, inclusive Malika, a irmã mais velha de Kamila, iam todas as semanas ao trabalho buscar seus salários por serviços que não podiam mais realizar. As escolas para meninas foram rapidamente fechadas; em vinte e quatro horas a população de estudantes masculinos do [Instituto] Sayed Jamaluddin saltou de 20 para 100%. E o uso do chadri tornou-se obrigatório, nenhuma exceção era permitida. Para muitas mulheres, no entanto, inclusive para Kamila e suas quatro irmãs, as restrições com respeito às vestimentas constituíam o menor de seus problemas. O pior de tudo era elas não terem para onde ir; estavam condenadas a permanecer em suas salas de estar. Da noite para o dia, as mulheres desapareceram das ruas de uma cidade onde apenas alguns dias antes elas representavam quase 40% do funcionalismo público e mais da metade de todo o professorado. O impacto foi imediato e devastador, particularmente para as trinta mil famílias de Cabul que eram declaradas oficialmente chefiadas por viúvas. Muitas daquelas mulheres haviam perdido seus maridos durante os intermináveis anos de guerra, primeiro com os soviéticos e, em seguida, com seus próprios conterrâneos. Agora, elas não podiam nem mesmo trabalhar para sustentar seus filhos.

Para o Sr. Sidiqi, patriota e servidor público leal por quase toda a sua vida, a situação era especialmente preocupante. Quando jovem, ele havia trabalhado numa fábrica suíça de tecidos altamente desenvolvida e que valia 25 milhões de dólares em sua cidade natal de Gulbahar. Ele havia visto as mulheres europeias trabalhando ao lado de seus maridos e de seus colegas afegãos. Tudo que diferenciava aquelas mulheres que tinham trabalho e renda das mulheres de sua própria família era a educação, uma realidade que ele jamais esqueceria. Por todas as guerras e revoltas que ele havia testemunhado no decorrer de sua carreira militar, o Sr. Sidiqi estava determinado a dar aos seus filhos – nove meninas e dois meninos – o privilégio de estudar. Ele não faria distinção entre seus filhos homens e suas filhas mulheres com respeito aos deveres de escola. Como ele costumava dizer com frequência aos onze filhos: "Eu vejo vocês todos com o mesmo olhar". Para ele, sua principal obrigação e dever religioso era dar a seus filhos uma educação para que eles pudessem servir à comunidade com os conhecimentos adquiridos. Agora, era com o coração apertado que ele via o Talibã fechar as escolas para meninas e obrigar as mulheres a ficarem em casa,

Reunida em volta do rádio, a família Sidiqi ouvia as declarações do Talibã pela Rádio Afeganistão – que recentemente havia passado a ser chamada Rádio Sharia pelos novos mandantes da cidade – e foi ficando ainda mais desanimada. A cada noite, eles tomavam conhecimento de novas leis através do aparelho radiofônico. Não sobra mais muita coisa para nos tirarem, Kamila pensou consigo mesma uma noite antes de abandonar todas as suas preocupações para entregar-se ao conforto do sono. Quantas leis eles ainda podem criar?

Nenhuma das meninas havia saído de casa desde que o Talibã havia tomado Cabul e todas elas estavam convencidas de que não suportariam aquele confinamento por muito mais tempo. Durante sete dias seguidos, as meninas ficaram zanzando de uma peça a outra da casa, lendo primeiro seus livros preferidos e depois também os menos preferidos, sintonizando o rádio nas estações de notícias, em volume baixo para que ninguém de fora ouvisse, contando histórias umas para as outras e ouvindo seus pais discutirem o próximo passo a ser dado pela família. Nunca antes nenhuma das irmãs havia passado tanto tempo confinada aos limites do pátio de sua casa. Elas sabiam que muitas famílias conservadoras das regiões rurais do país, particularmente do sul, praticavam o *purdah*, a reclusão das mulheres de maneira que elas não tivessem nenhum contato com homens, a não ser seus familiares diretos — mas tais práticas eram totalmente alheias a sua família. O Sr. Sidiqi e sua esposa haviam incentivado cada uma de suas nove filhas a ter uma profissão e, até ali, as três mais velhas haviam se formado professoras. As mais jovens, que tinham de seis a dezessete anos, continuavam estudando e se preparando para entrar na universidade. "A caneta é mais poderosa do que a espada", o Sr. Sidiqi costumava dizer a seus filhos quando à noite eles se debruçavam sobre os livros. "Continuem estudando!"

E agora, um dia monótono após outro, aquelas meninas cheias de vida e vontade de estudar ficavam de pés descalços sentadas sobre as almofadas da sala de estar ouvindo pela BBC as notícias de como as coisas estavam se desdobrando e se perguntando por quanto tempo ainda a vida poderia continuar daquele jeito. Todos os planos que elas tinham para o futuro haviam simplesmente evaporado com a rapidez de um batimento cardíaco.

Kamila tentava ser otimista. "Tenho certeza de que isto não vai durar mais de alguns meses", ela dizia a suas irmãs quando as via impacientes e arreliando-se umas com as outras. Mas em seu íntimo, ela estava doente de preocupação. Sentia muita falta de sua antiga vida, que a preenchia com escola e amigas. E achava doloroso imaginar o mundo lá fora seguindo em frente sem ela e sem nenhuma das mulheres de Cabul. Com certeza, aquilo não podia durar para sempre. Sim, ela podia usar o chadri, mas não podia ficar dentro de casa sem nada para fazer por muito mais tempo; tinha que haver alguma maneira de ela poder estudar ou trabalhar, mesmo com a universidade fora do alcance. Elas eram cinco garotas em casa, ali no bairro suburbano de Khair Khana, e Kamila sabia que seu pai e seu irmão não poderiam sustentá-las para sempre. Se aquela situação se prolongasse por muito mais tempo, ela teria que encontrar uma maneira de ajudar.

Mas as notícias sobre como andava a vida nas ruas de Cabul continuavam desanimadoras. O irmão de Kamila, Najeeb, descrevia em detalhes para suas irmãs uma cidade que havia sido transformada. Era verdade que a maioria das lojas havia sido reaberta e mais alimentos podiam ser encontrados nos mercados, agora que o bloqueio do Talibã havia sido suspenso. Os preços tinham até caído um pouco depois que as estradas para Cabul haviam sido reabertas. Agora se podia sentir um clima de certo alívio no ar depois que os combates haviam finalmente cessado e foguetes não eram mais disparados diariamente sobre a cidade. A segurança tinha, instantaneamente, melhorado. Mas na cidade reinava um silêncio sinistro. O tráfego havia deixado de congestionar as ruas da cidade. E quase nenhuma mulher era vista nas ruas. As duas que Najeeb havia visto numa tarde andavam a passos largos totalmente encobertas pelo chadri e de cabeça baixa.

E havia uma novidade nas ruas de Cabul: as rondas do Amr bil-Maroof wa Nahi al Munkir, o Ministério da Promoção da Virtude e Supressão dos Vícios, que seguia o estilo de um ministério similar na Arábia Saudita, um dos poucos países que apoiavam o Talibã. Desfilando pela cidade, as patrulhas do Amr bil-Maroof assumiam o papel de "principais forças que faziam valer a pureza moral". O mero nome Amr bil-Maroof bastava agora para causar pavor tanto em homens como em mulheres. Aqueles fanáticos soldados de infantaria faziam cumprir a interpretação própria que o Talibã fazia do código de leis Pashtunwali ou da lei islâmica. Eles se empenhavam em suas tarefas com tal fervor e seriedade que chegavam, às vezes, a apavorar até mesmo seus chefes de Kandahar.

Muitos deles mal tinham idade para ter barba e não usavam uniforme, apenas um turbante branco ou preto e um *shalwar kameez* — um camisolão largo e surrado que ia até os joelhos —, às vezes com um colete por cima, e calças largas. Eles andavam com seus *shaloqs* — bastões de madeira —, que tanto haviam aterrorizado Malika naquele dia em que estivera no consultório médico, e também com suas antenas de metal e seus chicotes de couro. Na hora das preces, os homens do Amr bil-Maroof colocavam seus chicotes para funcionar, cercando os compradores e berrando para seus irmãos que "fechassem suas lojas e fossem para a mesquita". Eles patrulhavam as ruas dia e noite à procura de alguém que estivesse violando as leis, especialmente as mulheres. Se alguma mulher ousasse afastar o chadri para dar uma olhada em algo que queria comprar no mercado, ou se um punho se mostrasse acidentalmente descoberto enquanto ela atravessava uma esquina, um membro do Amr bil-Maroof surgia do nada para fazer valer a "justiça" de forma rápida e brutal, bem ali, diante dos olhos de todos. Raramente um homem se dispunha a intervir em favor de uma mulher que estivesse sendo espancada; ele sabia que seria o próximo a ser espancado se tentasse ajudar. Os talibãs arrastavam seus piores transgressores, inclusive as mulheres acusadas de infidelidade, para a prisão, um buraco escuro de onde muito raramente e por delitos menores, apenas as famílias com dinheiro podiam – ocasionalmente – pagar para tirá-los.

Os vizinhos de Kamila começaram a deixar Cabul à medida que as sanções foram se tornando ainda mais severas. Mas não era apenas a situação política que estava forçando-os a deixar o país, mas o rápido colapso da economia. As fontes de renda secaram e as famílias se viram forçadas a viver de quase nada. O governo passou a pagar o salário de suas dezenas de milhares de funcionários públicos apenas ocasionalmente, isso quando pagava, e as famílias em que as esposas, irmãs e filhas trabalhavam perderam, pelo menos, uma fonte de renda. Muito antes da chegada do Talibã, vários moradores de Khair Khana haviam fugido da matança e violência da guerra civil. Os que haviam permanecido venderam tudo que possuíam para sobreviverem à guerra, inclusive as portas e janelas de suas casas para serem transformadas em lenha. Agora, a maior parte da minguada classe média que continuava morando em Khair Khana e tinha como ir embora decidiu fazer suas trouxas e empreender a arriscada viagem para o Paquistão ou o Irã.

Portanto, não foi nenhuma surpresa quando Najeeb voltou do mercado uma noite anunciando que seus primos e suas famílias estavam se preparando para ir embora. Sendo um rapaz formoso e com a confiança de um jovem, Najeeb falou num tom que mal escondia sua afobação.

"Acabei de ir ver o tio Shahid e ele disse que não podem mais continuar aqui. As meninas não podem estudar e eles estão preocupados com o que vai acontecer com os rapazes." Kamila nunca tinha visto seu tranquilo irmão tão alterado. Seus primos também eram garotos adolescentes que, como Najeeb, enfrentavam cada vez mais riscos nas ruas de Cabul simplesmente por serem tajiques do norte. A cada semana os riscos só pioravam e não desapareciam, como suas famílias haviam acreditado no início.

Em diferentes ocasiões, os parentes foram pessoalmente contar seus planos ao pai de Kamila, diante de muitos copos da bebida *chai* feita em casa e de uma bandeja de prata cheia de amêndoas, sementes de pistache e *toots*, as iguarias de frutas secas. Mas agora as famílias estavam deixando a cidade rapidamente e em silêncio enquanto era possível. Eles não tinham tempo para comunicar sua partida até mesmo às pessoas que mais amavam e nas quais mais confiavam.

Kamila tinha ouvido, alguns dias antes, uma conversa de seus pais em que eles discutiam suas opções e sabia que seu pai, provavelmente, não iria se juntar à família de sua mãe no Paquistão ou no Iraque. Era simplesmente perigoso demais arriscar uma empreitada daquelas com cinco garotas a reboque. Para chegar ao Paquistão, eles teriam que viajar de Cabul a Jalalabad e dali para a cidade fronteiriça de Torkham e, então, se fossem barrados na travessia da fronteira, contratar um homem para conduzi-los clandestinamente através das montanhas. Depois disso, eles teriam que encontrar um táxi ou ônibus que os levasse para uma das cidades, mais provavelmente Peshawar, onde dezenas de milhares de afegãos já haviam se instalado, muitos deles em campos de refugiados. Bandoleiros margeavam os estreitos caminhos de uma região acidentada e contava-se muitas histórias de garotas raptadas ao longo daqueles caminhos. Além disso, o que aconteceria se abandonasse a casa em Khair Khana que havia sido tão difícil para o Sr. Sidiqi construir? Todo mundo sabia que era impossível reaver uma propriedade que fora abandonada. Em poucas semanas, alguma família desesperadamente necessitada de abrigo a ocuparia e ficaria tanto com a casa quanto com o terreno, e quando a família voltasse para Cabul, o Sr. Sidiqi teria que entrar na justiça e esperar anos para reaver sua casa. A possibilidade de ser obrigado a ir embora existia, mas por mais que se falasse mal do Talibã, uma coisa eles tinham conseguido: a cidade estava mais segura. Pela primeira vez em anos, os moradores de Cabul podiam dormir com as portas de suas casas abertas se quisessem. Desde que suas cinco filhas seguissem as regras do novo regime, tudo estaria bem. E eles estariam em seu próprio país.

Mas para os homens da família de Kamila, o perigo aumentou de tal maneira que era difícil ignorar. De nada adiantava ficar repetindo que o Sr.

Sidiqi não era mais do exército ou que não se metia em política ou ainda que ele era demasiadamente velho para lutar na oposição. Os talibãs haviam começado a vasculhar as vizinhanças, indo de casa em casa para descobrir possíveis focos de resistência que restassem na capital rebelde, mas que em geral havia sido dominada. Os jovens soldados andavam à procura de velhos combatentes, termo tão genérico que podia incluir qualquer um do sexo masculino capaz de representar uma ameaça ao regime Talibã, a começar pelos adolescentes. O Talibã acusava os homens pertencentes às minorias étnicas dos usbeques, hazaras e tajiques de apoiarem seus opositores, inclusive Massoud, cujas forças haviam se reagrupado no Vale do Panjshir com a esperança de empurrar os talibãs para o norte, onde poderiam continuar a luta em terreno mais favorável. Com dezessete anos, Najeeb e seus primos haviam se tornado os alvos preferidos das prisões em massa. Uma vez tendo-os nas mãos, o Talibã podia recrutá-los à força e enviá-los para os campos de batalha. Filhos dos vizinhos haviam sido interrogados na rua pelos talibãs e obrigados a mostrar seus documentos de identidade. Se os jovens eram provenientes do norte, eles enfrentavam a ameaça de imediata detenção nas prisões do Talibã que haviam surgido por toda a Cabul.

Toda vez que Najeeb saía de casa, a mãe de Kamila tinha medo de que ele não voltasse. Todos os dias ele voltava para casa com a notícia de que algum amigo ou vizinho estava indo embora do país em busca de trabalho, com promessas de mandar dinheiro para a família assim que pudesse. Como os homens fisicamente saudáveis estavam em massa indo embora, Cabul estava cada vez mais se tornando uma cidade de mulheres e crianças deixadas para trás sem ninguém para sustentá-las e sem meios de sustentarem a si mesmas.

Foi apenas uma questão de tempo até que os medos e inseguranças obrigaram os membros masculinos da família Sidiqi a seguir seus amigos e vizinhos para fora de Cabul. Eles tinham planos incertos de partirem no Eid ul-Fitr, a celebração do fim do mês sagrado do Ramadã, mas por volta do final da sexta semana do regime Talibã, a decisão não pôde mais ser adiada: a família teria que se separar. Do contrário, os homens acabariam na prisão ou nas linhas de frente.

Sentados na sala à luz de lampião, o Sr. Sidiqi comunicou seu plano a seus sete filhos, que moravam com ele. Ele partiria imediatamente para

Gulbahar, sua cidade natal que ficava a aproximadamente setenta quilômetros ao norte na província de Parwan. Quando pequenos, os filhos mais velhos faziam regularmente a viagem de duas horas para ver os parentes e participar dos piqueniques em família às margens do Rio Panjshir, cujas águas geladas passavam bem atrás da casa da família Sidiqi, nas terras férteis que o avô de Kamila havia cultivado. Eles haviam passado muitas férias de verão brincando na água e correndo pelos vastos campos que eram maiores e mais verdes do que os de Cabul. Aqueles passeios idílicos da família acabaram quando o Afeganistão foi invadido pelos russos e a batalha de resistência, travada no norte, começou. Em oito ofensivas sucessivas os tanques soviéticos haviam destruído grande parte da agricultura da região, como também seu estilo de vida, mas eles jamais conseguiram vitórias duradouras ali na fortaleza de Massoud. As forças de Massoud tinham muito mais determinação para defender sua pátria do que os russos jamais tiveram para conquistá-la, e seus combatentes usaram táticas de guerrilha e o terreno traiçoeiro de Parwan para assegurar sua primazia. Com a retirada dos soviéticos e a tomada do poder por Mujahideen, em 1992, os membros mais jovens da família Sidiqi puderam conhecer as choupanas de barro, os rios de águas cristalinas e os campos verdejantes de Gulbahar. Embora muita coisa tivesse sido destruída nos combates, todas as crianças tinham passado a amar a frondosa tranquilidade da aldeia e as paisagens estonteantes das distantes montanhas de Hindu Kush. Agora, com mais outra guerra em andamento, Kamila se perguntava por quanto tempo ainda Gulbahar teria que resistir.

Embora os combates tivessem avançado para o norte de Cabul, para a província de Parwan, o Sr. Sidiqi acreditava que estaria mais seguro lá do que na capital. Ele mandaria buscar a mãe de Kamila depois que tivesse se instalado lá e avaliado a situação. Enquanto isso, Najeeb cuidaria das mulheres até que a família estivesse em condições de decidir o próximo passo do rapaz. Kamila e suas irmãs não tiveram que perguntar por que não podiam acompanhar seu pai para o norte, pois já sabiam o motivo de sua recusa: era perigoso demais viajar com cinco meninas, primeiro através das forças do Talibã e depois pelo território controlado pela Aliança do Norte. Mas o Sr. Sidiqi tinha uma outra razão, essa não mencionada: ele temia que no norte suas filhas seriam assediadas com pedidos de casamento, os quais seria complicado recusar repetidamente. O pai de Kamila não tinha a intenção de ser inospitaleiro para com os possíveis pretendentes e de maneira alguma era contra o casamento de suas filhas, mas queria que antes elas tivessem a chance de completar seus estudos e depois trabalhar, se quisessem. Para isso, elas estariam muito melhor em Cabul. As garotas tinham agora que estudar e aprender o máximo que pudessem e estarem preparadas para voltar à escola quando o Talibã abrandasse suas leis.

Na noite anterior à partida de seu pai, as meninas ajudaram sua mãe a preparar comida para ele levar na viagem, enchendo sacolas de plástico com grossas fatias de pão *naan* e frutas secas. Quando terminaram os preparativos, e suas irmãs haviam se acomodado para ler à luz do lampião, Kamila sentou-se junto de seu pai num canto da sala. Sua figura esbelta elevou-se acima dela quando a instou, em voz baixa, porém solene, para que fosse forte e ajudasse sua mãe. "Todos precisam de você, especialmente as meninas, e eu conto com você para orientá-las e servir de exemplo". Kamila reprimiu suas lágrimas. "Eu não acho que isso tudo vai acabar logo; pode até levar anos. Mas tenho certeza de que você será um bom exemplo para suas irmãs. E sei que continuará me dando orgulho, como sempre tive de você."

Kamila passou a noite toda pensando nas palavras dele. Ele estava contando com ela. E suas irmãs também. Ela teria que encontrar uma maneira de tomar conta de sua família.

Kamila não chorou quando se despediu de seu pai na manhã seguinte. Tampouco sua mãe, que havia passado a maior parte da noite arrumando as coisas que ele levaria. A família já havia assistido a muitas lutas e guerras na última década; até mesmo os menores sabiam que de nada adiantava querer que as coisas fossem diferentes. O Talibã está se instalando no poder para ficar, instituindo um governo, dando entrevistas coletivas à imprensa e exigindo o direito de representar o país nas Nações Unidas. Tudo que Kamila e suas irmãs podiam fazer, naquele momento, era aprender a abrir um novo caminho sob aquela nova ordem.

3

Costurando um novo futuro

"O QUE VOCÊ ESTÁ LENDO?" Kamila perguntou, olhando por cima do ombro para sua irmã Saaman, que estava estirada sobre o fofo tapete vermelho entrançado da sala de estar. Khair Khana estava sem eletricidade havia muitos dias e a luz do lampião refletia suas sombras trêmulas nas paredes nuas da sala.

Saaman estava absorta em seus próprios pensamentos. Seu livro de poesias continuava aberto à sua frente, mas há muito tempo largado; ela estava distraída demais para poder se concentrar em sua leitura. O som da voz de Kamila a despertou e a fez voltar para a tranquilidade da noite. Uma bela adolescente com traços delicados e um rosto perfeitamente simétrico, Saaman era mais séria e mais reservada do que sua gregária irmã mais velha. Ela era dotada de uma graça discreta que se manifestava como timidez quando encontrava alguém pela primeira vez.

"Um de seus livros de Maulana Jalalludin", Saaman respondeu. Passado um outro instante, ela suspirou: "De novo".

Ela rolou o corpo para o outro lado da almofada, ajeitou seu rabo-de--cavalo e tentou voltar a se concentrar no livro de poesias.

Apenas alguns meses antes, Saaman havia sido aprovada nos exames de vestibular para ingresso na universidade que era extremamente concorrido, mais conhecido no Afeganistão por seu nome francês, *concours*, e havia conquistado uma cobiçada vaga na Universidade de Cabul. Seus pais haviam ficado imensamente orgulhosos de sua sexta filha, que seria a primeira da família a ingressar na universidade mais antiga e respeitada do país. Ela havia acabado de começar seu primeiro semestre de estudos no departamento de ciências, curtindo a vida universitária. E então, o Talibã passou a mandar em tudo. Saaman estava tentando suportar o fim repentino de seus estudos com compostura, mas estava difícil aceitar a imposição de trocar sua vida universitária pela sala de estar de sua casa, com suas irmãs irrequietas.

Mas ela não era a única jovem de Cabul que estava tentando preencher as horas de seus dias. Por toda a capital, mulheres de todas as idades e classes sociais estavam aprendendo a sobreviver numa cidade governada por homens que queriam fazê-las desaparecer. O Talibã havia se entrincheirado para enfrentar o inverno e talvez muito mais além dele; ninguém se atrevia a adivinhar. Enquanto isso, a guerra continuava entre o novo regime e as forças de Massoud, com as Nações Unidas martelando para chegar a uma paz que carecia de energia até mesmo para se firmar em pé.

Haviam se passado meses desde a chegada do Talibã e as meninas da casa de Kamila nem falavam mais na possibilidade de um fim abrupto para sua prisão domiciliar. Em vez disso, elas assistiam desamparadas à Suprema Corte dos nove homens do Talibã instituir decretos que endureciam as regras para o banimento das mulheres e regulavam até mesmo os detalhes de suas vidas cotidianas. Andar no meio da rua era agora proibido, como também usar sapatos de salto alto. As roupas tinham de ser largas e soltas "para impedir que os membros sediciosos sejam vistos" e o chadri não podia ser de nenhum tecido leve através do qual os braços e as pernas pudessem se insinuar. Misturar-se com estrangeiros e sair sem a companhia de um *mahram*, ou parente do sexo masculino, eram atos proibidos.

Kamila e suas irmãs se uniram em busca de consolo para o desespero horripilante que ameaçava sufocá-las. E elas começaram a pensar em soluções possíveis. "Devíamos pedir a Habiba Jan para nos trazer alguns de seus livros", Kamila disse a Saaman em uma manhã, quando terminavam de arrumar a cozinha após o desjejum feito de *chai* quente e *naan* torrado. A família de Habiba morava apenas duas casas abaixo, na mesma rua, o que possibilitava que se visitassem com relativa segurança, mesmo nas circunstâncias vigentes.

"Estou tão cheia de ficar lendo sempre as mesmas coisas. Talvez pudéssemos trocar alguns livros com nossas amigas", ela disse animada.

"Sim, isso mesmo, que ótima ideia!" Saaman respondeu secando as mãos com um pano de pratos. "Devíamos também falar com Razia. Ela costuma ler muito, mas não sei ao certo de que tipo de livros ela gosta. Temos tudo que existe de livros de poesias; talvez ela possa nos emprestar alguns daqueles grandes romances policiais persas – acho que ela é viciada neles". Saaman se animou pela primeira vez em semanas.

Com essa conversa teve início a troca regular de livros entre a vizinhança. A cada tantos dias um punhado de garotas da parte nordeste de Khair Khana dava uma passada na casa dos Sidiqi para deixar os livros que elas haviam acabado de ler e pegar outros. Todas estavam entusiasmadas com a busca de novos volumes para compartilhar com o grupo e quando reviravam em suas próprias pequenas bibliotecas, elas faziam de tudo para emprestá-los das coleções de suas famílias. A sala de estar da casa de Kamila virou um centro de troca informal, com livros alinhados por toda a parede, com as lombadas à vista e organizados em ordem alfabética por autor e em fileiras bem arranjadas para facilitar o manejo. As garotas da vizinhança passavam por ali todos os dias e se reuniam num círculo, tomando *chai* e comendo pistaches, enquanto falavam da paixão pelos autores de sua preferência, incentivando, umas as outras, a lerem seus autores preferidos.

Kamila e Saaman adoravam os famosos poetas persas. Um exemplar do clássico *Divani Shamsi Tabrizi*, um poema épico de quarenta e cinco mil versos em dari de Maulana Jalalludin Mohammad Balkhi Rumi, circulava constantemente pelo corredor entre a sala de estar e os quartos de dormir das garotas. O poeta do século XIII, nascido na província nordeste do Balkh e conhecido pela maioria dos ocidentais apenas como Rumi, definiu a tradição mística sufi do Islã, segundo a qual meditar sobre música e poesia leva o homem para mais perto de Deus e a presença do divino. Outro escritor que emocionou profundamente as garotas foi o poeta lírico Hafez, nascido em 1315 na cidade de Shiraz, ao sul do Irã. Hafez escreveu *ghazals*, ou odes, que descreviam o sentimento de perda dos humanos e para o qual buscavam consolo na imensa beleza do amor divino e criação de Deus. As garotas se revezavam na leitura de suas estrofes em voz alta:

POEMAS EXTRAÍDOS DE O DIVÃ DE HAFEZ
Traduzidos [para o inglês] por Gertrude Lowthian Bell

O vento do alvorecer soprará espalhando odor de almíscar,
O velho mundo voltará a ser jovem,
E outros vinhos jorrarão do cálice da primavera;
A olaia colocará uma taça transbordante de vinho tinto
Diante do jasmim imaculadamente branco,
E as anêmonas erguerão seu cálice escarlate
Para brindar o narciso de palidez estelar.

A prolongada tirania da dor esvairá,
A despedida acabará em encontro, o lamento
Do pássaro triste que entoava "Ai de mim, ai de mim!"
Chegará até a rosa em sua tenda de cortinas vermelhas...

Bem-amada é a rosa – ora, ora seus doces perfumes proclamam,
Enquanto suas pétalas ainda púrpuras enrubescem e voam;
Aqui ela chegou seguindo o curso da primavera,
E daqui ela irá seguindo o curso do outono.
Agora, enquanto te ouvimos, Menestrel, afine tua melodia!
Tu mesmo disseste: "O presente nos escapa sem que percebamos;
O futuro chega, trazendo – o quê? Quem sabe?"

Os versos de sua muito estimada herança literária persa levavam as garotas para longe da ideia rígida que o Talibã fazia do Islã, ideia essa originária de outra corrente do islamismo, a Deobandi, que se opunha ardorosamente ao misticismo e rejeitava a música e a dança como influências perniciosas. A tradição Deobandi surgiu no norte da Índia em reação às injustiças do regime colonial e com o tempo evoluiu de maneira a abarcar apenas as interpretações puritanas do Islã.

Aquele intercâmbio de livros ocupou as meninas por muitas semanas, mas, por mais que gostasse de ler e trocar livros com suas amigas, Kamila estava se sentindo cada vez mais inquieta. Até mesmo o novo suprimento de livros estava se tornando uma prática enfadonha: devorar cada um deles e voltar a lê-los. Por quanto tempo posso ficar aqui, simplesmente sentada? Ela se perguntava. Ela sabia de mulheres que haviam encontrado maneiras de trabalhar; ela tinha ouvido falar que algumas professoras estavam dando aulas em suas casas, por exemplo, mas a situação política continuava tão imprevisível que a maioria das mulheres achava mais sensato continuar dentro de casa até que ocorresse alguma mudança.

E as coisas tinham que mudar. Havia um número excessivo de viúvas com necessidade de sustentar a si mesmas e suas famílias, como também um número excessivo de garotas com fome de estudar. A frustração aumentava à medida que a economia implodia sob o jugo da má administração, da guerra e da negligência. A ajuda estrangeira, na forma de distribuição subsidiada de trigo, havia se tornado crucial para ajudar a alimentar os moradores de Cabul. Toda a cidade era classificada naquele momento como "vulnerável" no vernáculo da prestação de ajuda. A situação caminhava rapidamente para um estado insustentável.

A família de Kamila era privilegiada. O Sr. Sidiqi havia guardado algumas economias do salário que recebia do exército e a cada mês recebia o aluguel de um apartamento que possuía nas redondezas. O dinheiro não daria para sustentar indefinidamente toda a sua numerosa família sem trabalhar, mas estava dando para mantê-los até que o Sr. Sidiqi encontrasse outra saída.

Se a mãe de Kamila estava preocupada com a situação da família, ela não deixava transparecer; nem falava de suas preocupações com sua filha mais velha. Mas Kamila via com muita ansiedade os recursos da grande família se esvaindo. Seus irmãos, Rahim e Najeeb, iam às compras com menos frequência e a cada vez voltavam para casa com menos suprimentos. Comer carne havia se tornado um luxo ainda maior e Kamila se perguntava por quanto tempo o dinheiro que restava poderia ainda durar, uma vez que eram muitas bocas a serem alimentadas.

Para piorar ainda mais as coisas, a família não havia recebido nenhuma notícia do Sr. Sidiqi desde sua partida de Cabul, semanas antes. Poucas casas tinham telefone. Não havia nenhum serviço nacional de correio – o analfabetismo predominava em geral nas áreas rurais do país – e a guerra que estava sendo travada havia prejudicado enormemente o funcionamento dos serviços de comunicação que tinham conseguido sobreviver à invasão soviética. Uma bem-sucedida rede formada por parentes e amigos passou a preencher esse vácuo: muitas pessoas que viajavam regularmente de Cabul para o norte, e vice-versa, serviam de carteiros improvisados, transmitindo mensagens entre pessoas que se amavam e levando notícias para aqueles que haviam sido deixados para trás. A mãe de Kamila tentava não se preocupar e consolava-se em saber que seu marido já havia sobrevivido a duas guerras em seu país. Mas ela se sentia apreensiva por ele estar tão longe numa situação tão instável como aquela. Eles haviam vivido juntos por três décadas, haviam tido onze filhos e o único desejo dela era que ele chegasse a Parwan são e salvo. Ela pretendia ir ao encontro dele lá, assim que ele desse notícia de que a situação era segura o bastante para ela ir.

Enquanto isso, o Talibã havia transferido a guerra para o norte. Eles foram atrás da fortaleza de Massoud no Vale do Panjshir e atacaram as tropas do General Abdul Rashid Dostum na cidade de Mazar-e-Sharif, ao norte, famosa por sua Mesquita Azul. Eles estavam decididos a acabar com os adversários que restavam e consolidar o controle sobre todo o país. Então, o mundo não teria outra escolha senão reconhecer o Talibã como governo do Afeganistão por direito legítimo e conferir aos homens de Kandahar todos os benefícios de uma nação, inclusive a ajuda estrangeira e o lugar na ONU que eles tanto cobiçavam.

Enquanto lutavam contra seus próprios conterrâneos, os talibãs estavam também lutando pelo controle dos recursos econômicos do norte, com suas terras férteis e ricas em minerais, que lhe provia a base industrial da qual o sul carece. Quase duas décadas antes, os soviéticos haviam despendido milhões de dólares no desenvolvimento dos vastos recursos energéticos da região em benefício próprio. Reservas de petróleo bruto, ferro e carvão eram encontradas em abundância nos territórios do norte, que vinham recebendo há anos dólares de ajuda de Cabul em recompensa por serem mais fáceis de governar do que os territórios do sul rebelde.

Enquanto isso, a situação econômica se agravava em Cabul e as famílias passavam da condição de pobreza para a de penúria. O Talibã rechaçava a ajuda da comunidade internacional ao que os homens de Kandahar chamavam de "os dois por cento de mulheres" que trabalhavam nos escritórios de Cabul. Eles promulgaram novos decretos, disfarçados na linguagem da diplomacia:

"Nós solicitamos, gentilmente, a todas as nossas irmãs afegãs que não se candidatem a nenhum emprego em agências estrangeiras e que tampouco as procurem. Do contrário, se elas forem perseguidas, ameaçadas e investigadas por nós, a responsabilidade recairá sobre elas. Nós determinamos a todas as agências estrangeiras que respeitem rigorosamente as leis decretadas pelo Estado Islâmico do Afeganistão e evitem empregar mulheres afegãs".

Eles continuaram a espancar as mulheres que saíam às ruas, inclusive as pedintes que estendiam suas mãos macilentas e rachadas aos passantes na esperança de ganharem uma esmola. Os soldados do Talibã as espancavam com seus bastões de madeira e as repreendiam severamente por estarem na rua desacompanhadas de um *mahram*. Eles ignoravam que a falta de homens em casa era a razão que obrigava a maioria daquelas mulheres a ir parar nas ruas. Abundavam histórias sobre aquelas que haviam recorrido à prostituição como meio de sustentar seus filhos, situação essa que acarretava muita vergonha e perigo tanto para as próprias mulheres como para suas famílias. Mas para muitas delas, não havia outra alternativa. Se presas, elas eram submetidas à execução em praça pública.

Kamila sabia de tudo que estava acontecendo nas ruas através de seus irmãos, que cumpriam fidedignamente a função de ser seus olhos e ouvidos, pois ela mesma via muito pouco. Ela se aventurava a sair apenas muito raramente e quando deixava a segurança da casa, se restringia estritamente aos limites de Khair Khana. Os lugares mais distantes que ela havia ousado ir eram as lojas em torno do centro comercial do Liceu Myriam – assim chamado por sua proximidade com a escola secundária que levava esse nome – onde podia encontrar tudo, de comida a tecidos, inclusive o obrigatório e agora onipresente chadri. Nenhuma das mulheres que Kamila via andando pelo estreito labirinto de estandes e lojas do Liceu Myriam esmolava; elas simplesmente estavam comprando as coisas de que necessitavam o mais rápido possível enquanto evitavam as patrulhas do Amr bil-Maroof, que as puniriam simplesmente por falarem alto demais ou vestirem roupas feitas com tecidos que farfalhavam. Mesmo que elas não estivessem se sentindo muito nervosas ou com medo de serem pilhadas pelos sempre presentes soldados do Talibã, elas não tinham por que se demorar por ali, uma vez que não podiam ver muita coisa através do retângulo entrançado de seu chadri. Rir em público era também proibido, mas havia pouco risco de violar tal proibição naqueles dias. Em Cabul, todo prazer de fazer compras também havia desaparecido.

A interação entre os vendedores do sexo masculino e as compradoras do sexo feminino era monitorada de perto. As mulheres falavam o mínimo possível enquanto escolhiam e pagavam suas compras. Até mesmo perguntar sobre como ia sua família, o que era uma regra de boa educação na sociedade afegã, podia despertar suspeita e atrair a atenção dos talibãs. Os costureiros homens não podiam mais tirar as medidas das mulheres para confeccionar seus vestidos, uma vez que isso poderia levá-los a ter pensamentos imorais e era uma violação da total segregação que o Talibã impunha entre homens e mulheres que não fossem casados ou membros da mesma família.

Andando pelo centro comercial Liceu Myriam, Kamila notou outras mudanças nas lojas de sua preferência. Não se tocava mais música animada e as fotos das estrelas do cinema indiano haviam desaparecido. Até mesmo as fotografias de mulheres sorridentes exibindo caros vestidos paquistaneses haviam desaparecido das paredes das lojas de costura. E poucos eram os vestidos de luxo que restavam nas butiques; com a economia implodindo, as mulheres em geral trancadas em suas casas e as mulheres ricas de Cabul aproveitando a oportunidade para fugir, o mercado de roupas finas e caras simplesmente evaporou.

Cabul era agora uma outra cidade. A situação no período Mujahideen havia sido grave, mas a cidade nunca havia estado tão abandonada e despojada de toda a esperança.

Com a chegada do inverno, a situação da cidade piorou. Os preços de gêneros alimentícios como farinha e óleo subiam a cada mês, e para a maioria das famílias que conseguia apenas sobreviver, eles estavam cada vez mais fora de seu alcance. A mãe de Kamila se esforçava para que seus sete filhos tivessem supridas suas necessidades básicas de comida e vestuário, mas como todos ao seu redor, a manutenção da casa mal estava dando para o gasto. Kamila sentia a enorme pressão que pesava sobre sua família e todos os dias passava horas tentando encontrar maneiras de poder ajudar. Ela tinha certeza de que as coisas não podiam continuar como estavam, com oito pessoas dependendo da pequena renda vinda do apartamento alugado e de suas minguadas economias. Além de comida, eles precisavam de livros e material escolar para Rahim, o único da família que podia continuar indo à escola. Eles também precisavam comprar lenha para a lareira *bukhari* que aquecia a sala de estar e óleo para os lampiões. Najeeb, o mais velho dos dois garotos, estava em melhores condições de ajudar a família, mas com as coisas piorando, sua segurança estava cada vez mais em risco. E, além do mais, não havia como encontrar emprego em Cabul.

Pouco tempo depois, Najeeb e sua mãe decidiram que ele teria que ir para o Paquistão juntamente com muitos outros rapazes de famílias conhecidas dos Sidiqi. Se não conseguisse encontrar trabalho no Paquistão, ele iria para o Irã e mandaria seu salário para casa assim que pudesse. Mas era impossível saber quando isso ocorreria. Dezenas de milhares de refugiados já haviam atravessado a fronteira. Kamila e suas irmãs ouviam incontáveis relatos sobre as dificuldades que eles enfrentavam para encontrar trabalho e lugar para morar. A maioria deles se amontoava em campos de refugiados onde famílias competiam por ajuda de uma organização já sobrecarregada que lutava com dificuldades para manter seus programas que ofereciam assistência médica, escola e trabalho.

A família Sidiqi estava precisando de ajuda imediata. Se ela conseguisse elaborar um plano que lhe possibilitasse ganhar dinheiro enquanto, seguindo as ordens do Talibã, continuasse entre as quatro paredes de sua casa – Kamila pensava –, ela aliviaria a pressão sobre Najeeb e seu pai. Ela sentia o quanto sua família precisava de sua ajuda e ela teria de encontrar uma maneira de fazer a sua parte. A Dra. Maryam, que alugava o apartamento dos Sidiqi e o usava como consultório, havia conseguido fazer isso; como médica, apesar das restrições impostas, ela ainda podia exercer a medicina. Desde que não entrasse nenhum homem em seu consultório e que todos seus pacientes fossem mulheres, o Talibã não fazia nenhuma objeção a ela continuar com sua clínica.

É algo assim que eu tenho de encontrar, Kamila pensava consigo mesma. Eu preciso descobrir algo que possa fazer em casa, atrás de portas fechadas. Preciso achar alguma coisa que as pessoas necessitem, algo útil que elas queiram comprar. Ela sabia que tinha poucas opções. Apenas as necessidades básicas importavam naquele momento; ninguém tinha dinheiro para comprar qualquer outra coisa. Dar aulas poderia ser uma opção, mas com pouca probabilidade de lhe render dinheiro suficiente, uma vez que a maioria das famílias mantinha suas filhas encerradas em casa por medo de arriscar a segurança delas. E ela, certamente, não queria uma renda que dependesse do agravamento de sua situação de insegurança.

Kamila passou longas horas, de muitos dias, considerando suas opções, avaliando quais habilidades ela poderia aprender rapidamente e que também pudessem render dinheiro suficiente para fazer uma diferença em sua família. E então lhe ocorreu a ideia, inspirada em Malika, sua irmã mais velha, que, além de ser uma ótima professora, havia se tornado, depois de muitos anos de empenho, uma talentosa – e cobiçada – costureira. As mulheres, suas vizinhas no bairro de Karteh Parwan, adoravam seu serviço de tal maneira que a renda obtida com os trabalhos de costura era quase a mesma que seu salário de professora. É isso aí, Kamila decidiu. Eu vou ser costureira.

Havia muitos aspectos positivos: ela poderia fazer o trabalho na sala de sua casa, suas irmãs poderiam ajudar e, o mais importante de tudo, ela havia visto com os próprios olhos, no Liceu Myriam, que o mercado de roupas continuava fortemente ativo. Mesmo com o Talibã no poder e a situação econômica se agravando, as mulheres continuavam necessitando de roupas simples. Desde que ela trabalhasse em surdina para não atrair atenções desnecessárias, os riscos poderiam ser administrados.

Havia apenas um grande obstáculo no caminho de Kamila: ela não fazia a mínima ideia de como se costurava. Até ali, ela havia se concentrado em seus livros e estudos e jamais havia demonstrado qualquer interesse em costura – mesmo sua mãe sendo uma exímia costureira, arte que havia aprendido quando jovem, com sua própria mãe, lá no norte. Quando adolescente, a Sra. Sidiqi confeccionava todas as roupas que ela mesma usava e, mais tarde, havia ensinado Malika, quando a jovem, em seu tempo de colégio, havia se defrontado com sua primeira tarefa de costura. Agora que o Talibã havia banido as mulheres das salas de aulas, Malika estava considerando de novo a possibilidade de dedicar-se à costura por tempo integral, especialmente após o negócio de transporte de seu marido ter sofrido perdas consideráveis sob o novo regime.

"Malika", Kamila sussurrou para si mesma: "Com certeza, ela pode me ensinar. Ninguém é tão talentosa quanto ela…"

Alguns dias depois, Kamila pôs-se a caminho da casa de Malika no bairro de Karteh Parwan. Encoberta com seu próprio chadri, ela dirigiu-se ao ponto de ônibus sob o sol da manhã. Ela não tinha conseguido avisá-la de sua visita, para que a esperasse, mas naqueles dias era difícil que qualquer uma de suas irmãs não estivesse em casa; a vida tinha passado a ser dentro de casa. Como Rahim estava na escola, Kamila foi sozinha, sem a companhia de um *mahram*, e foi com o coração acelerado que ela percorreu as poucas centenas de metros até a esquina. A cidade parecia que havia sido evacuada. Kamila seguiu de cabeça baixa e rezando para que ninguém a percebesse.

Felizmente, ela teve que esperar pouco tempo até que o ônibus azul e branco surgisse, se arrastando rua abaixo, e parasse com um forte estremecimento. Kamila percebeu imediatamente que, como tudo mais em Cabul, havia algo de diferente no veículo. Não lhe fora permitida a entrada pela porta da frente, como era normal, mas fora obrigada a entrar por uma porta nos fundos que ia dar num compartimento separado para as mulheres. Um velho *patoo*, cobertor de lã que muitas vezes servia para encobrir os homens, estava pendurado de qualquer jeito numa corda, mal escondendo as mulheres nos fundos, separadas dos homens que iam sentados na frente com o motorista. Ao entrar no ônibus, um menino pegou o dinheiro da mão de Kamila para pagar sua passagem; meninos de sua idade eram os únicos do sexo masculino que podiam ainda ter contato com mulheres que não fossem de sua própria família.

Enquanto o ônibus se arrastava pela rua principal de Khair Khana, Kamila ia olhando pela janela. Quase não havia carros circulando na rua, apenas poucas pessoas, na maioria homens, que se amontoavam no frio para tentar vender o que suas famílias ainda possuíam. Seus utensílios estavam sobre cobertores sujos espalhados nas calçadas das ruas: cilindros de borracha de velhas bicicletas, bonecas desgrenhadas, sapatos usados sem cadarço, jarros de plástico, panelas e caçarolas e montes de roupas usadas. Qualquer coisa que eles tivessem e achassem ter alguma serventia para outros. Os Mujahideen armados não mais guarneciam o posto de controle no anel viário que demarcava a divisa entre seu bairro e o de Khwaja Bughra; em seu lugar, grupos de talibãs empunhando suas metralhadoras Kalashnikov guardavam o cruzamento.

Dentro do ônibus, as mulheres comentavam aos sussurros o desespero crescente que imperava em Cabul.

"A situação nunca foi tão ruim para nós", uma mulher disse. Kamila não podia ver nada de seus rostos; tudo que elas tinham eram vozes, que soavam um pouco abafadas encobertas pelo chadri. "Não sei o que vai ser de nós. Meu marido perdeu o emprego e minhas filhas estão em casa comigo. Talvez a gente vá para o Paquistão, mas não é possível prever se as coisas irão ser melhores lá."

Uma mulher, sentada à frente, respondeu em voz baixa, balançando a cabeça de um lado para outro enquanto falava. Ela parecia muito cansada.

"Vocês sabem, meu marido foi para o Irã e agora eu receio que eles mandem meu filho para as linhas de frente. O que vai acontecer com meus filhos? Não sobrou ninguém para nos ajudar. Tudo ficou muito difícil."

Kamila ouvia as queixas daquelas mulheres. Finalmente, quinze minutos depois, o ônibus chegou a Karteh Parwan.

Depois de desembarcar do ônibus, ela desceu a rua principal de Karteh Parwan até a travessa estreita onde morava Malika. Ao chegar ali, ela respirou profundamente, pela primeira vez, depois de sair de Khair Khana. Ela não havia se dado conta do quanto estava nervosa. Depois de passar por uma fileira após outra de casas de um e dois andares, finalmente ela chegou à frente da casa de Malika, um sobrado branco. Malika e seu marido moravam na parte térrea e a família de seu cunhado no andar de cima.

Kamila bateu à porta de madeira e dentro de poucos segundos se sentiu calorosamente acolhida pelo forte abraço de sua irmã mais velha. Kamila se sentiu profundamente aliviada ao entrar na sala que lhe era tão familiar.

"Entre, entre. Estou muito feliz com sua vinda aqui. Que ótima surpresa!" Malika disse, ao beijar a irmã em ambas as faces. Sua barriga estava enorme; Kamila percebeu que o bebê chegaria em breve. "Você teve algum problema para vir até aqui? Ouvi dizer que as patrulhas estão atuando com muito rigor. Você tem que tomar muito cuidado ao sair."

"Oh, não, correu tudo bem", Kamila respondeu, colocando de lado os medos que viera sentindo, até apenas um minuto antes. Não havia necessidade de deixar Malika ainda mais preocupada do que já estava. Sua irmã mais velha havia sido como uma mãe para as crianças menores da grande família Sidiqi; ela havia ajudado a criar todas as sete irmãs mais novas, alimentando-as e preparando-as diariamente para irem à escola, uma vez que sua mãe vivia ocupada tendo que tomar conta dos onze filhos, do marido e da casa. "O ônibus estava lotado de mulheres, todas falando sobre como as coisas estão difíceis."

As duas irmãs sentaram-se diante de seus copos de chai fumegante e uma bandeja de nozes e de biscoitos amanteigados. Kamila contou para Malika tudo que estava acontecendo em sua casa, inclusive sobre a partida iminente de Najeeb e suas preocupações com a situação financeira da família. Então, depois de um momento em silêncio, Kamila falou sobre o motivo de sua visita.

"Malika Jan", ela disse, "eu preciso de sua ajuda".

Ela contou para sua irmã como havia explorado todas as ideias que tinha conseguido imaginar sobre como ganhar dinheiro para ajudar sua família, sobre o quanto ela queria encontrar uma maneira de sustentá-los e facilitar as coisas para seu pai e sua mãe.

"Malika, acho que se eu soubesse costurar, poderia começar a fazer roupas em casa e talvez vendê-las para as lojas do Liceu Myriam."

Malika ouviu atentamente tudo que sua irmã tinha para dizer.

"Você poderia me ensinar a costurar?" Kamila finalmente perguntou.

Malika continuou em silêncio, avaliando a ideia de sua irmã. Ela também tinha ouvido falar de mulheres que, longe da vista do Amr bil-Maroof e dos vizinhos bisbilhoteiros, costuravam vestidos ou faziam mantas de tricô em suas casas para ganhar dinheiro e poder sustentar suas famílias. A necessidade estava transformando aquelas mulheres em empreendedoras. Sem possibilidade de encontrar trabalho e sem nenhum empregador disposto a contratá-las, elas estavam abrindo seus próprios caminhos, criando negócios que as ajudariam a sustentar seus filhos.

Malika ficou preocupada com o fato de sua irmã se dispor a enfrentar tais riscos, mas ela sabia que a família estava necessitada de uma renda. Era a melhor opção que Kamila tinha.

"Sim, é claro que vou ajudar", ela disse. "Tenho certeza de que você vai aprender rapidamente; você sempre aprendeu tudo com facilidade, desde que era pequena!"

Mas sob certas condições.

"Você terá que seguir minhas regras, Kamila. E a primeira delas é: nunca sair de casa sozinha, como você fez hoje. Você terá que vir acompanhada de Najeeb ou de algum outro homem. E não pode nunca estar na rua nas horas das preces – é quando os soldados patrulham as lojas e é muito perigoso."

Kamila ouviu com atenção e concordou com tudo que sua irmã disse.

"Nada de falar com estranhos, nunca, nem mesmo com mulheres, porque nunca se sabe quem pode estar escutando. Ou, se por algum motivo, alguém queira denunciá-la. E, acima de tudo, você jamais poderá ser vista falando com qualquer homem que não seja um de nossos irmãos, em especial os donos de lojas. Você tem que admitir que os talibãs estão sempre de olho e que você nunca é invisível para eles. Você terá que estar sempre muito atenta a cada segundo que passar fora de casa, certo?"

"Com certeza", Kamila disse. "Você está certa. Eu queria que um de nossos irmãos viesse comigo hoje, mas ambos estavam muito ocupados. Eu prometo que daqui em diante vou tomar extremo cuidado."

Malika olhou para ela com cara de quem não estava convencida. Ela não tinha certeza de que sua irmã voluntariosa era capaz de parar alguma vez para pensar nas consequências depois que colocava sua mente em algo.

"É verdade, eu prometo", Kamila repetiu ao perceber que sua irmã estava hesitante. "Eu não quero violar as leis nem causar problemas para ninguém; eu simplesmente preciso trabalhar para ajudar a nossa família. Estou ficando louca de não fazer nada. Eu tenho que voltar a ser útil."

Malika percebeu que era inútil contrariar sua irmã, por mais preocupada que estivesse. Malika percebeu pelo tom de absoluta certeza na voz de Kamila que ela, de qualquer maneira, já havia decidido seguir em frente com seu plano – com ou sem sua ajuda.

"Muito bem", Malika disse, removendo o chá e os petiscos da mesa de madeira. Ela se moveu como alguém que não tinha tempo a perder. "Vamos começar."

Kamila seguiu sua irmã até a área de costura, que ficava bem ao lado da sala de estar. Malika havia arranjado aquele pequeno espaço de trabalho alguns anos antes e ele havia se tornado seu próprio refúgio particular de tranquilidade em meio ao barulho e risadas de seus dois meninos. Havia um par de calças femininas de cor escura e vestidos quase prontos espalhados, aqui e ali, sobre cadeiras e cantos da mesa. Malika estava fazendo um terninho para uma vizinha, ela explicou para a irmã.

Havia três pequenas máquinas dispostas sobre a mesa de costura. Malika usava uma delas para fazer a bainha das roupas, especialmente das peças que eram feitas de tecido grosso. Outra era para bordar. Mas a que ela usava com mais frequência era uma maquininha leve de cor bege, movida por um pedal preto que ficava no chão, embaixo da mesa, com a qual ela podia fazer ziguezague e mais de uma dezena de diferentes tipos de ponto.

Pegando uma tira de tecido azul-cobalto que estava encostada contra a parede, Malika começou a explicar para Kamila como fazer um vestido simples ornado com contas.

"Primeiro, você começa cortando o tecido", ela disse.

Sem parar de falar, Malika pegou um par de tesouras para tecido de uma prateleira próxima que estava repleta de instrumentos de costura: fita métrica, agulhas e dezenas de carreteis de linhas de diferentes cores. Uma coluna enfumaçada de luz solar da tarde entrava na sala vinda do pátio, provocando reflexos na tesoura de metal. Malika manejava a tesoura numa linha perfeitamente reta contra o tecido que estava cortando.

Ela pegou uma chapa de plástico na forma de uma flor que estava sobre sua mesa de trabalho e colocou-a contra a extremidade superior do tecido cortado. Com um marcador de ponta fina, ela contornou a forma das pétalas, inclinando o tecido para mostrar a Kamila o que estava fazendo. Em seguida, ela enfiou a pequena agulha prateada através dos furos perfeitamente uniformes da chapa para perfurar o tecido que estava embaixo. Posteriormente, os pequenos furos seriam preenchidos com contas.

Malika era uma professora nata. Enquanto prosseguia, ela explicava em detalhes para sua irmã cada passo que dava, demonstrando sua técnica com movimentos lentos e deliberados. Sua aprendiz acompanhava atentamente a lição e, sempre que podia, realizava ela mesma o procedimento com a esperança de que assim seria mais fácil lembrar de tudo que Malika estava lhe ensinando. "Hoje eu me arrependo de não ter prestado mais atenção quando nossa mãe ensinou você a costurar, Malika Jan!" ela exclamou.

Logo, Kamila estava apta a pregar as contas. Juntas, ela e sua irmã, costuraram à mão as minúsculas pedrinhas perfuradas sobre a flor até o vestido ter um floreado amarelo com pequenos espaços de azul no centro.

Em seguida, Malika retornou ao acabamento da peça e anunciou que Kamila estava apta a aprender a usar sua preciosa máquina de ziguezague. Malika demonstrou a ela como se colocava linha na máquina e como ela devia se sentar, numa postura confortável na cadeira. Em poucos minutos, Kamila já estava movendo habilmente o pedal.

"Está vendo? Você é uma aluna muito aplicada, exatamente como eu esperava", Malika disse, enquanto elas trabalhavam no acabamento do terninho. Kamila sorriu e as duas riram juntas; depois de três horas de total concentração, ela finalmente relaxou. Era maravilhoso voltar a trabalhar e ela estava tão empolgada por estar aprendendo uma nova habilidade que poderia muito bem se tornar a corda de salvação de que ela tanto necessitava. Malika concluiu a primeira aula a sua irmã, mostrando como finalizar a costura nas barras da saia e das mangas. Quando a máquina finalmente silenciou, elas tinham diante de si um lindo vestido azul com uma flor feita de contas, junto da linha do decote, que seria suficientemente elegante para qualquer ocasião, inclusive o casamento próximo de uma prima em Cabul. Kamila se sentiu orgulhosa de seu trabalho e – admitiu apenas para si mesma – um pouco maravilhada por ter ajudado a fazer um traje tão bonito.

Mas não havia muito tempo para as irmãs se regozijarem com o sucesso alcançado; a tarde havia passado muito rapidamente e logo anoiteceria. Malika dobrou cuidadosamente o novo traje e colocou-o numa sacola plástica enquanto Kamila segurava seu chadri. Com a vigência do toque de recolher, elas tinham que se apressar para que Kamila fosse logo para o ponto de ônibus de maneira a chegar em casa em Khair Khana antes de escurecer. Sem a companhia de um *mahram*, Kamila corria mais risco de ser parada. Quanto mais cedo estivesse em casa melhor.

"Malika, muito obrigada por toda a sua ajuda", Kamila disse, ao se despedir com um abraço de sua irmã mais velha, na porta que ela havia se sentido tão grata ao chegar, apenas algumas horas antes. "Você sempre cuida tão bem de todos nós!"

Malika estendeu a mão atrás de si para pegar uma folha dobrada de papel branco, que deu a Kamila. Dentro dela havia uma pilha de notas coloridas de afeganes.

"Este dinheiro deve ser suficiente para ajudar você a comprar tecidos e materiais para começar", Malika disse.

Kamila deu um abraço apertado em sua irmã. O dinheiro era um presente incrivelmente generoso naquela hora.

"Vou pagá-lo de volta assim que puder. Prometo que não vai demorar muito", ela disse para sua irmã.

No ônibus de volta para casa, Kamila levava a sacola preta de plástico, apertada contra seu corpo, embaixo do chadri. Dentro dela estava o terno azul dobrado, a primeira peça de roupa que ela havia feito em sua vida. Ela não via a hora de poder mostrá-lo a Saaman, e a todos os demais da família, quando chegasse em casa.

Ao entrar correndo em casa, agradecida a Alá por ter chegado sã e salva, Kamila ouviu os sons da conversa animada de suas irmãs na sala de estar. Sua mãe estava sentada com elas, sorrindo.

Kamila chegou bem na hora de ouvir a boa notícia.

Finalmente, havia chegado uma carta do Sr. Sidiqi; um primo que havia acabado de voltar de Parwan entregara a carta a Najeeb. A mensagem estava escrita num fino papel usado que já estava ficando amarelado.

Graças a Alá, cheguei a Parwan. A guerra continua, mas estou bem. Em breve, e com a graça de Deus, eu verei vocês aqui.

Kamila avistou lágrimas brotando dos olhos de sua mãe ao ler a carta e viu-a profundamente aliviada das preocupações que vinha mantendo em silêncio por tanto tempo. A Sra. Sidiqi dobrou a carta, formando com ela um quadrado que colocou sobre a mesinha de madeira na sala de estar. Em seguida, ela retornou ao jantar da família. Em breve, ela iria para Parwan e logo depois Najeeb partiria em viagem para o Paquistão.

4
O plano conquista o mercado

"Oh, que lindo!" Saaman exclamou, segurando o traje azul em suas mãos, maravilhada diante do trabalho de Kamila. "É maravilhoso, especialmente o bordado de contas". E em seguida: "O que você vai fazer com ele?"

"Vou vendê-lo", Kamila respondeu, com um largo sorriso. "Amanhã, vou levá-lo ao centro comercial Liceu Myriam e mostrar aos lojistas de lá o que nós somos capazes de fazer. Vou ver ser consigo algumas encomendas das lojas."

"Por que você? E por que lá?" Saaman perguntou. Seus olhos castanhos-escuros aumentaram de tamanho quando, com sua imaginação, ela visualizou os piores cenários possíveis. "Não dá para outra pessoa vendê-lo por você? Você sabe como andam as coisas no momento; você pode ser espancada ou ir parar na cadeia simplesmente por estar fora de casa na hora errada. Quem sabe o que pode acontecer sem o papai aqui para ajudar se algo der errado..."

A voz de Saaman foi diminuindo enquanto esperava uma resposta de sua irmã — mas ela sabia o que estava por vir. Todo mundo na família sabia que Kamila não era facilmente demovida de algo; todo o clã dos Sidiqi conhecia bem sua força de vontade e determinação. Quando enfiava uma ideia na cabeça ninguém conseguia demovê-la, por mais perigo que ela envolvesse. A sua permanência no [Instituto] Sayed Jamaluddin era um exemplo perfeito. Suas irmãs mais velhas haviam implorado para que ela não fosse às aulas durante os anos da guerra civil, quando bombas eram despejadas sobre Cabul. Simplesmente era arriscado ir à escola. Mas Kamila havia insistido que era seu dever para com sua família concluir seus estudos e que sua fé ajudaria a protegê-la. No final, ela havia conseguido o consentimento do pai para continuar frequentando a escola, diferentemente de muitas outras garotas cujos estudos foram interrompidos pela guerra. Afinal, fora ele quem lhe ensinara que estudar era essencial para o futuro – tanto seu próprio como o de seu país.

Como Saaman esperava, Kamila não tinha nenhuma intenção de desistir de seu plano, mas prometeu tomar todas as precauções que Malika tanto havia insistido: ela ficaria longe do Liceu Myriam durante os horários das preces e não falaria com ninguém que não fosse conhecido. Ela adotaria Rahim como seu *mahram*. Além do mais, ela perguntou a suas irmãs: Quem poderia ir se não fosse ela? Com seu trabalho, ela estaria prestando ajuda à sua família, o que, no islamismo, era uma obrigação sagrada. E ela acreditava firmemente que sua proteção e segurança seriam garantidas por sua fé.

Com Kamila não havia discussão. Saaman guardou então suas preocupações atrás de uma ladainha de perguntas.

"Por onde você vai começar?" ela perguntou. "Que tal tentar a oficina de costura de Omar, lá no centro comercial? Ou, quem sabe, seria melhor começar por aquela loja que costumamos frequentar, na principal fileira de casas comerciais, onde conhecemos as pessoas?"

"Eu ainda não sei. Vamos ter que esperar para ver". Kamila respondeu, tentando se mostrar destemida diante dos riscos envolvidos na segunda fase de seu novo empreendimento: encontrar donos de lojas que se mostrassem dispostos a fazer negócios com ela. "Vou começar com uma ou duas lojas do centro comercial; talvez eles se interessem. É possível que alguém se interesse. Olha só como este traje é lindo!"

Kamila colocou o traje diante de si, até os ombros, enquanto falava. Por apenas um instante, ela deixou sua imaginação correr livremente, visualizando a mulher que viesse a usá-lo algum dia, numa ocasião especial. Mas, imediatamente, ela se obrigou a voltar para o assunto em questão.

"Malika me falou que, se nós conseguirmos encomendas regulares de alguma loja, ela nos ajudará com mais modelos", Kamila disse, voltando a dobrar o traje azul e colocá-lo de volta na sacola de plástico que estava a seu lado, no chão da sala onde todas elas estavam sentadas. "Nós podemos construir um império de costura, o das Irmãs Sidiqi!", ela acrescentou, encantada com o som daquelas palavras.

"Kamila Jan, eu sei que você sabe o que está fazendo, mas, por favor..." Laila, a mais jovem das garotas na sala, havia escutado em silêncio a conversa das irmãs. Ela as via com uma mistura de admiração e temor; com quinze anos de idade, ela estava acostumada a ouvir as irmãs mais velhas discutirem seus planos, mas os riscos que elas enfrentavam nunca haviam parecido tão grandes – ou tão próximos. Os anos de domínio Mujahideen com certeza haviam sido arriscados, mas naquela época a violência ocorria ao acaso. Agora, todo mundo sabia dos riscos que os esperava, bem ali do lado de fora da porta de suas casas; o que era difícil de prever eram as consequências. Se Kamila fosse flagrada conversando com um comerciante, ela poderia simplesmente ser repreendida, levada para a rua e espancada ou, na pior das hipóteses, ser presa. Tudo dependia de quem a flagrasse. E então, como ficariam elas todas? Kamila era a mais velha e, naquele exato momento, a responsável pelo irmão e pelas quatro irmãs que continuavam em casa.

Najeeb havia deixado a casa da família em Khair Khana, duas semanas antes, numa ensolarada manhã de inverno. Ele havia levado consigo apenas uma pequena sacola de vinil com algumas mudas de roupa e alguns artigos de toalete; tudo mais de que precisasse, ele encontraria no Paquistão; e ele não estava a fim de arriscar perder tudo que lhe era importante durante a viagem para lá. Ele havia deixado seus livros em seu quarto e pediu a Kamila que fizesse bom uso deles enquanto estivesse fora.

"Quando você voltar, vai encontrar tudo exatamente no mesmo lugar em que deixou", Kamila prometeu a ele, esforçando-se para conter suas lágrimas. Ela queria, com todas as suas forças, mostrar-se forte para seu irmão.

Ele prometera escrever assim que se assentasse no Paquistão.

Naquele momento, alguém estava batendo à porta. Era hora de partir.

Kamila o havia acompanhado através do pátio em que eles haviam brincado juntos por tantos anos. Ele havia parado por um instante antes de abrir o trinco de metal do portão.

"Kamila, cuide bem de todos, sim?" Najeeb havia pedido. "Eu sei que é muita responsabilidade, mas papai não teria encarregado você se não tivesse a certeza de que você é capaz. Eu vou mandar ajuda em breve, assim que puder."

Diante da partida de seu irmão, Kamila acabou cedendo ao pranto. Simplesmente não podia suportar a ideia de Najeeb indo para o mundo sem ela. Quantos perigos seu jovem irmão teria que enfrentar antes que ela voltasse a encontrá-lo? E quando seria isso? Dentro de meses? Anos?

Ela ficou parada no portão num longo abraço de despedida.

"Que Deus o proteja", ela disse em voz baixa, quando finalmente deixou-o partir e deu um passo atrás para que ele atravessasse o portão. Ela passou a mão no rosto para secar as lágrimas e sorriu para tranquilizá-lo. "Nós vamos ficar bem. Não se preocupe conosco."

Finalmente, o portão se fechou com uma batida e ele partiu. As meninas ficaram todas juntas, abraçadas, olhando sem dizer nada para o portão verde.

Kamila compreendeu que a responsabilidade da casa agora era sua e ela teria que estar à altura.

"Muito bem", ela disse, dirigindo-se para suas irmãs e conduzindo-as de volta para dentro da casa, "de quem é a vez de preparar o almoço?" Naquela tarde, sem Najeeb para animá-las e as palavras encorajadoras de sua mãe para ajudar a passar as horas, Kamila entendeu quão desesperadamente suas jovens irmãs precisavam de algo para se dedicar. Não era apenas de dinheiro que elas precisavam, mas, antes de tudo, de um propósito. Ela simplesmente teria de fazer seu negócio de roupas dar certo.

✼

A manhã do dia seguinte estava nublada e calma quando Kamila e Rahim iniciaram a caminhada de dois quilômetros até o centro comercial Liceu Myriam. Kamila levava o traje azul dobrado de maneira a formar um quadrado no fundo da bolsa preta que apertava junto ao próprio corpo. Por baixo do chadri, Kamila usava um par de calças escuras largas e compridas até os pés e sapatos baixos de sola de borracha. Ela não queria dar aos talibãs nenhum motivo para chamar a atenção durante aquela rápida saída. Ia com a pulsação acelerada e o coração batendo contra o chadri, com uma intensidade imperturbável.

Com a partida de Najeeb, cabia agora a Rahim ser os olhos e os ouvidos de sua irmã. Apesar de ter apenas treze anos, de repente ele havia se tornado o homem da casa e o único membro da família Sidiqi que podia andar livremente pela cidade. Naquele dia, ele era o *mahram* de Kamila, o acompanhante cuja presença ajudaria a mantê-la livre de encrencas com o Talibã.

Rahim seguia ao lado de sua irmã enquanto eles passavam pelas lojas ao longo da rua principal de Khair Khana. Os dois falaram muito pouco enquanto andavam na direção do mercado. Logo, Kamila viu alguns soldados talibãs patrulhando a calçada diante deles e rapidamente percebeu que era melhor eles passarem para as ruas adjacentes do bairro, que conheciam muito bem. Ela e Rahim conservavam a vantagem de pertencer àquele lugar; como a maioria dos talibãs provinha do sul, eles continuavam sendo forasteiros ali na capital. Não era incomum o tráfego de toda a cidade ter seu curso desviado por soldados que dirigiam seus tanques e caminhões na contramão de ruas de mão única, às vezes em alta velocidade. Apesar de o Talibã governar Cabul, seus guardas ainda não a conheciam.

Kamila guiou seu irmão mais novo através das tortuosas e empoeiradas ruas secundárias que iam dar no centro Liceu Myriam. Ele se sentia responsável pela segurança de sua irmã, especialmente agora que seu pai e irmão mais velho estavam longe, e tentava andar alguns passos à frente dela para poder ver o que havia mais adiante deles. Ele continuava achando extremamente estranho ver Kamila totalmente encoberta por aquele chadri; e confessou que não podia imaginar como ela conseguia enxergar a rua à sua frente através daquele quadradinho minúsculo de seu véu. O frio e o medo mantiveram o ritmo de seus passos acelerado e resoluto.

Kamila não se permitiu pensar nas muitas coisas que poderiam dar errado; ela escolheu manter sua mente focada na tarefa que tinha à sua frente enquanto eles passavam pelas fileiras de casas ao longo das ruas apertadas que estavam cobertas de lama e sujeira. Ela não havia contado a seu irmão o motivo daquela andança incomum, para protegê-lo no caso de eles serem parados. Ela havia deixado para contar depois, quando chegassem mais perto de seu destino. Em outros tempos, sua bolsa preta ia repleta de livros escolares, mas hoje ela levava um traje feito à mão que Kamila esperava ser o começo de seu novo negócio.

Depois de meia hora de caminhada, Kamila e Rahim chegaram aos limites do centro comercial Liceu Myriam. Através de seu chadri, Kamila pôde perceber a confusão efervescente de carrinhos de verduras, barracas de roupas e as lojas cujo marrom das fachadas estava totalmente desbotado. A maioria dos moradores de Khair Khana sabia que um punhado de lojas que dava para a rua funcionava como comércio de fotos e vídeo apenas de fachada, mas como essas atividades haviam sido oficialmente proibidas pelo Talibã, não havia nem sinal dos negócios clandestinos que se escondiam por trás de máquinas de xérox e pequenas mercearias. O cheiro de carne sendo preparada impregnava o ar quando eles se aproximaram do imenso centro comercial, que se estendia para o norte por quase um quilômetro. Kamila percorreu com os olhos alguns estandes que vendiam calçados e malas de viagem antes de revelar seu plano ao irmão.

"Rahim, não diga nada", ela advertiu o irmão. "Deixe que eu fale. Se os talibãs aparecerem e se surgir algum problema, diga simplesmente que está me acompanhando enquanto faço as compras para a família e que iremos para casa assim que terminarmos." Rahim aquiesceu. Assumindo o papel de guarda-costas e protetor, o rapaz seguia bem de perto, no encalço de sua irmã. Olhava para a direita e para a esquerda a cada tantos passos, atento a qualquer sinal de encrenca. Juntos, os irmãos caminharam para a parte encoberta do Liceu Myriam, um gigantesco shopping totalmente ocupado por estandes e pequenas lojas que vendiam todo tipo de coisas que, em geral, estavam expostas em pilhas desarranjadas, largadas ao acaso sobre mesas e prateleiras: roupas para mulheres, *shalwar kameez* para homens, roupa de cama e mesa para a casa, montes de *chadri* e até mesmo brinquedos para crianças. Era uma confusão tão desconcertante que para os visitantes de primeira viagem se tornava quase impossível atravessar. Kamila olhou ao redor e notou algumas mulheres entrando e saindo das tendas que vendiam calçados e roupas. Ela não sabia se conhecia alguma delas, pois nenhuma podia ser reconhecida a não ser pelos sapatos que usava. Virando à esquerda, ela caminhou em direção a uma pequena loja térrea com vitrine, logo depois da principal passarela do centro comercial; ali, ela encontrou uma das lojas de roupas que ela e suas irmãs haviam frequentado por muitos anos. Através da porta aberta, ela viu um lojista corpulento atrás do balcão. Dali ele tinha uma visão nítida do corredor do lado de fora e podia observar tudo que acontecia por toda a passarela, que ligava as outras lojas à sua. Isso seria importante, Kamila pensou, no caso do Amr bil-Maroof, as temíveis "forças do Vício e da Virtude", aparecer enquanto ela estivesse dentro da loja.

Parando por um instante, Kamila ficou esperando na porta até a mulher que estava lá dentro pagar suas compras e ir embora. Então, ela entrou na loja com passos firmes e decididos, esperando que seu nervosismo não fosse percebido por trás de sua aparente confiança. Ela se abaixou, fingindo examinar uma pilha de vestidos dobrados em retângulos bem arranjados dispostos atrás de um mostruário de vidro; juntos, eles formavam um alegre arco-íris de cores.

"Posso lhe ajudar, senhorita?" o lojista perguntou. Era um homem de ombros largos, cabelo encaracolado e com uma barriga enorme. Kamila notou que os olhos dele estavam focados em dois alvos ao mesmo tempo: a porta da loja e sua cliente.

"Muito obrigada, senhor", Kamila disse com voz baixa, porém firme, ao se erguer para lhe responder. Ela conferiu para ter a certeza de que Rahim estava ao seu lado. "Na realidade, eu sou costureira e minhas irmãs e eu confeccionamos roupas. Eu trouxe uma amostra de nosso trabalho para lhe mostrar. Quem sabe o senhor possa se interessar e querer fazer uma encomenda?"

Antes que ele pudesse responder, ela tirou de sua bolsa o traje azul e estendeu-o habilmente sobre o balcão de vidro. Suas mãos tremiam, mas ela prosseguiu atuando com perfeição. Apontando para o bordado de contas, ela disse: "É um lindo traje para ser usado em cerimônias de casamento ou do *Eid*" [Eid ul-Fitr, a celebração muçulmana que marca o fim do jejum do Ramadan], ela disse. As batidas de seu coração ressoavam em seus ouvidos e ela se apoiou no balcão para se firmar.

O lojista pegou o traje e começou a examiná-lo mais de perto. De repente, pelo canto de seu olho, Kamila viu se aproximar do balcão uma grande figura vestida de azul. O lojista largou o traje azul de Kamila num monte sobre o vidro, mas para seu alívio — e também de Kamila — a tal figura era apenas outra compradora acompanhada de seu *mahram*. Kamila empenhou-se em parecer ocupada enquanto aguardava. Ela não se atrevia a olhar para seu irmão; tinha certeza de que ele estava tão nervoso quanto ela. Por que eu tive que nos trazer até aqui? Ela pensou consigo mesma. Tenho sempre tantas ideias, mas talvez eu devesse ter refletido um pouco mais sobre esta...

Enfim a mulher foi embora e o lojista voltou sua atenção para ela.

"Uma outra costureira como você esteve aqui no começo desta semana", ele disse, falando em voz baixa. "Ela também ofereceu seus serviços de costura para minha loja. Eu nunca antes comprei roupas de mulheres daqui, mas acho que vou ter que começar a fazê-lo agora. A situação está difícil para todo mundo e ninguém tem dinheiro para continuar comprando roupas importadas."

Kamila sentiu uma pequena onda de excitação. Como ela havia constatado em sua última ida ao Liceu Myriam, a maioria dos lojistas não considerava mais valer a pena fazer a arriscada viagem até o Paquistão para comprar um punhado de roupas que apenas algumas poucas mulheres de Cabul podiam comprar. Aquela era a sua oportunidade.

"Tudo bem, eu fico com ele", ele disse, colocando o traje de Kamila junto de outra pilha de roupas, ao seu lado, no balcão. "Você pode fazer outros iguais a este? Na realidade, eu não necessito de muitos trajes; preciso mais de alguns modelos de *shalwar kameez* para mulheres, peças mais simples que as pessoas possam usar em seu dia a dia."

"Sim, claro que posso, não será nenhum problema", Kamila respondeu. Ela falou em voz baixa, procurando mantê-la inalterada para não revelar a onda de entusiasmo que estava sentindo. E se sentiu grata pelo anonimato que o chadri lhe proporcionava. "Podemos fazer quantos o senhor quiser."

O lojista retribuiu o sorriso que não dava para ele ver. "Muito bem. Então, eu vou querer cinco terninhos e três vestidos. Você consegue entregá-los até a semana que vem?"

Kamila assegurou-lhe que podia. O dono da loja pegou então rolos de tecidos mistos de poliéster e *rayon* de diferentes cores de uma prateleira que estava atrás dele. Usando sua tesoura, ele cortou tecido suficiente para os terninhos que ele havia encomendado e colocou-o dentro de uma sacola que entregou a Rahim. Durante todo o tempo da negociação, Kamila notou que ele estava de olho na porta, atento a qualquer sinal do Amr bil-Maroof. Ele não estava a fim de ser flagrado conversando com uma cliente feminina. Mesmo estando ela acompanhada de seu *mahram*. Até ali, as coisas haviam transcorrido tranquilamente.

"Muito bem, então, nos vemos na semana que vem", ele disse. "Meu nome é Mehrab. Qual é o seu, para que eu possa saber quando você voltar?" Como agora todo mundo tinha que usar o chadri, todas as suas clientes pareciam iguais.

De onde saiu sua resposta, Kamila não tinha a mínima ideia. Mas assim que o dono da loja perguntou seu nome, Kamila percebeu que era arriscado demais usar o seu nome verdadeiro.

"Roya" foi a resposta dela. "Meu nome é Roya".

Pegando sua sacola preta de cima do balcão, Kamila agradeceu a Mehrab e prometeu que voltaria na semana seguinte. Ela e Rahim deixaram a loja e percorreram o caminho de volta para a rua. Apesar de toda a transação ter levado menos de quinze minutos, para Kamila era como se tivessem passado horas.

Caminhando de volta para a manhã cinzenta, Kamila estava a ponto de explodir de tanta excitação. Ela sentia que estava começando algo muito importante, algo que podia mudar para melhor a vida de todos eles. Ela desejou ardentemente que assim fosse, mas tratou de lembrar a si mesma que devia manter o foco. "Nada de me precipitar quando tenho muito que fazer. Vamos simplesmente entregar a primeira encomenda dentro do prazo estipulado. Nada de outras grandes ideias por enquanto."

"Venha, vamos para casa contar a novidade para as garotas!"

Por todo o tempo que durara a visita à loja, Rahim se mantivera tão estático quanto uma árvore, vigiando sua irmã de maneira protetora. Mesmo depois de Mehrab ter feito seu pedido, Rahim tomou cuidado para não deixar transparecer sua emoção. Ele não queria que ninguém tivesse motivo para dar mais atenção à transação que estava ocorrendo no interior da loja. Agora que já estavam na rua, ele sorriu para sua irmã mais velha e parabenizou-a por ter conseguido sua primeira encomenda. Ele estava muito orgulhoso do trabalho dela.

"Eu fiquei muito surpreso quando você disse a ele que seu nome era Roya", ele confessou. "Aquela foi a primeira vez em que eu quase deixei escapar uma risada! Você é uma ótima vendedora, Kamila Jan."

Kamila sorriu levemente por trás de seu chadri.

"E você é um ótimo *mahram*", ela disse. "Mamãe ficaria orgulhosa de você."

Ela os obrigou a caminhar com passos firmes, pois tinham de estar longe do Liceu Myriam quando ouvissem tocar a hora das preces.

Kamila estava se sentindo revigorada; pela primeira vez desde a chegada dos talibãs, quatro meses antes, ela tinha alguma coisa a que se dedicar. E algo para fazer. Ela estava voltando para casa com passos saltitantes enquanto Rahim manifestava claramente sua surpresa ante a nova denominação de sua irmã. "Roya", ele disse. "Roya Jan", ele ficou repetindo, para se acostumar ao novo nome, da mesma maneira que ele havia se acostumado a ser o único homem numa casa repleta de mulheres – todas elas, agora, dependentes dele para quase tudo que necessitavam do mundo exterior.

Enquanto caminhavam, Kamila ia pensando na longa lista de materiais necessários para a confecção dos vestidos e ternos; linha, contas e agulhas, além de um espaço de trabalho suficientemente grande para elas poderem espalhar os tecidos e ver o que estavam fazendo. Elas teriam que liberar uma parte da sala de estar, ela decidiu. Quando Kamila havia ido à sua casa em Karteh Parwan, Malika havia oferecido generosamente emprestar uma de suas preciosas [máquinas de] "ziguezague"; agora sua irmã mais nova estava tentada a aceitar a oferta. Se elas entregassem a encomenda dentro do prazo e conseguissem novos pedidos, talvez elas pudessem até comprar outra máquina para ser usada por todas. Quem sabe, talvez, um dia, elas teriam trabalho para mais outras garotas da vizinhança que estavam em prisão domiciliar exatamente como Kamila e suas irmãs haviam estado até ali. Até lá, entretanto, havia um longo caminho a ser percorrido. Por enquanto, a começar naquela mesma noite, elas tinham muita costura para fazer e muito para aprender.

Finalmente, eles cruzaram o pátio árido e entraram correndo dentro de casa. Kamila largou sua sacola preta vazia no chão, perto da porta, e entrou na sala de estar, onde Saaman e Laila aguardavam ansiosamente. As garotas despejaram uma avalanche de perguntas assim que seus irmãos entraram na sala.

Kamila assegurou-as de que haviam se saído muito bem e descreveu o caminho que ela e Rahim haviam percorrido pelas ruas secundárias de Khair Khana. Não, eles não tinham visto nada de ruim e nem qualquer encrenca e, sim, eles tinham estado com um lojista…

Ela fez uma pausa prolongada para deixar aumentar a expectativa.

"Eu tenho uma novidade", ela começou dizendo, com cara e tom sérios. "Nós recebemos uma encomenda!"

Um sorriso triunfante se espalhou por todo seu rosto e as garotas irromperam numa sucessão de risadas de alívio.

"Oh, isto é maravilhoso", Laila gritou, aplaudindo o trabalho de sua irmã. Ela também estava cheia de entusiasmo por elas agora finalmente terem uma tarefa importante com que se ocupar. "Muito bem, Kamila Jan. Portanto, mãos à obra! O que devemos fazer?"

Kamila arreganhou os dentes ante a impetuosidade da irmã. Ela estava contente por ver suas irmãs tão empolgadas quanto ela e dispostas a começar a trabalhar naquele mesmo instante. Pelo menos, temos energia de sobra, ela pensou, para compensar a nossa total falta de experiência.

Kamila descreveu o pedido de Mehrab e disse às irmãs que elas teriam que aprender a costurar imediatamente. "Não vai ser fácil," ela assegurou, "mas tenho certeza de que vamos dar conta do recado. Se eu sou capaz de aprender, vocês também são!"

"Com certeza, Kamila", disse Saaman, confiante e bem equilibrada como sempre. "Se precisarmos de ajuda, pediremos a nossas amigas."

"Então, muito bem", Kamila respondeu, "nós vamos começar a nossa primeira aula de costura após o almoço. Temos agora, oficialmente, um negócio!"

"E o nome dela é, de agora em diante, Roya", Rahim advertiu suas irmãs. As meninas olharam ansiosas para Kamila aguardando uma explicação.

Kamila contou a elas toda a história, explicando que adotara um nome falso para proteger tanto a si mesma quanto a Mehrab, o lojista. Assim, ele não poderia revelar seu nome verdadeiro, se algum dia os talibãs o molestassem por conversar, ou, pior ainda, fazer negócio com uma mulher, no centro comercial. Ninguém no Liceu Myriam jamais veria o rosto de Kamila encoberto pelo chadri, como tampouco ninguém na vizinhança jamais havia ouvido falar de Roya. Ela estava segura, pelo menos por enquanto, e instou suas irmãs para que lembrassem de chamá-la de Roya se algum dia fossem com ela ao mercado. Kamila/Roya ficou aliviada ao ver que suas irmãs entenderam a necessidade de ela usar um nome falso. E gostou do olhar de respeito que elas demonstraram por ela ter encontrado prontamente uma resposta tão inteligente.

Malika teria orgulho dela, Kamila pensou, sorrindo consigo mesma.

A ideia de começar a trabalhar empolgou Saaman e Laila, apesar de elas não saberem como aprenderiam a costurar em tão pouco tempo para poderem entregar a encomenda no prazo estabelecido. Como Kamila, Saaman havia se dedicado aos estudos e nunca havia feito qualquer trabalho manual. Ela confessou à irmã que estava preocupada com a possibilidade de cometer centenas de erros e pôr a perder sua primeira encomenda. Laila demonstrou muito menos hesitação; a adolescente atrevida entendeu que a única maneira de se tornar uma boa costureira era tentando. Assim como Malika havia lhe mostrado em seu cantinho de trabalho em Karteh Parwan, Kamila começou ensinando suas irmãs a cortar o tecido. Laila aprendeu logo, cometendo apenas alguns pequenos erros. Saaman, a mais estudiosa de todas, observava imóvel e com o olhar fixo na mão firme de Kamila cortando o tecido.

"Vamos lá", Laila deu um cutucão em Saaman, "não é tão difícil, basta você tentar!"

Apesar de animada por ter recebido sua primeira encomenda, Kamila também estava nervosa. Naquele momento, ela era a única que sabia alguma coisa sobre costura, mas não podia ser considerada uma costureira experiente. Ela teria que se sair bem se quisesse prosseguir naquele ramo de negócios.

E então, muito inesperadamente, como se fosse uma resposta a suas preces, chegou a melhor notícia que ela jamais ousaria pedir.

"Kamila, Kamila, você sabia?" Rahim entrou na sala gritando atrás de sua irmã. Ela estava sentada no chão, absorta em seu trabalho de pregar uma conta rebelde num pedaço de tecido.

"Malika vai vir morar aqui. Ela vai chegar aqui amanhã!"

"O que?" Kamila perguntou. "Amanhã? Oh, esta é uma notícia maravilhosa!"

Ela depôs seu trabalho e suspirou aliviada. Malika sempre havia sido a irmã mais velha em quem se podia confiar, aquela que sempre mantivera seus irmãos menores longe de encrencas. Exatamente naquele momento, eles estavam precisando de sua mão firme. A própria Kamila ainda era apenas uma adolescente e estava sendo difícil para ela se concentrar no trabalho ao mesmo tempo em que tinha de ficar de olho nas quatro irmãs menores, ajudar Rahim em suas tarefas escolares e providenciar para que tivessem comida e combustível suficientes para manter a casa funcionando.

"Sim", Rahim confirmou. "Najeeb falou com ela sobre isso antes de partir. Ele achou que seria melhor todos nós morarmos juntos. Ela e Farzan precisaram de um tempo para arranjar tudo, especialmente por causa das gêmeas, mas a família dele concordou que seria melhor eles virem morar aqui."

As gêmeas. Kamila estava adorando a ideia de passar mais tempo com suas sobrinhas recém-nascidas e poder estar com sua irmã. E também se empolgou com a possibilidade de conseguir retribuir o favor que Malika havia lhe prestado, no ensino da costura, ajudando-a a cuidar dos bebês que haviam nascido prematuros, dois meses antes do previsto. Ela deixou seu assento e foi até o antigo quarto de Malika para começar a esvaziá-lo das coisas de suas irmãs menores.

Toda vez que eu penso que as coisas estão indo mal, algo acontece e nós conseguimos seguir em frente, Kamila refletiu consigo mesma. Papai estava certo; temos apenas que continuar fazendo cada um a sua parte e tudo acaba se ajeitando. Deus está sempre olhando por nós.

Alguns dias depois, as garotas se regozijaram ao verem um dos familiares táxis amarelo e branco de Cabul entrando pelo portão verde de sua casa. Malika estava de volta.

❋

Desde a chegada dos talibãs, muitos meses antes, a vida havia, de uma hora para outra, se transformado numa sucessão de desafios para aquela mulher que, com apenas vinte e quatro anos, era mãe de quatro filhos. Suas irmãs podiam considerá-la uma fortaleza, mas Malika e seu marido, Farzan, estavam enfrentando grandes dificuldades tanto financeiras como emocionais. Com as mulheres banidas das escolas, ela não podia mais trabalhar e sua família tinha que sobreviver sem seu salário mensal de professora. E agora, com a situação econômica se agravando dia após dia e menos mercadorias entrando e saindo de Cabul, a demanda pelos serviços de transporte de Farzan havia chegado a quase zero. Em poucos meses, a família havia passado de ter duas fontes de renda para menos de uma.

O trabalho de costura de Malika juntamente com uma pequena poupança estava mantendo a família. Mas ela se preocupava muito com seus filhos. As poucas semanas de vida que as gêmeas tinham elas haviam passado lutando contra infecções. Numa cidade de onde tantos médicos estavam indo embora e onde a infraestrutura e o sistema de saúde pública haviam sido aniquilados por décadas de guerra, contagiar infecções era quase uma sentença de morte. Os bebês continuavam minúsculos e frágeis, apesar de Malika levá-los à clínica e lutar para pagar os caros medicamentos prescritos. Agora, de volta a Khair Khana, ela viu o quanto a situação era frágil na casa de seus pais e o quanto suas irmãs – e todos que faziam parte de sua vida – necessitavam dela. Ela estava exausta, mas ainda assim determinada a fazer tudo que o momento exigia: ensinar suas irmãs a costurar e continuar fazendo o seu próprio trabalho, costurando ternos e vestidos para as clientes que valorizavam seu talento e criatividade. Acima de tudo, ela cuidaria de sua família lutando contra as dificuldades. Embora tivesse sido difícil abandonar suas amigas e familiares do marido em Karteh Parwan, ela sabia que seu lugar era ali, em Khair Khana, junto de suas irmãs.

Quando Malika chegou, as meninas já haviam conseguido terminar a maior parte das roupas de sua primeira encomenda. Os dias haviam transcorrido rapidamente e, logo depois de terem começado sua nova atividade, elas convidaram Razia, uma vizinha e amiga, para trabalhar com elas. Kamila havia lhe falado do trabalho de costura e Razia tinha se mostrado contente por poder ajudar sua própria família. O pai dela era velho demais para trabalhar e seu irmão mais velho, como o de Kamila, havia sido forçado a deixar Cabul por problemas de segurança. Sem nenhuma entrada de dinheiro a cada mês, seus pais mal davam conta de suprir as necessidades de comida e roupas de inverno. As garotas, por sua vez, alegraram-se por disporem de outro par de mãos e pela companhia de uma velha amiga em quem podiam confiar. Sentada com suas colegas sobre almofadas na sala de estar, costurando o último traje da encomenda, diante de taças de chai já frio, Razia via as horas passarem depressa. Ela estava feliz por ter algo mais em que pensar que não fossem os problemas de sua família. Ela disse para Kamila o quanto estava feliz por poder trabalhar e as duas começaram a trocar ideias sobre como expandir o negócio.

"Acho que existem outras lojas de roupas que possam se interessar por nosso trabalho", Kamila disse. "Nós temos apenas que encontrá-las."

Razia estava disposta a fazer qualquer coisa para ajudar a expandir o negócio de Kamila, inclusive encontrar mais mulheres para ajudar. "Eu posso perguntar por aí", ela se prontificou, "mas apenas para pessoas nas quais podemos confiar, é claro". Com os boatos circulando de que vizinhos denunciavam-se uns aos outros ao Amr bil-Maroof, elas tinham que tomar muito cuidado para não trabalhar com ninguém que pudesse passar adiante o que elas estavam fazendo. Kamila sabia que as costureiras de sua equipe não estavam produzindo nada de ilegal de acordo com as regras oficiais, que diziam claramente que as mulheres podiam trabalhar em casa, desde que permanecessem em casa e não se misturassem com homens. Mas ninguém estava livre dos seguidores mais fanáticos do governo Talibã. Qualquer coisa que dissesse respeito ao comportamento das mulheres estava sujeito à interpretação – e à punição – dos jovens soldados que passavam os dias e as noites à procura de quem estivesse cometendo alguma transgressão. Até mesmo atrás de portas fechadas, as garotas tinham de ser cautelosas.

Apesar de todos os riscos, Kamila continuava animada com seu trabalho e começou a planejar sua próxima ida ao Liceu Myriam. As garotas haviam lhe provado na última semana que estavam preparadas para responder ao desafio de cumprir mais e maiores encomendas. Quase sem esforço, elas haviam estabelecido uma rotina que, com certeza, permitiria a expansão do negócio recém-nascido. Elas se levantavam entre seis e meia e sete horas da manhã, se lavavam e faziam suas orações antes do café da manhã e, em seguida, acabavam as peças que haviam trabalhado na noite anterior. Mais tarde, pela manhã, elas começavam a conferir os itens que haviam acabado no dia anterior e a cortar tecido para o conjunto seguinte de vestidos e ternos.

Kamila exercia a função de controle de qualidade, conferindo o resultado do trabalho manual de cada uma para ter a certeza de que cada ponto correspondia ao padrão que Malika havia estabelecido. Saaman continuava com receio de cortar sem a supervisão de Kamila, que continuava lembrando-a de que ela não precisava, na realidade, de nenhuma ajuda – ela estava aprendendo rapidamente e se tornando uma excelente talhadeira, até melhor do que Kamila. Ao meio-dia, elas paravam para fazer as preces e almoçar antes de voltarem para seus alfinetes. Após as preces e o jantar, elas acendiam o fogo à lenha da *bukhari* e se sentavam juntas ao brilho alaranjado dos lampiões, costurando até altas horas da noite. Pela maior parte do tempo, as garotas trabalhavam em silêncio, profundamente absortas em seus trabalhos e totalmente focadas no prazo de entrega.

Como os muros altos que circundavam o quintal de sua casa impediam que alguém as visse da rua, Kamila tinha pouco receio de que possíveis curiosos ou passantes intrometidos viessem fazer perguntas indesejadas. E com a presença de Malika em casa, ela agora tinha alguém a quem recorrer em busca de ajuda se algo desse errado. Ela rezava para que isso nunca chegasse a acontecer.

❉

Logo após a chegada de Malika, Kamila foi até o quarto da irmã para ver como ela estava se acomodando. Ela encontrou Malika arranjando as coisas de seu marido e filhos, num pequeno armário.

"E então, como você está?" Kamila perguntou.

"Oh, nós vamos ficar bem", Malika respondeu, desviando a pergunta.

Apesar de ser ainda uma mulher muito jovem, Malika sempre tivera um certo ar de sabedoria de mulher mais velha. Kamila achou-a mais pálida e um pouco mais magra do que de costume. Mas ainda assim foi a irmã mais velha que tomou a iniciativa para tentar tranquilizar sua irmã – e talvez a si mesma – que tudo ficaria bem. "Vai ser ótimo para as crianças estar com todos vocês – estou feliz por estar aqui. Como está indo o seu trabalho?"

"Bastante bem, mas não tão bem quanto se fosse feito por você!", Kamila respondeu. "Eu tenho procurado me lembrar de tudo que você me ensinou, mas, para ser honesta, a coisa é mais difícil do que eu pensava. Contudo acho que estamos dando conta."

Ela prosseguiu: "O que você acha de darmos uma olhada em alguns de nossos vestidos?"

Malika gostou da ideia de fazer uma pausa em todo aquele trabalho de desfazer as malas e guardar as roupas. Em poucos instantes, Kamila havia reunido todas as suas irmãs mais novas no pequeno quarto com os braços cheios de novas peças. Malika virou cada peça pelo avesso para examinar os pontos e as costuras; em seguida, expôs cada traje para que as meninas julgassem suas proporções e seu caimento. Saaman e Laila aguardaram em silêncio enquanto Malika examinava seu trabalho com atenção minuciosa. Passaram-se muitos minutos antes de ela manifestar sua aprovação.

"O trabalho está muito bem feito", ela disse, sorrindo para as meninas. Ela continuava com um vestido de cor clara estendido sobre os cotovelos. "Tem algumas coisas que vou mostrar a vocês para que o tornem ainda melhor, mas, no geral, vocês fizeram um excelente trabalho! Kamila, você tem sido uma ótima professora, mas precisa de alguma ajuda com este cinto – podemos trabalhar nele esta tarde."

Na noite seguinte, Kamila terminou os vestidos e terninhos – alguns, agora, com cintos particularmente bonitos – para entregar à loja do Sr. Mehrab. Ela dobrou cada peça com muito cuidado, colocando uma ponta sobre a outra num total de quatro vezes para formar um quadrado perfeito, antes de colocá-lo num saco plástico transparente que então dobrou e lacrou. Terminado este trabalho, Kamila enfiou as peças dentro de duas sacolas brancas de compras, que colocou cuidadosamente alinhadas ao lado da porta.

"Eu acho, sinceramente, que este negócio vai dar certo", Kamila disse à sua irmã, enquanto as duas tomavam chá sentadas na sala de estar. Três dos filhos de Malika haviam ido para a cama algumas horas antes e ela podia, finalmente, desfrutar um momento de calma antes de ela própria cair na cama após um longo dia de labuta. "As meninas estão trabalhando bem. E é tão bom para nós ter este negócio para nos entreter, em vez de passarmos o dia nos sentindo aborrecidas e ansiosas por não termos nada para fazer. Agora é só tratar de receber novas encomendas, amanhã no Liceu Myriam. Precisamos de mais trabalho!"

"Kamila Jan, eu fico preocupada com suas idas ao mercado", Malika respondeu. Uma das gêmeas estava com febre e dormia um sono agitado em seu colo. "Quanto mais encomendas você receber, mais você terá que ir ao mercado e, com isso, também aumenta a probabilidade de algo dar errado."

Kamila não tinha como discordar de sua irmã. Mas agora que havia começado a ver as possibilidades, ela não tinha nenhuma intenção de parar. O trabalho delas podia fazer muito bem à sua própria família – e até mesmo para algumas outras da vizinhança. Agora, talvez mais do que nunca, elas tinham de seguir em frente.

"Eu sei", ela disse. E deu o assunto por encerrado.

❇

Às dez horas da manhã seguinte, Kamila saiu para ir até o centro comercial Liceu Myriam com Rahim, que havia ido à escola com seu novo turbante branco e permanecido nela apenas pelo tempo suficiente de constatar que não havia professores para todos os alunos ali reunidos em busca de aulas. Mais da metade dos educadores eram mulheres antes da chegada do Talibã; agora que elas não podiam mais trabalhar, seus colegas homens se viravam como podiam para dar conta de educar todos os meninos da cidade e, além disso, implementar o novo currículo mais focado na religião imposto pelo Talibã. Por falta de professores, muitas escolas haviam fechado as portas, mas a escola de Rahim, em Khair Khana, havia continuado aberta e agora estava absorvendo os alunos dos bairros vizinhos. Como todos os garotos de sua classe, Rahim tinha que se dividir entre as obrigações escolares e as de *mahram*; ele sabia que a família vinha em primeiro lugar e que suas irmãs precisavam dele em casa.

Para sair com Rahim, Kamila vestiu seu casaco comprido até os pés e levou as sacolas pretas firmemente presas pelas alças. Como da outra vez, eles seguiram pelas ruas secundárias, mas, dessa vez, eles andaram mais rapidamente após chegarem ao centro comercial. Eles passaram por várias milícias do Amr bil-Maroof vigiando o mercado; Kamila continuou andando de cabeça baixa e bem próxima de seu irmão. Enfim, eles chegaram a seu destino. Kamila procurou se assegurar de que a loja estava vazia e de que não havia nenhuma talibã do lado de fora, antes de entrar com seu irmão na loja de Mehrab. Com um suspiro de alívio que só ela mesma pôde ouvir, depositou a pilha meticulosamente arranjada de vestidos e ternos, feitos à mão, sobre o balcão.

"Olá, eu sou Roya", ela anunciou. "Este é meu irmão e estamos aqui para entregar sua encomenda, conforme conversamos na semana passada."

Mehrab olhou nervoso para além de Kamila, de maneira a certificar-se ele mesmo de que não havia ninguém vigiando; em seguida, ele contou rapidamente as peças de roupas empilhadas diante de si. Ele tirou um vestido e um terno dos sacos plásticos para conferir a qualidade dos produtos.

"Estas aqui estão benfeitas", ele disse, depois de ter passado um instante examinando as peças. "São boas, mas se você fizesse esta costura menor nas calças e acrescentasse mais algumas contas no cinto do vestido, elas ficariam ainda melhores."

"Muito obrigada", ela disse. "Trataremos de fazer estas alterações na próxima encomenda". Supondo, é claro, que haveria uma próxima encomenda, ela pensou consigo mesma.

Mehrab abriu uma gaveta embaixo do balcão e entregou a Kamila um envelope recheado de cédulas de afeganes, o bastante para comprar farinha e outros gêneros alimentícios, suficientes para a família passar uma semana. O coração de Kamila palpitou de alegria. Finalmente, ela podia ver o resultado concreto e tangível de todo o trabalho que haviam realizado e de todos os riscos que tinham corrido. Ela tinha vontade de saltar de alegria e de contar o dinheiro, bem ali, naquele instante. Mas, em vez disso, ela pegou calmamente a pilha de notas de cor azul, rosa e verde e colocou-a no fundo de sua sacola.

"O senhor deseja fazer mais alguma encomenda?" ela perguntou, tentando não parecer ansiosa. "Meu irmão e eu podemos voltar na semana que vem se o senhor quiser algo."

Mehrab disse que queria mais três terninhos no estilo tradicional. Quanto aos vestidos, ele preferia esperar para ver se os primeiros teriam saída. Kamila agradeceu a ele pelo negócio. Em seguida, ela saiu às pressas para a rua, com o propósito de estar longe do Liceu Myriam muito antes do horário das preces, como havia prometido a suas irmãs.

Antes de ter dado cem passos, no entanto, uma pequena rua secundária chamou a atenção de Kamila. Diretamente em frente e para a esquerda, logo depois do caminho de pedra muito usado que ia dar na rua, ela viu uma passarela vermelha e branca.

"Rahim, você acha que é nessa rua que fica a loja que Zalbi mencionou?"

"Eu não sei, Roya", ele disse, sorrindo da tenacidade de sua irmã, "mas tenho certeza de que já vamos descobrir!"

A maioria dos garotos da escola tinha irmãs trabalhando em casa e o colega de Rahim, Zalbi, havia lhe falado recentemente a respeito de um amigo da família que tinha uma loja de roupas nas proximidades. "Ele é um homem muito bom; talvez ele queira comprar suas roupas", Zalbi havia dito. Era importante trabalhar com pessoas dignas e merecedoras de confiança e Kamila estava ansiosa por conhecer o tal lojista. Aquela era uma hora tão boa quanto qualquer outra, ela pensou, esperançosa. Além do mais, se aquela era mesmo a rua, seria muito difícil localizá-la a partir da rua principal, e isso facilitaria um pouco as encomendas e as entregas. Olhando de um lado para outro para ver se não havia ninguém prestando atenção neles, Kamila desceu com seu irmão a passarela em busca de um novo cliente.

5

Surge uma nova ideia... mas será que vai dar certo?

Quando entraram naquela larga passagem, Kamila e Rahim deixaram para trás toda a agitação do centro comercial. Kamila reduziu o ritmo de seus passos e deu a si mesma um momento para desfrutar a tranquilidade que reinava ali, naquela travessa, depois da meia hora tensa que havia passado tentando fazer com que ela e o irmão fossem invisíveis, bem no coração do centro comercial Liceu Myriam. Ela se sentiu agradecida pelo silêncio que reinava ali, na calçada daquela pequena rua vazia.

Enquanto andava, Kamila ia olhando para as vitrines de cada lado da rua, descobrindo quais as lojas que vendiam tecidos, utilidades domésticas e calçados. Em quase todas, não havia ninguém comprando. Quase no final da estreita fileira de lojas de rua, eles finalmente chegaram a uma modesta butique de roupas com vitrines compridas e estreitas que davam para a calçada. Uma coleção de vestidos femininos, bem arranjados, um ao lado do outro, formava um arco-íris que cobria as paredes internas da loja. O nome "Sadaf" estava pintado à mão numa placa marcada pelo tempo, acima da porta de entrada.

"Acho que é esta", Rahim disse.

Kamila assentiu.

"Deixe que eu fale", ela disse. "Se ele não parecer alguém digno de confiança, nós simplesmente damos o fora, certo?"

Kamila estava nervosa quando eles entraram na pequena loja desgastada. Ela se esforçou para distinguir os detalhes da loja entre as sombras do final da manhã sobre suas paredes brancas e piso gasto. Como na maioria das casas comerciais de Cabul, na Sadaf tampouco havia luz elétrica, e para sua iluminação ela contava com a luz do sol que se infiltrava para o seu interior durante as horas do dia.

Lutando com seus temores, Kamila ficou parada por um instante na entrada, apertando o trinco da porta, mas logo tratou de lembrar a si mesma que todos em sua casa estavam contando com ela.

Eu não posso ter medo, ela pensou. Estou fazendo isto por minha família e Alá vai ajudar a nos manter em segurança.

Quando a porta se fechou com uma batida atrás dela, o dono da loja que estava atrás do balcão olhou para ver quem era. Ele estava dobrando vestidos longos e calças folgadas de pernas largas como as que Kamila havia visto na vitrine. As roupas dali estavam entre as mais bonitas que ela havia visto, desde o início da era Talibã. O estoque da Sadaf estava plenamente de acordo com a era em vigor. O dono da loja era jovem, talvez da mesma idade de Kamila, com uma barba espessa encobrindo seu queixo afilado. Seus olhos reluzentes revelavam uma pessoa de extrema bondade.

"Bom dia!" ele disse. "Em que posso ajudá-la, irmã? Quer ver alguma coisa?"

Ele se mostrou extremamente bem-educado – muito mais do que Mehrab. Kamila sentiu sua confiança voltar.

"Não, obrigada, senhor", Kamila começou. "Meu nome é Roya; minhas irmãs e eu somos costureiras aqui em Khair Khana. Este é meu irmão e ele está nos ajudando. Zalbi, um amigo dele, é amigo de sua família e ele sugeriu que procurássemos o senhor. Nós estamos buscando trabalho e ficaríamos muito contentes se pudéssemos fazer roupas para sua loja, se for de seu interesse."

"Meu nome é Ali", ele se apresentou, estendendo a mão para Rahim. "Muito prazer em conhecê-los. Eu gostaria muito de ver seus trabalhos, se trouxeram algum. Meu irmão e eu estamos procurando costureiras que possam fazer roupas para nós."

A julgar pelo fato de ele ter estabelecido sua loja em Khair Khana, um subúrbio amplamente ocupado por tajiques, onde moravam muitas famílias vindas de Parwan e Panjshir, somado a entonação de seu sotaque levemente somali, Kamila concluiu que os pais de Ali, assim como os seus, provinham do norte. O fato de eles estarem conversando em dari, a língua persa falada nas regiões do norte, e não em pashto, a língua tradicionalmente falada no sul de maioria pashtun, a deixou ainda mais certa disso.

"Espero que sua família esteja bem", Kamila disse. "Meu irmão, minhas irmãs e eu estamos trabalhando para nos sustentar enquanto nossos pais estiverem no norte. Meu pai está em Parwan e nosso irmão mais velho teve que ir para o Paquistão por questões de segurança. Nós começamos um negócio de costura em nossa própria casa e ficaríamos muito contentes com o seu apoio."

O jovem homem retribuiu os votos de bem-estar para a família de Kamila e acrescentou que seus pais também eram de Parwan. Os três adolescentes conversaram sobre as notícias e os rumores que tinham ouvido a respeito dos últimos combates no norte. E então, Ali começou a contar para Kamila um pouco de sua própria história.

"Sadaf é minha loja", ele disse. "Eu investi quase tudo que tinha nela. Antes da chegada do Talibã, eu possuía uma carroça ambulante com a qual vendia roupas para cama e mesa e utensílios domésticos. Mas então, todo mundo parou de comprar. E ficou muito arriscado estar na rua o dia inteiro. De maneira que eu instalei minha loja aqui. Pelo menos eu sei que as pessoas sempre vão precisar de roupas, mesmo que atualmente elas estejam comprando menos."

Ali olhou para o chão como se fosse parar de falar. Kamila percebeu com certa surpresa que ela e o dono da loja tinham muitas coisas em comum. Eram ambos jovens enredados em circunstâncias com as quais não tinham nada a ver e se esforçando o máximo possível para tomar conta de suas extensas famílias. Naquele momento, Ali tinha mais de uma dezena de familiares, cuja sobrevivência dependia totalmente dele.

"Um de meus irmãos, Mahmood, acabou de fugir de Jabul Saraj", Ali prosseguiu contando, referindo-se à cidade cercada por montanhas, bem ao sul de onde estavam os pais de Kamila, em Parwan. Kamila havia tomado conhecimento por notícias de rádio e conversas de vizinhos que a cidade havia se tornado o principal campo de batalha da guerra entre as forças do Talibã e as de Massoud.

"Ele estivera trabalhando na mercearia da família desde que havia terminado a prestação de serviço militar alguns anos atrás. Quando a linha de frente da guerra se transferiu para Jabul Saraj, ele pegou sua mulher e filhos pequenos e foi para o desfiladeiro entre as montanhas Salang esperar o combate terminar. Eles caminharam por três horas até chegar às montanhas e passaram aquela noite ao relento com muitas outras famílias. No dia seguinte, as pessoas tentaram lhe dizer que era seguro voltar para casa, mas meu irmão sabia que os combates haviam apenas começado e que estavam muito longe de acabar. De maneira que ele fugiu com sua família, através de Khinjan e Poli Khumri, até Mazar. Eles ficaram lá com alguns de nossos parentes durante alguns meses, mas era muito difícil encontrar trabalho por lá e Mahmood tem uma grande família para sustentar. Por fim, ele resolveu vir para cá tentar ganhar o sustento da família. Como existe atualmente apenas uma estrada para chegar a Cabul, por causa de todos os combates, como você deve saber, a viagem de Mazar a Cabul levou três dias inteiros. Seja como for, eu o ajudei a abrir sua própria loja de roupas, logo ali abaixo, nesta mesma rua. No início, ele andou muito aflito por não entender nada de trajes femininos, mas eu lhe assegurei que entendia muito de vendas por ter tomado conta da loja de nossos pais e que isso era o mais importante. Nós podemos contar com costureiras da vizinhança para suprir nosso negócio de roupas."

Quando Ali terminou de contar sua história, Kamila garantiu a ele que ela e suas irmãs teriam muito prazer em ajudar Mahmood a preencher seus estoques quando ele precisasse.

"Bem, então deixe-me ver que tipo de trabalho vocês estão fazendo", ele disse.

Imediatamente, Kamila desembrulhou sua amostra e espalhou-a sobre o balcão. Ali examinou atentamente o vestido, virando-o de um lado para outro e vistoriando a bainha feita à mão. "É um belo trabalho", ele disse. "Eu vou querer seis vestidos e, se possível, quatro ternos."

"Mas veja aqui", ele prosseguiu examinando a peça. "Você poderia mudar este detalhe ao redor da cintura do vestido?" Kamila concordou prontamente e gravou na memória os detalhes da cintura — ela não queria perder tempo e, além do mais, desenhar era, nessa época, uma atividade ilegal. Ali passou então para o outro lado do balcão e dali foi até a janela da frente examinar a rua. Ele apontou para um lindo vestido de noiva branco pendurado.

"Roya, você acha que você e suas irmãs conseguem fazer um vestido igual a esse?" ele perguntou. "Como é um pouco mais complicado, provavelmente levará mais tempo, mas tudo bem."

Kamila não precisou nem pensar; ela respondeu prontamente: "É claro que podemos". A impetuosidade de Laila havia se tornado contagiante, ela compreendeu sorrindo. Ali pegou um dos vestidos de noiva de mangas longas, cobertas de contas, de seu mostruário e entregou-o a Kamila para que servisse de modelo. "Vou querer três desse modelo e depois veremos como fica."

Kamila agradeceu a Ali pelo trabalho.

"Isto significa muito para a minha família", ela disse. "Nós não vamos decepcioná-lo."

"Obrigado, irmã", Ali disse. "Que Deus proteja a você e sua família."

Com isso, Kamila e Rahim saíram da loja para a rua e de novo pegaram o caminho de casa. A essa altura, eles estavam perigosamente próximos do chamado às preces da hora do almoço, mas Kamila estava empolgadíssima com o novo cliente de seu negócio em expansão. É assim que começa, Kamila pensou consigo mesma. Agora, só temos que deixar que ele continue crescendo. E temos que tomar muito cuidado para que não aconteça nada de errado.

No caminho de volta para casa, Kamila ia pensando se haveria necessidade de contratar mais costureiras para dar conta das encomendas de Mehrab e Ali. Até aquele momento, elas haviam conseguido sobreviver, mas com dificuldades; com as novas encomendas, elas teriam que aperfeiçoar o processo de produção. Acima de tudo, elas precisariam de mais mãos para trabalhar. Ela falaria com suas irmãs sobre isso à noite. Por enquanto, ela teria que pensar nos vestidos de noiva.

Após o jantar, as irmãs se acomodaram na sala de estar para começar o trabalho de costura da noite. Kamila acendeu os lampiões para que elas pudessem ver o que estavam fazendo. Por apenas um segundo, ela se entregou ao pensamento de como a luz elétrica facilitaria seu trabalho. Que luxo seria poder simplesmente apertar o interruptor para ter a sala iluminada e as máquinas de costura zunindo!

"Eu acho que precisamos fazer algumas mudanças", Kamila disse para as irmãs. "Como temos novas encomendas, vamos precisar de mais ajuda. Vocês têm alguma sugestão?"

Saaman, Laila e até mesmo a irmã caçula, Nasrin, entraram na conversa imediatamente, cada uma tentando falar mais alto do que a outra. Sim, com certeza elas tinham sugestões a fazer!

"Muito bem, muito bem", Kamila disse, rindo da cacofonia de vozes que encheu seu espaço improvisado de trabalho. "Uma de cada vez!"

"Que tal a gente separar as tarefas de cortar e pregar contas – estabelecer uma espécie de linha de produção, com uma pessoa responsável por cada etapa", sugeriu Saaman. "Aquela que é melhor no corte, por exemplo, assumiria a responsabilidade de fazê-lo para todas as demais. Isso também contribuiria para que as roupas ganhassem uma aparência mais profissional."

Nasrin assentiu. "Eu estou de acordo. E acho também que deveríamos desobstruir esta sala e abrir mais espaço para os trabalhos de costura. Mamãe não está mais aqui para ocupar seu lugar costumeiro e papai tampouco para ocupar seu assento diante do rádio. Poderíamos fazer desta sala uma verdadeira oficina de costura. Quando eles voltarem, podemos colocar os móveis de volta, nos mesmos lugares. Acho que Malika também gostaria de ter um espaço maior para trabalhar e Rahim não se importaria. Portanto, não há nada que realmente nos impeça de usar este espaço da maneira que quisermos."

"Nasrin, você está querendo transformar esta casa numa pequena fábrica!" Kamila disse, soltando uma risada. "Nossos pais não reconheceriam sua própria casa!"

Laila entrou na conversa para apoiar sua irmã caçula.

"Nasrin está certa. É muito trabalhoso ter de guardar as coisas todas as noites. Seria muito mais fácil se pudéssemos deixá-las onde estão. Acho que também ganharíamos tempo com isso!"

Um senso de propósito prevaleceu na discussão e Kamila percebeu claramente que aquele negócio havia se tornado o foco central de suas vidas. Juntas, elas haviam encontrado uma maneira de se tornarem produtivas, a despeito do confinamento domiciliar. E com tanto trabalho pela frente, elas quase esqueceram do mundo exterior com seus problemas.

"Tem uma outra coisa que eu quero enfatizar, já que estamos falando de negócio", Kamila disse a suas irmãs. Mehrab e Ali disseram que outras mulheres os procuraram com vestidos para vender. Nós precisamos realmente fazer trabalhos tão criativos, bonitos e profissionais quanto possível. E se assumimos o compromisso de entregar as encomendas, por maiores que sejam, dentro de determinado prazo, teremos que cumpri-lo. Queremos que eles saibam que somos garotas confiáveis e que fazemos as roupas que suas clientes desejam comprar. Razia vai dar uma passada aqui mais tarde; vamos perguntar a ela se sabe de outras garotas, daqui de Khair Khana, que possam vir trabalhar conosco. E também vamos precisar definitivamente da ajuda de Malika para fazer os vestidos de noiva."

Desde que havia voltado para Khair Khana, o negócio de Malika também havia começado a prosperar – pelo menos para os padrões da atual situação econômica, na qual a mera sobrevivência já podia ser considerada um sucesso. Tudo havia começado com as visitas das mulheres de seu antigo bairro, Karteh Parwan. As mulheres de Khair Khana começaram a ouvir falar dela por meio de amigas e vizinhas: havia entre elas uma excelente costureira capaz de satisfazer seus desejos mais extravagantes de roupas. A maioria das clientes de Malika era constituída de mulheres um pouco mais velhas que haviam sobrevivido às muitas mudanças pelas quais Cabul havia passado nos últimos trinta anos, desde a relativa liberdade das décadas de 1970 e 1980, depois o código de vestimenta mais estrito dos últimos cinco anos de regime Mujahideen e agora este, de uso obrigatório do chadri. Elas sabiam que tinham de se submeter aos limites impostos pelo Talibã, mas recusavam-se a abrir mão de sua própria noção de elegância. Tratava-se de encontrar um ponto de equilíbrio muito delicado que Malika havia entendido intuitivamente e passado a dominar.

Agora, ela era procurada a cada semana por algumas novas clientes com pedidos de vestidos e calças elegantes. As criações de Malika respeitavam o estilo afegão que se distinguia por suas mangas e calças de pernas largas, mas também refletiam seu gosto pelos cortes de estilo francês que haviam sido extremamente populares na Cabul dos anos setenta e oitenta. Antes da chegada do Talibã, Malika visitava ocasionalmente as barracas de roupas usadas, do centro comercial de Karteh Parwan, à procura de vestidos e saias de estilo ocidental que eram vistos na capital durante a era de reforma da família real e, mais tarde, no período de governo do Dr. Najibullah. Ela levava as peças para casa e as desmontava para ver como eram feitas as costuras e quais os tecidos que serviam melhor para os diferentes estilos que ela estava tentando criar.

As mulheres encarregavam Malika de fazer os vestidos de festa mais sofisticados para cerimônias de casamento e do Eid, a celebração que marcava o final do mês sagrado do Ramadan. Mas com a continuação da guerra e a situação econômica em franca derrocada, os casamentos, que sempre haviam sido ocasiões de muita pompa e circunstância no Afeganistão, pareciam ocorrer com muito menos frequência. Para começar, muitos homens estavam lutando nas linhas de frente. E muitos outros haviam deixado o Afeganistão em busca de trabalho em algum outro país, reduzindo com isso o mercado de maridos em potencial. Como muitas famílias haviam fugido do Afeganistão para o Paquistão ou o Irã, havia menos tios, tias e primos a serem convidados. Os que haviam permanecido em Cabul não tinham condições de promover as celebrações que duravam dias e que nos velhos bons tempos podiam facilmente chegar a custar até dez mil dólares – uma quantia astronômica que deixava muitos noivos endividados pelo resto de suas vidas – e às vezes, muito além delas. Todo mundo sabia que qualquer tipo de reunião social podia resultar em encrenca. Corriam boatos de que soldados do Talibã irrompiam nas salas das casas, acabando com festas de casamento por suspeita de que os convidados estivessem dançando ou tocando música, ou até mesmo o *dhol* – instrumento de percussão típico do Afeganistão – e, portanto, transgredindo as novas leis. O pior desses incidentes acabava com os soldados do Talibã arrastando os convidados homens – e às vezes até mesmo o noivo – para a prisão, onde ficariam por alguns dias até que algum membro da família pleiteasse ou até mesmo pagasse por sua soltura.

Tudo isso havia transformado as poucas festas de casamento que chegavam a ocorrer em eventos muito lúgubres e rápidos, em que a cerimônia em casa era seguida de um simples jantar feito de frango e pilau, o prato nacional do Afeganistão. Assim, Malika adaptou seu estilo aos novos tempos. Nenhum de seus vestidos era nem justo nem ocidental demais; braços e pescoço eram totalmente encobertos e, como os vestidos eram tão compridos que se arrastavam no chão, os sapatos nunca apareciam. As mulheres continuavam, é claro, querendo estar bonitas no dia de seu casamento e, para que suas noivas se sentissem verdadeiras rainhas mesmo permanecendo dentro dos limites da moda ditados pelos decretos do governo, Malika se esmerava nas aplicações de contas e bordados.

A cada semana, a fila de espera para ter roupas feitas por Malika aumentava. As clientes tinham que agora esperar duas semanas para ser atendidas. Essa crescente demora obrigava a mãe trabalhadora a estender ainda mais sua jornada de trabalho porque, como Kamila, ela estava determinada a manter sua clientela. Ela se levantava mais cedo pela manhã e, depois de se lavar e fazer suas orações, se apressava a preparar seu filho mais velho, Saeed, para a escola, antes de dar comida e vestir o outro de quatro anos, Hossein. Em seguida, ela transportava o berço de madeira com as gêmeas para a sala de estar e o colocava ao lado de seu posto de trabalho. As bebezinhas dormiam quase toda a manhã enquanto ela costurava e ela tinha, portanto, que largar o trabalho para dar-lhes atenção apenas quando elas acordavam com fome ou precisavam trocar as fraldas. Todos os dias, Kamila e suas irmãs tiravam uma pausa de suas próprias costuras para dar atenção às pequenas sobrinhas. Elas andavam com os bebês no colo pela sala entoando cantigas de ninar e antigas baladas afegãs até que fossem alimentados e colocados de volta para dormir. Então, todas retornavam ao trabalho.

A pedido de Kamila, Malika improvisou um curso de costura para as garotas. Ela começou repassando os procedimentos básicos envolvidos na confecção de um vestido de noiva e, em seguida, mostrou a elas a diferença entre os vestidos de Mehrab e os de Ali. A aula seguinte foi sobre a confecção de terninhos femininos.

"Sejam criativas!" Malika instava as meninas. "Só assim as roupas feitas por vocês se distinguirão das outras expostas nas lojas. Não tenham receio de experimentar novas ideias; se não funcionarem, não venderão!"

As jovens mulheres aprendiam rapidamente, assimilando novas técnicas antes do final da tarde. Observando como as garotas aperfeiçoavam suas habilidades e o entusiasmo com que assimilavam os ensinamentos e conselhos de Malika, Kamila tinha cada vez mais certeza do potencial de seu pequeno empreendimento.

Um dia, ao anoitecer, elas ouviram alguém batendo palmas lá fora, no portão. Kamila achou que devia ser Razia, mas ela costumava entrar sem esperar que alguém lhe abrisse o portão. As garotas não disseram nada, umas às outras, mas o silêncio forçado delas deixava muito a entrever: surpresas não eram bem-vindas e o medo havia passado a ser a reação normal a qualquer visita inesperada.

Kamila chamou Rahim para abrir o portão. Passado apenas um instante, ela viu com alívio sua tia Huma atravessando o portão às pressas, acompanhada de Farah, sua filha de quinze anos. Uma vez dentro de casa, as duas mulheres tiraram seus chadris e uma verdadeira cascata de tecido azul desceu pelas costas delas até o chão.

Laila foi a primeira a se aproximar para abraçar a tia. Huma, por sua vez, beijou todas as meninas. Era o mais próximo de um abraço de mãe que elas tanto sentiam falta.

"Que alegria ver vocês! Nós estávamos sempre pensando em vocês, mas não sabíamos se continuavam em Cabul", Kamila disse. "Vamos sentar para comer algo."

Depois de perguntar pelos pais das meninas e saber que elas estavam se virando bem, Huma explicou o motivo de sua visita, que não era uma mera formalidade social.

"Malika Jan está em casa?" ela perguntou.

A irmã mais velha havia deixado o trabalho por um momento para ver como estava Saeed e, ao retornar, saudou sua tia com um caloroso abraço.

"Olá, titia. Está tudo bem?"

"Bem, é por isso que estamos aqui, Malika Jan", Huma respondeu. "Estamos todos bem de saúde, mas a situação aqui está ficando muito perigosa, como você sabe. Não podemos mais continuar em Cabul. Eu decidi levar as meninas para o Paquistão. Partiremos amanhã". Ela fez uma pequena pausa. "Queremos que você venha conosco."

Todas as irmãs Sidiqi se amontoaram em volta de sua tia, todas com a respiração presa. Elas sabiam onde aquela conversa ia dar. Era a mesma discussão que elas haviam tido com seus pais, meses antes, quando o Sr. Sidiqi havia decidido que era mais seguro para as meninas permanecerem em Cabul em vez de arriscarem a viagem até o Paquistão ou o Irã.

"É claro que se suas irmãs tiverem permissão, nós queremos que elas venham conosco, mas sei que seu pai considera mais seguro elas permanecerem juntas aqui", Huma falou. "É claro que eu não vou contrariar os desejos dele."

"Obrigada, titia. A senhora sabe que nós somos agradecidas por se preocupar conosco e também por toda gentileza", Malika disse, sem desviar os olhos das mãos de Huma; era óbvio para todas que ela não ousava olhar nos olhos da tia, para não desatar ela mesma em lágrimas. "Vou falar com Farzan, mas sinceramente não acho que ele vá mudar de opinião. Nós planejamos ficar aqui; é difícil e caro demais viajar com tantas crianças pequenas e não consigo nem pensar em deixar as meninas para trás". Ela balançou a cabeça na direção de suas irmãs. "Alá irá nos proteger; por favor, não se preocupe."

Huma havia vindo preparada para essa discussão e começou a alistar todos os motivos para que a família de Malika e as meninas Sidiqi fossem embora com sua família. Em primeiro lugar, não havia mais ninguém na cidade e os problemas só se agravariam na capital. Não havia emprego para nenhum deles e não havia nenhuma razão para se acreditar que a situação fosse melhorar em breve. Simplesmente não era seguro permanecer ali, ela insistiu. "Não há futuro para vocês aqui, meninas". Por fim, Huma acrescentou que ela e suas filhas ficariam mais seguras se a família de Malika viajasse com elas para o Paquistão. "É melhor para todos se viajarmos juntos, como uma família, e não temos tempo a perder."

Malika prometeu de novo que falaria com seu marido, mas sua voz baixa deixava agora transparecer meses de preocupação e cansaço. Todas as garotas se condoeram de sua tia, uma mulher de meia-idade que havia ficado sozinha na cidade com duas filhas adolescentes para tomar conta, mas não tiveram outra escolha senão declinar seu pedido de ajuda.

Sem nada mais a ser dito e com a noite se aproximando, as mulheres voltaram a trocar abraços e beijos, dessa vez com mais tristeza do que alegria. Malika abraçou a tia por mais tempo do que de costume.

"Eu vou pensar em todas vocês", ela disse, "e sei que Deus irá proteger a senhora e suas filhas". Mais tarde, naquela noite, deitada em sua cama e sozinha com seus pensamentos, Kamila repassou todos os acontecimentos do dia. "Nós ficaremos sozinhos por um tempo", ela disse para si mesma, "e o melhor que temos a fazer e tirar o máximo proveito disso, como sempre fizemos". Ela decidiu continuar focada em seus irmãos e em seu empreendimento, em vez de ficar pensando em tudo que não podia mudar, como a separação de sua família, os estudos que não podia continuar e o destino de suas primas que embarcariam numa perigosa viagem ao Paquistão.

As semanas passaram numa única sucessão embaralhada de contas sendo aplicadas a vestidos e terninhos. Os dias começavam com orações e desjejum e acabavam quatorze horas depois, com as meninas desabando na cama, exaustas, mas já planejando as costuras da manhã seguinte. Enquanto isso, Kamila progredia em suas habilidades para conquistar novos clientes, com a ajuda de seu *mahram* Rahim. Ele era seu leal escudeiro e auxiliar, além de parceiro confiável em seu pequeno negócio. Ele podia ser um adolescente, mas nunca reclamava quando suas irmãs pediam para ir comprar os suprimentos de costura que necessitavam ou ir ao mercado comprar arroz e açúcar. Ela não sabia o que seria delas sem a energia e a boa vontade de Rahim.

Kamila e Rahim passaram a sair juntos cada vez com mais frequência. Contrariando os pedidos de suas irmãs para que se considerassem satisfeitas com as pequenas vitórias de encomendas um pouco maiores, Kamila continuou se esforçando para expandir sua clientela básica e fazer crescer seu empreendimento. Por recomendação de Ali, ela estava agora recebendo encomendas também de Mahmood, o irmão de Ali. E com isso, elas passaram a ter três clientes. Kamila disse a suas irmãs que ela e Rahim tentariam obter recomendações sobre outros lojistas de confiança, assim que ela tivesse a certeza de que elas eram capazes de realizar com sucesso todo o trabalho que já tinham.

❂

Um dia, após o café da manhã, Kamila ouviu um barulho vindo do portão. Ela estava em pé desde as seis e meia terminando o trabalho de aplicação de contas a um vestido encomendado por Ali. As meninas se olharam como que querendo saber se alguma delas estava esperando visita antes de pedir a Rahim que fosse ver quem estava lá fora. Elas aguardaram, ansiosamente, a entrada do irmão na sala, que estava acompanhado de uma mulher alta com longos cabelos castanhos e um dos semblantes mais tristes, mas também mais serenos que Kamila já havia visto. Kamila imaginou que ela tivesse por volta de trinta anos.

"Kamila Jan", Rahim disse, "esta pessoa está querendo falar com você".

Kamila estendeu a mão e beijou a estranha à maneira tradicional afegã de demonstrar respeito: três vezes, em faces alternadas.

"Olá, eu sou Kamila", ela se apresentou. "Como vai? Em que posso ajudá-la?"

A mulher estava pálida e parecia exausta. Havia círculos escuros em torno de seus olhos.

"Meu nome é Sara", ela disse. "Vim aqui com a esperança de você ter algum trabalho para mim". Ela olhava para os próprios pés enquanto suas palavras saíam numa sucessão lenta e melancólica. "A vizinha de minha prima disse que você tem aqui uma oficina de costura com suas irmãs e que você é uma mulher muito boa. Ela disse que seu negócio está indo muito bem e que talvez você precise de ajuda."

Laila entrou na sala e ofereceu à visitante uma taça de chá fumegante. Ela colocou à frente da mulher uma travessa de prata com balas puxa-puxa reluzentes.

"Sente-se, por favor!" Kamila convidou-a, apontando para o chão.

Sara abaixou-se para se sentar sobre uma almofada. Apertando com força a taça de chá, ela começou a explicar como tinha vindo parar na sala de estar da casa de Kamila.

"Meu marido morreu há dois anos", ela disse, com o olhar fixo na borla que ornava a ponta do tapete. "Ele era diretor da escola secundária Liceu Ariana. Ele voltou para casa uma tarde, dizendo que não estava se sentindo bem. Ele foi ao médico, naquela mesma tarde, para saber qual era o problema e morreu no dia seguinte."

Kamila balançou a cabeça, incentivando calorosamente sua visita a prosseguir.

"Desde então, meus três filhos e eu estamos morando com os irmãos de meu falecido marido aqui em Khair Khana. Minha filha tem cinco anos e é deficiente. Os meninos têm sete e nove anos. A família de meu marido é muito generosa, mas somos ao todo quinze pessoas para sustentar e agora meus cunhados estão enfrentando seus próprios problemas."

Um deles, ela contou a Kamila, havia trabalhado como mecânico do exército. Mas estava desempregado desde que as tropas de Massoud haviam recuado para o norte. Outro tinha sido funcionário da prefeitura e também havia sido despedido. O terceiro cunhado era bacharel em Ciência da Computação, mas não conseguia encontrar trabalho em Cabul e estava pensando em ir para o Paquistão ou o Irã.

"Eu tenho que encontrar um meio de sustentar meus filhos", Sara disse a Kamila. "Não sei o que fazer nem para onde ir. A família de meu marido não tem mais como tomar conta de nós e eu não quero ser um fardo para eles. Tenho de encontrar um trabalho."

Depois de fazer uma pausa pelo tempo necessário de tomar um gole de chá e ter a certeza de que Kamila continuava ouvindo-a, ela prosseguiu:

"Eu não tenho nenhuma instrução e nunca trabalhei fora. Mas sei costurar e prometo fazer um bom trabalho para você."

No início, Kamila estava tocada demais para dizer qualquer coisa. Todo mundo que havia permanecido em Cabul tinha uma história semelhante e, ultimamente, ela vinha sentindo aumentar seu senso de responsabilidade por fazer o máximo para ajudar. Seu pai sempre lhe dissera, e de acordo com os ensinamentos de sua religião, ela tinha o dever de ajudar o maior número de pessoas possível. Naquele momento, esse dever lhe impunha ampliar rapidamente o sucesso que havia conquistado em seu pequeno negócio. Esse empreendimento era sua grande esperança – e no momento seu único meio – de poder ajudar sua comunidade.

"Então, vamos trabalhar", Kamila disse, recuperando sua compostura e encontrando consolo em sua própria abordagem prática. "O que mais precisamos neste exato momento é de alguém que possa supervisionar tudo e me ajudar a garantir que todos os pedidos sejam cumpridos e a costura seja benfeita". Sara, sorrindo pela primeira vez desde que entrara pela porta da casa, seria sua primeira empregada oficialmente contratada.

Ela chegou pontualmente para o seu primeiro dia de trabalho, às oito e meia da manhã seguinte. Seus três filhos ficaram em casa com suas cunhadas. Como Rahim, seus dois meninos passavam parte do dia na escola de Khair Khana. O sogro dela estava ajudando-os nas partes de seus estudos que eram agora transmitidos em língua árabe – uma nova matéria do currículo imposto pelo Talibã.

Quando a divisão do trabalho entre as duas mulheres começou a entrar nos eixos, Kamila percebeu que havia sido uma decisão brilhante – e arrojada – a de contratar Sara. Sua nova supervisora era uma costureira talentosa e capaz de ajudar as garotas com os modelos mais sofisticados, poupando Malika das interrupções que haviam se tornado cada vez mais frequentes. Além disso, ela era uma ótima gerente – na verdade, esse era um talento natural dela. Ela sabia quando devia pressionar as meninas e quando devia incentivá-las e mantinha a equipe toda funcionando no padrão máximo: se uma costura saía torta ou se as contas não eram pregadas de acordo com as linhas traçadas na matriz dos modelos, ela obrigava a garota a refazer, às vezes até mesmo a desfazer os pontos para ela própria refazê-los.

E o mais importante foi que a contribuição de Sara liberou Kamila para se dedicar à parte do processo que mais passou a interessá-la, apesar de todos os riscos que ela envolvia: o marketing e o planejamento. A cada semana, Kamila se sentia mais segura de si mesma e das habilidades de suas irmãs para a costura e, também, mais à vontade para andar com Rahim pelo Liceu Myriam, cujos sons, cheiros e sombras ela passou a conhecer tão intimamente quanto os da sua própria vizinhança. O grupo havia adquirido experiência e ampliado a equipe de costureiras, e as garotas estavam aprendendo a dar conta de encomendas maiores que os clientes estavam fazendo, agora que elas haviam se mostrado profissionais confiáveis. Apenas algumas semanas depois da entrada de Sara para a sua equipe, Kamila ficou extremamente empolgada com a encomenda feita por Ali de vinte vestidos leves, com os quais ele queria montar seu estoque de roupas para a primavera.

Para ter a certeza de que contratariam apenas as candidatas mais comprometidas com uma forte ética de trabalho, Kamila e Razia criaram um novo método de seleção: elas davam à candidata a costureira um pedaço de tecido e pediam que fizesse com ele uma amostra de seu trabalho. Sara então examinava a peça acabada e, se a costura era aprovada, a garota recebia sua primeira incumbência, que podia realizar em sua própria casa ou na de Kamila. Todas as encomendas tinham de ser entregues em uma semana.

Não demorou para que o número de pessoas buscando trabalho excedesse o de encomendas que Kamila estava recebendo de lojistas. Ela passou a receber, quase diariamente, visitas de mulheres jovens que estavam tentando encontrar um meio de ajudar suas famílias. Em sua maioria, elas eram garotas cujos estudos universitários haviam sido interrompidos pela chegada do Talibã, mas algumas delas, como Sara, eram um pouco mais velhas.

Ela não sabia como, mas estava determinada a encontrar uma ocupação para todas elas. Com a economia da cidade encolhendo a cada dia, e sem qualquer outra chance de aquelas mulheres encontrarem trabalho, como ela poderia dar-lhes as costas?

Na manhã seguinte, ela iria ao Liceu Myriam com Rahim. Falaria com Ali e Mahmood e pediria a eles que a apresentasse ao outro irmão deles que havia acabado de chegar a Cabul e aberto outra loja de roupas nas redondezas. Ela esperava que esse também se tornasse seu cliente regular.

Quando Kamila se aproximava do quarto de Malika para desejar-lhe boa noite, ocorreu-lhe uma ideia. Nós somos, sim, costureiras, mas também somos professoras. Será que não existe uma maneira de usarmos ambos esses talentos para ajudarmos um número ainda maior de mulheres? E então essas mulheres poderiam nos ajudar a expandir o negócio de costura de tal maneira que haveria trabalho para todas.

Nós poderíamos abrir uma escola, ela pensou consigo mesma, parada ali no corredor, ou, pelo menos, proporcionar uma aprendizagem mais formal para mulheres jovens, ensinando-as a costurar e bordar. Nós poderíamos ensinar a elas habilidades úteis que elas poderão usar tanto aqui como com outras mulheres e, enquanto estiverem aprendendo, nós formaremos uma equipe profissional que nos ajudará a dar conta, rapidamente, de encomendas maiores – tantas quantas conseguirmos obter.

Ela ficou parada diante da porta do quarto de Malika, perdida em seus pensamentos. O mais importante, ela pensou, é não rejeitarmos nenhuma mulher necessitada de trabalho. Mesmo as jovens sem nenhuma experiência e sem qualificação para o trabalho poderão participar de nosso programa de treinamento e receber um salário para nos ajudar a cumprir as encomendas o mais rápido possível. Se tivermos nossa própria escola, ninguém que bater à nossa porta irá embora sem trabalho.

Ela havia acabado de descobrir seu plano.

Impaciente demais para bater à porta, ela avançou para dentro do quarto de Malika quase explodindo de tanta excitação. Por enquanto, ela simplesmente ignoraria todos os obstáculos que pudessem impedir seu projeto de se tornar realidade. Ela queria o apoio de sua irmã e não podia esperar para expor sua ideia a ela. Não havia ninguém com mais talento e disposição para tal empreitada, e nem ninguém em quem ela podia confiar mais. Ela se enroscou sobre uma almofada ao lado de Malika, que estava separando as roupas de seu marido e quatro filhos para lavar. Com a luz do lampião iluminando o espaço entre elas, Kamila começou a expor ansiosamente sua nova ideia.

"Malika", ela disse, olhando diretamente para sua irmã, "eu preciso de sua ajuda…"

6

Uma escola em pleno funcionamento

"Vamos, Rahim!" Kamila instou seu irmão. Olhando para o relógio da sala, ela viu que eram quase nove horas. Eles tinham que sair imediatamente. Tinham entregas para fazer no Liceu Myriam e, além disso, Kamila estava ansiosa por falar a sós com seu irmão.

O rapaz depôs seu *naan* e sua taça de chá pela metade, pegou sua jaqueta do cabide ao lado da porta e tratou de alcançar sua irmã que já estava no pátio.

Kamila havia passado quase toda a noite em pé depois da conversa que tivera com Malika, pensando em seus planos para a escola: nos cursos que ofereceriam e na equipe de talentosas costureiras que criariam. Assim que ela e as meninas tivessem o programa funcionando perfeitamente, teriam condições de aceitar pedidos de novos clientes. Elas precisavam de mais encomendas, isso estava claro; teria que haver trabalho suficiente para todas as jovens que estavam sendo treinadas, como também para todas as outras que costuravam em suas próprias casas para as irmãs Sidiqi.

Kamila queria aproveitar a saída daquela manhã para saber o que Rahim achava da ideia de criar uma escola de corte e costura. Como ela confiava muito na capacidade de julgamento dele, queria sondar sua opinião; os dois costumavam discutir planos para o negócio de costura durante suas longas caminhadas até o centro comercial, que ele agora já conhecia quase tão bem quanto Kamila. Juntamente com sua irmã "Roya", ele havia participado de todos os encontros com os lojistas e, com sua atitude despretensiosa e confiabilidade a toda prova, havia conquistado a confiança deles. Quando Kamila ficava em casa para terminar uma encomenda ou tomando as providências para a fase seguinte de uma confecção, Rahim fazia as entregas em seu lugar, transmitindo-lhe os recados de seus clientes e providenciando o estoque de materiais de costura para as novas encomendas, no caminho de volta para casa.

As negociações, no entanto, ele deixava estritamente para a sua irmã. Os dois irmãos haviam acabado de chegar de táxi, que era uma perua caindo aos pedaços, no centro comercial Mandawi, o mercado histórico da cidade velha, onde Ali havia sugerido que eles encontrariam suprimentos de costura por preços muito vantajosos. Kamila havia atravessado com confiança os estreitos corredores entre as barracas à procura dos tecidos de sua preferência e regateando preços com seus donos, os quais Rahim sabia que eram muito mais baixos do que os que costumavam pagar no Liceu Myriam. "Rahim, eu acho que fazer compras aqui pode reduzir nossos custos em dez ou talvez até quinze por cento!" ela exclamou, nitidamente animada com a nova descoberta. "Roya Jan", ele disse, esperando que o vendedor de tecidos entendesse que sua irmã jamais arredaria pé da oferta de duzentos mil afeganes (quatro dólares) que já havia feito pelas peças de tecidos expostas nas paredes sujas; "Eu acho que se depender da sua vontade, essa porcentagem em breve passará para vinte por cento!"

Trabalhando com as meninas, Rahim havia se acostumado aos ritmos de sua semana de trabalho e aos ciclos das encomendas recebidas: quais vestidos tinham que ir para onde e quando, e se para atender à encomenda apressada de um lojista eram necessárias algumas horas extras de trabalho ou toda uma noite de costura. Algumas semanas antes, ele havia chegado a pedir para Saaman que lhe desse aulas básicas de bordado e pregação de contas, pelo menos o suficiente para ele poder ajudar suas irmãs a confeccionar as séries de vestidos e ternos que elas agora tinham contrato para produzir semanalmente. Ele ficava sentado com elas na sala de estar, agora superlotada durante as noites, sendo o único homem em meio a um grupo de mulheres intensamente concentradas, disposto a aprender todas as habilidades necessárias para dar a sua contribuição ao negócio.

"Rahim, eu tenho uma nova ideia que gostaria de discutir com você", Kamila disse.

"Uma nova ideia?" ele retorquiu. "Por que isso não é mais surpresa para mim, Kamila Jan?"

"Não, eu estou falando sério", ela disse, permitindo-se apenas uma risadinha de si mesma. "Eu quero criar uma escola nossa. Para ensinar corte e costura. Para que possamos aceitar todas as encomendas que chegam, expandir o negócio e também oferecer um meio de vida a muitas mulheres da vizinhança."

Ela acelerou o passo. "Eu pensei em tudo e acho que devemos organizar o processo da seguinte maneira: vamos dividir as garotas em dois turnos – um pela manhã e outro à tarde, com uma pausa para as orações e o almoço entre um e outro. Saaman e Laila vão ensinar costura, pregação de contas e bordado às meninas; eu vou ajudar no início, é claro, mas a minha intenção é que elas realmente liderem os cursos – para que eu fique livre para me concentrar em buscar mais clientes para nós. Sara Jan será a supervisora. Eu conversei com Malika a respeito disso tudo ontem à noite – ela é a única pessoa, além de você, com quem discuti esse projeto – e ela achou uma excelente ideia."

Ela ficou aguardando em silêncio só por um instante.

"E então, o que você acha?"

Kamila não conseguia interpretar a reação de Rahim. Quando eles estavam em público, ele sempre mantinha aquela expressão inescrutável que havia começado a cultivar desde o primeiro dia em que haviam ido ao Liceu Myriam: a de um homem muito mais velho zelando e protegendo as mulheres de sua família dos perigos que tinham de enfrentar quando estavam em público

Mas ele estava balançando a cabeça em sinal de assentimento.

"Sim, eu acho uma ótima ideia. Para mim, não vai fazer muita diferença, já que eu passo a maior parte do dia na escola. Mas no momento, estamos no limite. Você e as outras meninas estão trabalhando quase o tempo todo – pelo menos onze ou doze horas por dia e, às vezes, também a noite toda, quando temos uma grande encomenda para entregar. Esse é um grande problema, mas eu tenho pensado em como poderíamos resolver isso com o tempo. Você tem razão, nós precisamos, com certeza, de mais gente para ajudar."

Eles caminharam em silêncio por um tempo. Kamila sabia que ele tinha mais a dizer.

"Tem uma coisa nisso tudo que me preocupa, no entanto", Rahim prosseguiu. "Como é que você vai fazer para que todas essas garotas entrando e saindo lá de casa o dia todo não sejam notadas por ninguém? Os soldados do Amr bil-Maroof estão em toda parte e você sabe que eles estão sempre atrás das pessoas que violam as leis. Especialmente as mulheres."

Kamila esperava por isso; Malika havia exposto essa mesma preocupação.

"Bem, eu também já pensei nisso", ela disse. "Em primeiro lugar, muitas mulheres estão atualmente trabalhando em casa, como a Dra. Maryam. O Talibã sabe que ela trata apenas de mulheres doentes e tenta ajudar a comunidade, de maneira que nem se dão o trabalho de ir até sua clínica. Nós iremos funcionar da mesma maneira: vamos fazer com que todo mundo de Khair Khana saiba que somos apenas mulheres costurando – nós não vamos falar nada sobre nossos bordados à noite! – e que nunca, jamais permitimos que qualquer homem ou pessoa estranha entre em nossa casa. Nós vamos mandar embora todas as garotas da vizinhança antes do anoitecer, para que nenhuma delas seja vista andando pelas ruas fora do horário permitido. Ou nas horas das preces. E nós vamos trabalhar da maneira mais discreta possível: em silêncio, é claro, e manter o portão sempre trancado. Além disso, vamos exigir que todas as garotas usem o chadri completo sempre que vierem à nossa casa. Se seguirmos estritamente essas regras e só trabalharmos com garotas decentes, aqui das redondezas, acho que vai dar tudo certo."

"É verdade", Rahim concordou. Muitos amigos meus de escola têm mãe e irmãs trabalhando em casa. A maioria delas está ensinando o Sagrado Alcorão e dando aulas de matemática e dari. Na realidade, elas não têm um negócio como o nosso. É bem possível que uma escola de corte e costura seja realmente justificável com mais facilidade, uma vez que vocês ensinarão às mulheres formas tradicionais de trabalhos manuais que elas poderão fazer em suas próprias casas.

"E então", ele prosseguiu, "quando é que vai começar?"

"Na semana que vem", foi a resposta de Kamila.

"É claro!" Rahim exclamou, sem conseguir reprimir uma risadinha silenciosa. "Assim é Kamila: por que esperar se pode começar agora mesmo?"

Kamila respondeu com uma careta para ele por trás de seu chadri.

"Você quer dizer Roya Jan."

"Sim, é claro! Se precisar de ajuda para botar as coisas pra funcionar, é só dizer. E pode deixar montes de trabalho para eu fazer quando voltar da escola. Estou ficando muito bom nisso, você sabe. Uma porção de garotos de minha classe está aprendendo a bordar e costurar também, mas tenho certeza de que nenhum deles tem uma professora tão capaz quanto Saaman."

Ao se aproximarem do Liceu Myriam, ambos entraram instintivamente em silêncio.

Uma vez dentro da loja de Ali, Kamila esvaziou sua sacola e ficou aguardando, em silêncio, enquanto o adolescente abria o pacote e contava as peças. Kamila se sentiu aliviada quando percebeu que ele havia ficado satisfeito.

Ali colocou uma parte dos vestidos e terninhos na prateleira de madeira que ficava atrás dele e, depois de dar uma olhada na porta, ele voltou para os irmãos.

"Eu tenho notícias de meu irmão mais velho, Hamid", Ali disse, e começou a relatar uma história que Mahmood havia contado a ele, durante uma visita, na semana anterior. "Durante anos ele vendeu perfumes e cosméticos para mulheres, entre outras coisas, em Jabul Saraj, mas quando os combates chegaram mais perto, todo mundo parou de comprar. Por isso, ele começou a trabalhar com um táxi para ajudar sua família. Um dia, ele transportou um homem que trabalhava com as forças de Massoud e que advertiu meu irmão que uma outra ofensiva do Talibã estava prestes a começar. Hamid foi correndo para casa pegar sua mulher e filhos – ele já havia tentado mandá-los para cá com outras famílias para fugir da guerra, mas o motorista deles havia se perdido durante a viagem e sua mulher estava assustada demais para viajar de novo sem ele. De qualquer maneira, finalmente, todos eles chegaram sãos e salvos em Cabul."

Ali espiou outra vez pela janela e continuou. "Mahmood e eu ajudamos Hamid a abrir uma loja de roupa aqui perto; nós achamos que seria mais fácil para todos, já que temos muitos clientes, inclusive entre os próprios talibãs que vêm comprar roupas para suas famílias. E nós conhecemos costureiras de confiança como você e suas irmãs, de maneira que suprir a loja dele não será problema."

Ele entregou a Kamila um envelope com o dinheiro para pagar as roupas. "Hamid acabou de voltar do Paquistão; ele foi lá comprar vestidos para vender em sua loja. Mas eu gostaria de apresentar você a ele; provavelmente, ele vai querer encomendar algumas peças também de você."

Kamila assentiu agradecida, e os três desceram o quarteirão até uma loja apertada que dava de frente para a rua, que tinha uma janela retangular e uma porta que ficava três degraus acima da calçada. Dentro dela, eles encontraram um homem diante de uma pilha de caixas, dando os retoques finais a uma exposição de vestidos pendurados no teto. Ele era mais alto do que Ali e evidentemente muitos anos mais velho. Recipientes de plástico vermelho em forma de corações e estojos portáteis de maquiagem com pequenas tesouras de metal enchiam o mostrador atrás do balcão de vidro. Havia uma grande quantidade de sapatos pretos de salto baixo com graciosos laços, em cima de caixas cor-de-rosa, contra a parede.

Ao se cumprimentarem, os irmãos se abraçaram rapidamente sem tocar o peito um do outro. Em seguida, Ali se voltou para Kamila e Rahim e explicou o motivo de sua visita inesperada. "Hamid, esta aqui é Roya e este é Rahim, o irmão de Roya. Os pais deles são de Parwan e eles criaram com suas irmãs um negócio de costura aqui em Khair Khana para ajudar a sustentar a família. Roya e suas irmãs estão entre as melhores de nossas costureiras; elas confeccionaram muitos vestidos e ternos e alguns vestidos de noiva extremamente bonitos para a minha loja e a de Mahmood. Se você tem trabalho para ela, eu garanto que é uma pessoa muito digna e de total confiança."

Hamid estava realmente disposto a fazer uma encomenda; sua viagem ao Paquistão havia sido produtiva, ele disse a eles, mas complicada por causa de todos os postos de controle na fronteira. "Acho que não vou voltar lá tão cedo". Ele encomendou oito vestidos iguais aos que havia visto expostos na loja de seu irmão — bordados com contas — e que tinha achado lindos.

"À medida que eu me estabilizar mais e conhecer um pouco melhor os gostos de minhas freguesas, nós poderemos discutir outros modelos", Hamid disse para Kamila. "No momento, estou totalmente ocupado em abrir todos os caixotes que trouxe de minha antiga loja em Jabul Saraj". Ele entregou a Rahim uma sacola de plástico com muitos cortes de tecido de cor clara. "Para ajudar suas irmãs a começar a trabalhar nas minhas encomendas."

O tempo estava passando rapidamente e Kamila estava ansiosa por ir embora, mas Hamid se voltou para seu irmão mais novo.

"Ali, eu presenciei uma cena terrível um dia desses", ele sussurrou. "Eu estava entregando os vestidos que havia comprado no Paquistão numa loja que fica logo ali, na próxima rua, e estava esperando que o dono me pagasse. Estava lá uma mulher acompanhada de sua filha, fazendo compras. Ela era bem velhinha, tinha um corpo bem pequeno e mal conseguia enxergar. Por isso, ela afastou apenas por um instante o chadri para ver os vestidos que estavam expostos no mostruário. Naquele exato momento, um membro do Amr bil-Maroof entrou correndo na loja e começou a gritar que as mulheres não deviam se expor em público e que isso era proibido. O talibã deu uma bofetada em sua cara e derrubou-a no chão. Eu não conseguia acreditar no que estava vendo. Ela perguntou a ele aos berros por que tinha que bater numa velha que poderia muito bem ser sua avó. Mas o soldado simplesmente voltou a atacá-la. Entre todos os tipos de palavrões ofensivos, ele chamou-a de indecente. Foi inacreditável."

Os cinco ali reunidos ficaram em silêncio até que finalmente Ali disse: "Roya, é melhor você ir embora. Nós já estamos conversando por tempo demasiadamente longo... É arriscado". A voz dele foi enfraquecendo antes de terminar a sentença.

"Muito obrigada a vocês dois", ela respondeu, enquanto Rahim tratava de pegar as sacolas. "Nós voltaremos na semana que vem para entregar seus vestidos, Hamid". Ela e seu irmão deixaram a loja, agradecidos pelo ar frio de primavera que os envolveu.

"Por favor, tomem cuidado", ela ouviu a voz de Ali dizer alto para eles quando a porta se fechou. "Que Deus os proteja!"

Eles foram caminhando em silêncio pela próxima meia hora.

❄

Uma semana depois, a escola começou a tomar forma. A notícia de que algumas jovens estavam fazendo um curso na casa dos Sidiqi correu de boca a boca e, a cada manhã, novas alunas acorriam para ali, dispostas a aprender e trabalhar. Embora algumas escolas das redondezas cobrassem uma pequena taxa, Kamila decidiu que era melhor não cobrar nada; as garotas não teriam que pagar enquanto estivessem aprendendo e, em troca, elas não teriam salário durante todo o período de treinamento. Durante a aprendizagem, elas ajudariam a confeccionar as roupas que Kamila levaria para o mercado e, assim, elas contribuiriam para o negócio quase imediatamente. O tempo que cada garota levava para concluir sua aprendizagem dependia tanto de suas habilidades como de sua dedicação ao trabalho.

Quanto a isso, apenas Kamila e Sara tinham a última palavra, com base nas informações fornecidas por Saaman e Laila, que eram as professoras.

Neelab, uma garota da vizinhança e filha de um alfaiate era a nova ajudante entusiasmada de Kamila e suas irmãs. A mãe de Neelab havia abordado Kamila na mercearia, do outro lado da rua, quando ela Rahim estavam comprando óleo e arroz. Ela havia suplicado a Kamila que admitisse sua filha. "Meu marido está desempregado e nós não temos como alimentar toda a família" a mulher disse a Kamila com uma voz desesperada. "Eu fiquei sabendo que você e suas irmãs estão dirigindo um negócio bem-sucedido. Será que você poderia dar trabalho à nossa Neelab? Eu prometo que ela vai se esforçar para ajudar no que quer que você e suas irmãs necessitarem."

Kamila havia concordado no ato, incapaz de recusar o pedido de uma vizinha. Ela sabia tratar-se de uma boa menina, respeitosa e bem-comportada, e se condoeu de sua mãe que estava carregando um fardo pesado. Mas havia uma outra vantagem em ter a menina por perto: ela poderia servir de *mahram* e sair para ver o que estava acontecendo na rua quando Rahim estivesse na escola ou fora de casa. As garotas mais novas não precisavam usar chadri e muitas vezes funcionavam como meninos, podendo andar livremente em público sem serem molestadas, desde que se vestissem com discrição e parecessem ter bem menos idade do que a obrigatória para andarem encobertas — idade essa que, no momento, parecia ser entre doze e treze anos, embora ninguém soubesse ao certo.

Em pouco tempo, Neelab havia provado ser uma aprendiz capaz e esforçada; ela chegava cedo, todas as manhãs, com um sorriso irradiante e disposta a ajudar Laila a preparar o café da manhã para a família. Depois, ela se encarregava dos trabalhos domésticos e de tudo mais que precisava ser feito, inclusive ir até a loja mais próxima comprar os itens que Rahim, por acaso, tivesse esquecido ou acompanhar Kamila em suas rápidas idas ao Liceu Myriam. Neelab sentia-se grata por estar ali com garotas que gostavam de tê-la por perto e valorizavam sua ajuda. Ela já estava chamando Kamila e Malika de "tias", tratamento de respeito e estima que era dispensado a mulheres mais velhas que, mesmo sem relação consanguínea, eram tidas como familiares.

Por sua parte, as "tias" de Neelab sabiam muito bem dos riscos que estavam correndo com seu negócio em expansão. Malika e Kamila haviam discutido esses riscos muitas vezes e Kamila vinha mantendo sua promessa de permanecer dentro dos limites impostos pelos decretos do Talibã. Antes de admitir qualquer uma das garotas em seu programa, Kamila e suas irmãs procuravam se assegurar de que elas conhecessem bem o regulamento da escola e, para isso, cada uma delas recebia uma preleção de Sara no dia em que começava.

"O regulamento existe para ser seguido", Sara instruía as garotas com voz firme. "Não há nenhuma exceção. Se vocês vêm aqui para trabalhar, são bem-vindas. Se vêm aqui para passar o tempo, comer bem ou simplesmente folgar, este não é o lugar apropriado."

Em seguida, ela passava a enumerar as regras da casa.

"Em primeiro lugar, vocês têm que vir vestidas de chadri e mantê-lo até estarem em segurança, dentro da casa. Usar um véu comprido não basta. Como nós sabemos que um chadri custa caro, a quem tiver dificuldade para comprá-lo, nós podemos ajudar. Quanto ao modo de vestir, por favor, restrinjam-se a roupas simples – calças largas, blusas de mangas compridas e nada de sapatos brancos; essa é a cor da bandeira do Talibã e eles a proibiram de ser usada. E nada de unhas pintadas. Como os talibãs estão sempre atentos a isso, eles podem ver suas mãos até mesmo por baixo do chadri."

"Em segundo lugar, nada de falar em voz alta ou rir enquanto estiverem na rua, vindo para cá. Nossos vizinhos apoiam o nosso empreendimento porque nós ajudamos a comunidade e não queremos ter nenhum problema, nem para eles nem para nós. Se o Talibã vir dar uma batida aqui, será péssimo para todas as garotas que trabalham conosco e também para todas as famílias em volta."

"A terceira regra impõe que vocês nunca falem com nenhum homem que não seja seu *mahram*, no caminho para cá. Se alguma de vocês vir qualquer outra que trabalha aqui fazendo isso, tem que nos informar, de imediato. Toda aquela que for vista falando com um homem de qualquer idade será demitida. Imediatamente."

"Nós temos de seguir essas regras para manter Kamila e suas irmãs protegidas, assim como vocês mesmas e todas as outras garotas desta casa. E não faremos exceção."

Terminada a preleção, Sara amainou um pouco o tom. "Portanto, por favor, pelo bem de todos, não façam nada que possa por em risco o nosso trabalho. Mas enquanto estiverem aqui, nós desejamos que vocês aprendam e se divirtam."

Três semanas depois, a escola progredia rapidamente e o número de encomendas que vinha do Liceu Myriam aumentava na mesma proporção. Elas haviam começado na primavera de 1997 com quatro garotas, e no momento haviam chegado a trinta e quatro, número que continuava aumentando; nos últimos dias, mais três jovens haviam aparecido ali querendo saber sobre a oficina. O negócio ia de vento em popa e Kamila tinha agora que enfrentar o problema que tanto Malika como Rahim haviam colocado desde o início: como lidar com a quantidade de jovens que entrava e saía da casa, todos os dias. A cada manhã, eram até doze garotas vindas de todos os cantos de Khair Khana que chegavam para as aulas e, a cada tarde, outra turma chegava para o segundo turno, exatamente como Kamila havia planejado. Além disso, havia as mulheres que vinham buscar linha e tecido para os vestidos que costurariam em suas próprias casas e entregariam prontos alguns dias depois. As meninas temiam que sua casa, que estava se tornando o centro de interesse para todas as mulheres das redondezas, pudesse atrair atenção indesejada. Elas queriam mais do que tudo trabalhar de forma invisível, mas isso estava se tornando cada vez mais difícil.

Nós precisamos organizar isso de alguma forma, Kamila pensou. Do contrário, chegará o dia em que haverá garotas demais aqui, ao mesmo tempo, e só Deus sabe o que poderá acontecer.

A experiência de sua própria irmã era um lembrete sombrio do que poderia dar errado. Quando ainda morava em Karteh Parwan, Malika havia dado aulas sobre o Sagrado Alcorão na sala de seu apartamento, todas as manhãs. Aquelas aulas complementavam a educação das meninas: para aquelas que já sabiam ler e escrever as aulas eram focadas no estudo e recitação do Livro Sagrado do Alcorão; para as meninas que ainda não haviam frequentado a escola por tempo suficiente para se tornarem alfabetizadas, aprender a ler e escrever era o propósito básico de seus estudos.

Um dia, um pouco antes de se mudar para Khair Khana, Malika teve que se afastar das alunas para atender à visita de uma ex-colega que chegara inesperadamente. Na ausência de sua professora, as meninas esqueceram da advertência que ela não se cansava de repetir: para que saíssem uma a uma e não todas de uma vez; e precipitaram-se todas juntas, para a rua, e deram de cara com uma patrulha do Talibã no final da viela. Na mesquita do bairro, naquela noite, o *mullah* havia investido contra a ameaça representada pela escola de Malika. "Nós sabemos que meninas estão recebendo educação e essa é uma violação de nossa lei que precisa acabar de uma vez", ele havia advertido. O marido de Malika e o primo dele haviam insistido em dizer para os talibãs que patrulhavam a mesquita — homens da própria vizinhança que eram seus conhecidos de muitos anos — que Malika estava simplesmente ensinando o Sagrado Alcorão. Os soldados não podiam, eles disseram, fazer nenhuma objeção a isso, uma vez que educar era o dever de todo muçulmano. A resposta que eles deram foi impressionante: não havia nenhum problema com o trabalho de Malika, os soldados insistiram, pois sabiam que ela era uma mulher boa e religiosa. Eles agradeceriam se ela continuasse ensinando e até mesmo mandariam suas próprias filhas para a escola dela, se fosse possível. Os chefões, no entanto, nunca permitiriam isso. Ela tinha que parar de dar aulas imediatamente, eles advertiram, ou haveria problemas para todos. A mensagem direta deles não deixou nenhum espaço para negociação. Malika fechou sua escola no período de uma semana.

Kamila lembrava frequentemente dessa história, uma vez que ela se encontrava na mesma situação em que sua irmã estivera. E se aquilo havia acontecido com Malika — conhecida em sua vizinhança como um dos membros mais responsáveis e devotados de sua comunidade — com certeza também podia acontecer com ela.

Certo dia, ela chamou Sara e as meninas para discutir a questão e encontrar uma solução, durante o café da manhã, bem antes da chegada das alunas.

"Kamila, eu acho que nós precisamos estabelecer um esquema com horários estritos que deverão ser respeitados por todos daqui para frente", Laila foi a primeira a falar. "Nós podemos distribuir os *kits* com os materiais de costura para cada mulher num determinado dia da semana, e assim nós saberemos quem virá e quando. E Saaman e eu podemos organizar as alunas de maneira a não haver mais de quinze ou vinte aqui, de uma só vez. É bastante gente, mas acho que podemos dar conta e teremos pessoas suficientes para cumprir um bocado de pedidos a cada dia."

Kamila teve que dissimular sua surpresa ao ouvir sua irmã falar. Ela havia acabado de fazer dezesseis anos e já havia assumido tal nível de responsabilidade nos últimos seis meses! "Sim, eu concordo; é uma ótima ideia", ela disse. "Se você e Saaman estabelecerem juntas esse esquema de horários para as meninas, nós poderemos colocá-lo ao lado da porta da frente, no início de cada semana, para que cada uma saiba quando deverá estar aqui."

"E deixaremos bem claro que ninguém poderá mudar de dia sem nos consultar e que suas costuras têm de ser entregues rigorosamente no prazo", Sara acrescentou. "Isso ajuda a evitar o problema que tivemos na semana passada, quando duas meninas entregaram seus trabalhos depois do prazo e Kamila Jan teve de voltar ao mercado com Neelab, em vez de Rahim. É perigoso demais, neste momento, corrermos tais riscos se podemos evitá-los."

"Acho que devemos aproveitar a oportunidade para falarmos sobre espaço", Saaman disse. "Quer dizer, sobre o problema da falta de espaço."

A atividade delas já havia se expandido da sala de estar para a sala de jantar e estava ameaçando ir além e ocupar o quarto que restava da família. Havia vestidos pendurados em todos os espaços possíveis e inimagináveis, de batentes de portas e cantos de mesas até encostos de cadeiras. Os quartos da frente da casa haviam sido transformados numa oficina que funcionava regularmente, quinze horas por dia, em sua capacidade máxima. As cadeiras na sala de estar formavam um U para que as aulas pudessem ser dadas no centro e as meninas conseguissem ver os trabalhos, umas das outras, embora algumas jovens continuassem preferindo ficar sentadas de pernas cruzadas no chão para costurar. Lampiões distribuídos nos quatro cantos iluminavam a sala retangular, depois que a luz do sol se afastava da área de trabalho no final da manhã. Ao anoitecer, as garotas aproximavam os lampiões, cujas chamas exíguas formavam esferas de luz que tremulavam em volta dos pequenos postos de costura. Duas máquinas para costura em ziguezague, o primeiro grande investimento de Kamila no negócio, estavam situadas juntas, num canto que dava para a porta da cozinha. Elas podiam ser usadas apenas algumas horas por dia, quando havia disponibilidade de luz elétrica, isso quando o fornecimento não era cortado.

Kamila deu uma olhada em volta e assentiu em concordância. "Eu sei", ela disse. "Mas não tenho certeza do que podemos fazer quanto a isso. Eu andei pensando em comprar um gerador no Liceu Myriam. Seria muito dispendioso, mas dispondo de eletricidade, nós poderíamos realizar nossos trabalhos com muito mais rapidez. Todo esse trabalho à mão toma demasiado tempo. No momento, trabalhamos sete dias por semana e ainda assim temos dificuldades para entregar as encomendas no prazo. Só conseguimos graças às nossas alunas e ao fato de elas se esforçarem tanto quanto nós!"

Em sua maioria, as alunas eram jovens que moravam perto, ali mesmo em Khair Khana, e eram velhas conhecidas da família Sidiqi. Algumas delas haviam participado de um pequeno grupo anos antes, para estudar o Sagrado Alcorão, que Kamila dirigira, ainda no colégio. Fora dessa maneira que muitas famílias da vizinhança haviam conhecido a jovem professora.

Outras alunas, como Nasia, haviam se mudado para Cabul, onde passaram a viver como refugiados, depois de os combates terem destruído suas casas na cidade de Shomali Plains, ao norte da capital. Assim que soubera da escola, que ficava apenas quatro casas abaixo da de seu tio, onde ela e seus sete irmãos estavam morando, Nasia suplicara à sua mãe que a deixasse frequentá-la. Assim como muitas outras alunas de Kamila, Nasia tinha agora dois trabalhos: durante o dia, ela costurava com as meninas na casa que ficava na mesma rua, e à noite, ajudava sua mãe viúva a fazer chadri para os lojistas do Liceu Myriam. Todas as noites, as mulheres esperavam dispor de algumas horas de energia elétrica para passar a ferro e engomar o círculo azul de pregas feitas à mão em forma de um pequeno acordeão de véus.

E havia Mahnaz, uma garota para quem a casa de Kamila significava mais que um meio de vida, mas também uma tábua de salvação.

Ela tinha dezessete anos, mas por sua atitude franca e solene, ela causava a impressão de ter muito mais idade. Suas mãos grossas, sendo grandes e fortes, impressionavam ainda mais pela delicadeza de seus trabalhos. Mahnaz possuía um talento muito próprio para a arte de pregar contas, embora, como a maioria das meninas que trabalhava na casa Sidiqi, ser costureira não fosse seu sonho de vida. Ela sonhava em ser professora desde os sete anos de idade.

Depois da chegada do Talibã, ela havia ficado em casa por quase meio ano, revendo os antigos manuais escolares e lendo romances policiais iranianos, colocando ocasionalmente os livros de lado para se juntar aos irmãos e assistir aos filmes pirateados de Jean-Claude Van Damme na pequena televisão da família. Ela havia tentado se inscrever num curso de inglês que estava sendo dado perto de sua casa, mas sua família achou que era demasiadamente arriscado e proibiu-a.

Quando Mahnaz soube, através de uma amiga de sua prima, que Kamila e outras meninas de sua idade estavam costurando a apenas um quarteirão de distância de sua casa, ela havia corrido para não perder a oportunidade de se juntar a elas. Duas de suas irmãs, uma das quais estava decidida a se tornar médica quando estudar voltasse a ser permitido, decidiram prontamente se juntar a ela quando souberam o quanto Mahnaz estava adorando seu novo trabalho. "Parece que a gente nem está na cidade de Cabul", ela disse para suas irmãs depois de seu primeiro dia na casa de Kamila. "É como estar num lugar onde o Talibã absolutamente não existe e não há nem sinal de guerra. Apenas todas aquelas mulheres trabalhando juntas, enquanto conversam e contam histórias. É maravilhoso!"

Com tantas garotas aprendendo a costurar, os erros eram inevitáveis. Sara ficava em pé quase o dia todo, correndo de um lugar a outro da sala, supervisionando cada vestido antes de ele sair pela porta para ser entregue. "Isto aqui não está bom, comece de novo!" ela repreendia, severamente, a garota quando o vestido não correspondia a seus padrões de qualidade.

"Você me faz lembrar de meu pai, Sara!" Kamila costumava brincar. "Eu acho que você se daria muito bem no exército!" Mas não era apenas no trabalho que Sara via sua função crescer em importância: com seu pequeno salário ela estava agora dando uma contribuição para a cozinha de seu cunhado, além de pagar os livros e lápis que seus filhos usavam na escola. Uma tarde em que almoçavam juntas, Sara falou para Kamila sobre o irmão mais velho de seu falecido marido, Munir, o engenheiro de aviação que sustentava toda a família de quinze pessoas em casa. "Ele sempre foi muito bom conosco", ela disse, pegando um pedaço de pão *naan* do grande filão sobre o tapete de vinil no chão diante delas, "mas eu sabia que meus filhos e eu éramos um fardo que ele tinha de arcar depois da morte de meu marido; era difícil para ele. Agora, as coisas melhoraram muito. Duas noites atrás, quando minha cunhada e eu nos levantamos para lavar a louça depois do jantar, ele me disse: 'Sara Jan, eu tenho muito respeito pelo seu trabalho. Sua ajuda significa muito neste momento'. Kamila, isso foi um grande choque para mim – quer dizer, Munir nunca foi um homem de falar muito, e muito menos de dizer tais coisas. Eu não tive palavras para responder a ele, fiquei só balançando a cabeça e murmurando 'muito obrigada'". Ela certamente não estava murmurando naquele momento, Kamila pensou, sorrindo para sua amiga, cujos olhos castanhos de corça brilharam ao contar sua história. Kamila teve dificuldade para lembrar como era a figura tímida e assustada que batera à porta de sua casa em busca de trabalho, muitos meses antes. Eu não a reconheceria, ela pensou consigo mesma. E apostou como Sara Jan tampouco se reconheceria.

Como o negócio de confecção de roupas estava se expandindo rapidamente, Kamila passou a depender de Rahim para ir ao Liceu Myriam, quase todos os dias. Quando se tratava de fazer negócios, eles sempre iam juntos, mas se Kamila precisava de apenas alguns suprimentos de costura, Rahim passava lá para buscá-los na volta da escola.

Por isso, Kamila não achou nada demais quando, num final de tarde, Saaman lhe perguntou se ela sabia onde estava Rahim.

"Ele está tremendamente atrasado", ela disse, andando lentamente ao redor da sala de trabalho. Todas as alunas haviam ido embora horas atrás e as irmãs estavam sozinhas em casa trabalhando como sempre.

"Que horas são?" Kamila perguntou. "O mais provável é que ele esteja saindo do centro comercial ou talvez tenha encontrado alguns amigos. Tenho certeza de que está tudo bem."

Mais uma hora se passou e, quando deu sete horas, ela já não tinha mais tanta certeza. Ele estava horas atrasado do horário normal. Seu estômago estava embrulhado e ela não conseguia ficar sentada.

"Vocês sabem se ele saiu de bicicleta hoje?" Ela perguntou às irmãs.

Saaman balançou a cabeça afirmativamente.

Kamila largou no chão o trabalho que estava fazendo e foi em direção à porta e ali ficou percorrendo, de um lado para outro, o pequeno espaço do vestíbulo. Saber que não podia sair para procurar seu irmão sem causar mais problemas a fez se sentir ainda mais impotente.

A essa altura, todas as irmãs haviam se juntado na sala de estar. Ninguém dizia nem fazia nada. Kamila sentiu lágrimas brotarem de seus olhos ao imaginar quão terrível seria para Rahim se seus piores receios se provassem realidade. Ela suplicou a Deus para que, com sua infinita misericórdia, protegesse seu irmão. Ele é tudo que tenho neste momento, Kamila pensou, além das meninas. Por favor, por favor, não o tire de mim. Ela achava que seria culpa sua se algo de ruim acontecesse com Rahim, porque fora ela quem o mandara ir ao Liceu Myriam.

Finalmente, ouviu-se a batida do portão lá fora se fechando.

Kamila correu para seu irmão. Ele estava pálido e desgrenhado, mas parecia ileso.

"Oh, meu Deus, o que foi que aconteceu?" Laila gritou. "Você está bem?"

"Por favor, por favor, eu estou bem", Rahim repetiu. Ele pendurou seu casaco como fazia normalmente, mas Kamila percebeu que havia nele algo de muito errado. Ela o fez sentar-se à mesa.

"Conte-nos o que foi que aconteceu", Kamila disse, de maneira um pouco mais insistente do que pretendia. Ela lembrou de Malika, que conseguia se impor de maneira maternal e nunca perguntava, mas exigia a verdade. "Sinto muito", ela sussurrou. "Nós estávamos demasiadamente preocupadas."

Laila chegou correndo com uma xícara de vidro com chá verde e as mãos de Rahim tremeram um pouco quando ele, agradecido, estendeu-as para segurar sua alça transparente.

"Eu esqueci de dizer a vocês que teria uma aula extra no final da tarde, uma aula de preparação para as provas", Rahim comentou, com relutância. "Bem, então quando eu estava indo para lá, ouvi um barulho vindo de trás de mim. Virei-me e vi que eram três talibãs. Eu continuei pedalando minha bicicleta, esperando que eles se dirigissem para outra pessoa. Eu não tinha feito nada de errado. Mas ouvi os passos deles bem atrás de mim e eles começaram a gritar para que eu parasse. Eu tive receio de que eles me alcançassem, de qualquer maneira, se eu não parasse e então as coisas ficariam muito piores. Por isso, eu pisei nos freios."

"'Nós mandamos você parar', eles disseram. 'Qual é o seu problema?' Eu disse a eles que estava indo para uma aula, que sou estudante de Khair Khana e que só queria não chegar atrasado para a aula. Então eles perguntaram quantos anos eu tinha e de onde eu era. Eles queriam ver minha carteira de identidade. Um deles ficou empunhando seu *shaloq* [bastão de madeira], enquanto eu tentava encontrar minha carteira de identidade, mas não conseguia lembrar onde a havia colocado."

Lágrimas escorriam pelas faces de Kamila, mas ela não disse nada.

"Finalmente, eu encontrei a carteira de identidade, mas acho que isso só fez piorar as coisas. Eles queriam saber onde meu pai estava e se estava lutando contra os talibãs. Eu fiquei repetindo que papai está aposentado e que minha família não tem nada a ver com política. Que não queremos saber de encrenca. Mas eles não acreditaram em mim. Eles voltaram a perguntar sobre papai e se eu tinha irmãos e onde eles estavam? Em seguida, eles ameaçaram me levar preso. Não sei se eles estavam falando sério, mas o fato é que eles ficavam empunhando seus bastões para tentar me aterrorizar. Finalmente, apareceu um outro talibã dizendo que havia uma família assistindo a um vídeo em sua casa e, com isso, eles se distraíram e acabaram deixando que eu fosse embora."

As meninas ouviram todo o relato em total silêncio.

"Por favor, não se preocupem", ele suplicou ao ver a aflição em seus semblantes. "Como vocês podem ver, eu estou bem. Não aconteceu nada. Está tudo bem."

Mas não estava bem, nada estava bem, Kamila pensou. Da próxima vez poderia ser muito pior.

Apesar de tudo que tinham conquistado — as encomendas crescentes do mercado, a escola de corte e costura, o pequeno negócio em franco progresso que haviam construído — suas vidas eram tão incertas quanto a de todos os outros moradores de Cabul. Eles não passavam de crianças lutando para sobreviver a outro ano de guerra sem pais para tomar conta deles. Tudo que os protegia naquele momento era a fé que tinham — e um portão verde de metal que os separava do mundo lá fora.

Não, nada estava bem. Mas a única coisa que Kamila podia fazer naquele momento era continuar seguindo em frente. E continuar trabalhando. Pelo bem de toda a família.

7

Uma inesperada cerimônia de casamento

Os bebês tinham passado a noite chorando. Exausta, depois de ter passado a noite em claro, e preocupada com a saúde de suas gêmeas, Malika se sentiu tentada a desabar sobre sua fofa almofada vermelha ao lado do berço de madeira e chorar com eles. Mas ela não tinha tempo para se permitir tal indulgência. Os bebês estavam febris e com cólicas; assim que abrisse, às duas horas da tarde, ela os levaria ao consultório da Dra. Maryam.

"*Bachegak, bachegak*" [bebezinhas da mamãe] "não chorem, a mamãe promete que tudo vai ficar bem", Malika sussurrava, embalando os bebês no colo enquanto andava pelo quarto, tentando fazê-los dormir. As gêmeas recém-nascidas eram minúsculas por terem nascido prematuras, quase dois meses antes do previsto, e haviam lutado desde então para ganhar peso e força. Elas continuavam fraquinhas e doentias e seus corpinhos frágeis lutavam contra a diarreia e o que parecia ser uma sequência interminável de infecções. Malika havia tido a sorte de encontrar uma médica mulher a tempo de assistir a seu parto prematuro; naqueles dias, as mulheres davam à luz em seus quartos, sem contar com a ajuda de uma profissional. É claro que dar à luz num hospital não significava nenhuma garantia de facilitar os trabalhos de parto a uma mulher; a guerra civil havia destruído a maioria das instalações hospitalares, que ficaram desprovidas de todos os equipamentos e suprimentos necessários. Os pacientes tinham que mandar aviar as receitas por conta própria e até mesmo receber comida de casa.

Com o Talibã no poder, os médicos de Cabul puderam voltar a trabalhar sem receio de serem atacados por bombardeios, mas as médicas mulheres – aquelas que não haviam fugido do país quando Cabul foi tomada pelo Talibã – passaram a enfrentar uma nova série de problemas. O Talibã havia determinado que nos hospitais, como em todas as outras instituições, houvesse uma segregação por gênero, restringindo que as médicas mulheres tratassem unicamente pacientes femininas e trabalhassem em alas de atendimento restritas apenas a mulheres. Elas não tinham permissão para trabalhar com – e muito menos consultar – seus colegas masculinos. Como as organizações internacionais de ajuda continuavam discutindo a questão com respeito a quanto de ajuda dar a um regime como o do Talibã, particularmente por sua política voltada para as mulheres, estava difícil a ajuda chegar aos hospitais do país. Em consequência disso, os médicos e cirurgiões tinham de trabalhar regularmente sem nem mesmo os suprimentos mais básicos, como água limpa, materiais para curativos e antissépticos. Anestesia era um luxo. Como a maioria das mulheres de Cabul, Malika não tinha agora outra escolha senão procurar tratamento com uma das poucas médicas que haviam decidido permanecer na capital. A Dra. Maryam, como muitas de suas colegas, tinha um consultório particular, além de trabalhar no hospital, para poder sustentar sua família.

Malika chegou ao consultório dela cedo e com um bom motivo: em trinta minutos uma multidão de mulheres encheu sua despojada sala de espera, muitas delas apoiando-se contra as paredes com seus filhos no colo. A procura pelos serviços da Dra. Maryam havia aumentado tanto nos últimos meses, que ela havia tido que contratar uma assistente para distribuir senhas numeradas a todas as mulheres que entravam no consultório. Malika aguardou, pacientemente, a vez de seu número ser chamado. Ela manteve seu olhar fixo nas bolhas que haviam descascado a pintura das paredes da sala, enquanto rezava pela saúde das gêmeas e se perguntava onde arranjaria dinheiro para pagar se tivesse que comprar algum remédio contra o mal de que estavam sofrendo.

Ao entrar, finalmente, no consultório, Malika cumprimentou-a com beijos nas faces e afastou-se para que ela pudesse começar a examinar os bebês. A especialidade da Dra. Maryam era pediatria e, em sua presença, a mãe aflita pôde soltar os ombros e o queixo pela primeira vez em horas.

A doutora examinou um bebê de cada vez, com a confiança natural que adquirira em décadas de experiência. Desde criança, o sonho da Dra. Maryam era ser médica, e seus pais, nenhum dos quais tinha qualquer educação formal, trabalharam incansavelmente para ajudar sua filha a realizá-lo. Ela deixou sua aldeia rural para estudar na faculdade no início da ocupação russa, e os representantes locais do regime Mujahideen procuraram o pai de Maryam para reclamar por sua filha estar frequentando a faculdade de medicina na Universidade de Cabul. Eles sugeriram, empunhando rifles, que uma escola apoiada pelos soviéticos não era lugar para uma moça de respeito e que sua família devia ter muitos simpatizantes que apoiavam a invasão russa. Em resposta, o pai dela havia feito um trato: ele forneceria a eles a quantidade de trigo que quisessem, de graça, se eles deixassem sua filha continuar seus estudos em paz. Ele acabou tendo que vender grande parte das terras agrícolas da família para financiar os estudos universitários de Maryam, sem jamais reclamar; os Mujahideen tiveram seu trigo e sua filha conseguiu o diploma de médica.

Depois de concluir seus estudos, a Dra. Maryam trabalhou por mais de uma década no Hospital da Mulher em Cabul, chegando a conquistar um cargo importante de supervisora dos médicos recém-formados. Ao mesmo tempo, ela criou dois filhos com seu marido, que tinha formação científica e que agora possuía uma farmácia, perto do consultório dela em Khair Khana.

Com a chegada do Talibã ao poder, tudo mudou, evidentemente. O novo regime colocou seus próprios homens dentro do hospital e encarregou-os de supervisionar tudo que acontecesse. Eles costumavam irromper na ala feminina para ver se não havia nenhum homem ali e se as médicas mulheres continuavam usando véus enquanto tratavam dos doentes que vinham procurá-las. De estatura alta e uma postura imponente, quase majestosa, Maryam não se sujeitava facilmente a aceitar ordens quanto ao que podia ou não fazer com seus pacientes e lhe era impossível guardar o que sentia para si mesma. Ela se encolerizava diante das restrições impostas e não deixava de manifestar suas frustrações a seus colegas, um dos quais a denunciou. Os altos dignitários do Talibã não gostavam de ser questionados por ninguém, e muito menos por uma mulher, e a Dra. Maryam passou a ser constantemente vigiada pelos soldados do governo — eles acompanhavam todos os passos dela.

Apesar das dificuldades, a Dra. Maryam mantinha uma carga horária que impressionava até mesmo Malika e Kamila. Ela trabalhava todos os dias das oito da manhã até a uma da tarde no hospital, antes de ir para seu consultório em Khair Khana atender suas próprias pacientes, onde ficava até a noite para atender a todas as mulheres que necessitavam de seus cuidados. Como Kamila e suas irmãs, ela se recusava a dispensar ajuda a qualquer mulher necessitada. A maioria de suas pacientes sofria de desnutrição por não ter condições de comprar comida. Mas a depressão também era um mal comum entre as antigas professoras, advogadas e funcionárias, que estavam abatidas, impotentes e desesperadas por não terem o que fazer nem para onde ir. Muitas delas procuravam a Dra. Maryam em busca de conselhos e consolo, além de uma oportunidade para saírem de casa.

Agora, ali em seu consultório com uma mão em cada um dos minúsculos bebês, a médica voltou sua atenção para a mãe deles.

"Não sei com quem estou mais preocupada, Malika: se com você ou com suas meninas", ela disse. "Você está conseguindo dormir? Com certeza, não é o que parece. Sei que você tem toda uma família para tomar conta, mas você precisa descansar um pouco". Foi com um tom de voz calmo, mas firme, que ela se dirigiu a sua terceira paciente. "Não vai ser bom para ninguém se você ficar doente."

Malika ficou olhando para o carpete, se esforçando para conter suas lágrimas. Ela pensava em seu marido, seus meninos e suas gêmeas doentes, suas irmãs e em todas as pessoas que contavam com ela. Naquele instante, ela estava se sentindo totalmente sozinha, sem ninguém com quem dividir seu fardo e sem outra escolha que não fosse a de seguir em frente.

"Pense em tudo que você já fez", Maryam continuou. Ela passou os dois bebês para Malika e puxou sua cadeira para mais perto dela. "Você conseguiu manter seu filho mais velho na escola, cuidar dessas duas menininhas doentes, ajudar no negócio de suas irmãs e sustentar sua família. Nenhuma dessas responsabilidades é coisa simples e você não vai certamente desistir agora. Mas você tem que cuidar mais de você mesma. Do contrário, será você a paciente de quem terei de tratar da próxima vez, não os bebês. Você entende?"

Malika moveu levemente a cabeça em assentimento. Ela deu um forte abraço na doutora antes de pegar seu chadri do gancho na porta e voltar a acomodar um bebê em cada braço.

"Irei agora até a farmácia de seu marido aviar as receitas", Malika disse. "E você pode me procurar de novo quando precisar de vestidos, tanto para você mesma como para suas sobrinhas!"

Mais tarde, naquele mesmo dia, Malika confidenciou a Kamila que estava se sentindo melhor só de ter tido um instante de calma e poder conversar sobre seus problemas com alguém em que confiava. Com as dezenas de garotas que vinham diariamente à sua casa, ela e suas irmãs haviam se acostumado muito mais a ouvir os problemas alheios do que a falar de seus próprios, inclusive entre elas mesmas. Kamila vinha há dias preocupada com sua irmã e se sentiu aliviada ao saber que a médica havia insistido para que ela cuidasse mais de si mesma.

Malika, no entanto, não foi a única a ouvir um sermão da Dra. Maryam. Kamila também deu uma escapada para ir a seu consultório, depois de alguns dias se sentindo meio cansada e tonta. Maryam advertiu Kamila de que sua pressão estava demasiadamente baixa e que ela precisava descansar mais. Mas seguir o conselho da médica estava sendo difícil também para ela. Com todas as encomendas por cumprir e a constante afluência de novas alunas, ela podia se sentir satisfeita se conseguisse dormir mais de cinco horas a cada noite. Mesmo quando ela finalmente ia para o quarto, que dividia com suas irmãs, ela continuava acordada por horas, preocupada com a possibilidade de não terem trabalho suficiente na semana seguinte e de as garotas não conseguirem entregar todas as encomendas que já tinham.

Kamila havia também, por sugestão de Malika, começado a incentivar as meninas mais talentosas a criarem seus próprios modelos e adotarem seus próprios estilos. Ela estava, no entanto, percebendo que enquanto costurar um modelo de vestido novo era bastante simples, produzir uma dezena deles, todos de uma só vez, requeria muitas idas à loja de tecidos e dias de trabalho de várias costureiras. Mahnaz havia acabado de criar um novo modelo, no qual uma complicada geometria de contas transparentes com pontinhos dourados no centro cobria um tecido de cor púrpura com flores amarelas e brancas, do pescoço até a cintura. Kamila estava entusiasmada com a ousadia e a criatividade de Mahnaz e adorou o modelo, mas ficou se perguntando por que raios ela havia concordado em produzir tantos vestidos adornados para Hamid em apenas sete dias.

Kamila decidiu que, se quisesse realmente expandir seu negócio, teria de investir nele para poder produzir um número maior de vestidos com mais rapidez. "Precisamos de novas máquinas", ela disse para Rahim, "e precisamos delas imediatamente". Acompanhada de seu fiel escudeiro, ela foi ao Liceu Myriam e escolheu muitas máquinas, inclusive uma de bordar importada do Paquistão e que custava uma fortuna, e um pequeno novo gerador que seria instalado no pátio. O irmão de uma de suas alunas, Neelufar, havia prometido ensinar Kamila a usar a máquina de bordar em troca de ela ensinar sua irmã a costurar. Vestidos bordados vendiam a rodo e o dinheiro extra com certeza ajudaria. "Com todas essas máquinas", ela disse a Rahim, enquanto sua preocupação era como levar tudo aquilo para casa, "agora não temos por que não triplicar os pedidos, você não acha?"

Ele assentiu, silenciosamente, para sua irmã, pois estava concentrado demais em firmar todo aquele maquinário, para conseguir falar.

❇

Uma manhã, logo após a chegada dos novos equipamentos, Kamila estava absorta em seu trabalho de pregar contas no último dos vestidos de cor púrpura criados por Mahnaz; Malika estava sentada perto dela, lutando com as dobras de um terno que insistiam em não se deixar assentar. Finalmente, ela percebeu que a jovem ajudante Neelab estava parada em silêncio a seu lado. Os olhinhos da menina se voltaram para uma pilha de retalhos de tecidos no chão enquanto aguardava que Malika notasse sua presença.

"Sim, Neelab, desculpe, o que é?" ela perguntou à menina.

"Tia Malika, tem uma família lá na porta – três damas, e uma delas vai casar. Elas querem saber se a senhora pode fazer os vestidos para o casamento da noiva."

A menina levantou os olhos. "Elas precisam dos vestidos para amanhã."

Malika achou que não tinha ouvido direito. "Para amanhã?"

"Sim", a menina respondeu, "foi o que ela disse".

Naqueles dias, os poucos casamentos que se realizavam raramente eram feitos às pressas. Levava muito tempo para economizar ou tomar emprestado o dinheiro para a cerimônia e também para juntar todos os convidados dos lugares distantes para onde eles haviam fugido. De todas as maneiras, a maioria dos noivos em potencial estava ou fora do Afeganistão ou lutando nas frentes de combate.

"Tudo bem, diga às mulheres que entrem", Malika disse. "Vamos ver o que elas estão querendo".

Alguns instantes depois, duas jovens acompanhadas de sua mãe, evidentemente ansiosa, entraram na sala.

"Oh, graças a Deus", disse a mulher mais velha, ao olhar em volta da oficina abarrotada e ver todas as meninas trabalhando – ela deu um sorriso tenso. "É exatamente de um lugar como este que estávamos precisando. Meu nome é Nabila e estas são minhas filhas Shafiqa e Mashal. Shafiqa vai se casar depois de amanhã e nós precisamos que seus vestidos sejam feitos imediatamente. Nós andamos percorrendo a cidade de carro o dia todo, tentando encontrar uma oficina de confecções femininas que pudesse assumir a tarefa, mas esta aqui é a primeira que encontramos capaz de realizar o que queremos."

Ao terminar de falar, Nabila tirou duas peças de tecido, uma verde e outra branca, de uma sacola de plástico.

"Aqui está o material", ela disse, entregando a pilha para Malika antes que a costureira tivesse tempo para dizer não. "Nós ficaremos realmente agradecidas por vocês fazerem estes vestidos para nós em tão pouco tempo."

Malika continuava um pouco embasbacada, mas assim mesmo sorriu e pegou o tecido.

Nabila fez então um gesto para a menina mais nova, Mashal, que desapareceu rapidamente da sala.

"Bem, sim, é claro", Malika disse. "Nós vamos fazê-los, apesar de esse tipo de encomenda normalmente exigir pelo menos alguns dias de trabalho. Mas nós já fizemos muitos vestidos de casamento e acho que podemos dar conta desses. Eu providenciarei para que os vestidos de sua filha estejam prontos amanhã à noite."

Malika conduziu Shafiqa, a noiva, pelo corredor, até uma tenda improvisada com lençóis de algodão claro que servia de provador. Ela era uma linda garota, de talvez dezenove ou vinte anos, magra e um pouco pálida, com olhos claros e maxilares proeminentes que dividiam um rosto estreito, como de uma boneca. Depois de tomar as medidas de Shafiqa, Malika voltou para a sala e encontrou Nabila esperando por ela juntamente com a outra filha, Mashal. Pelo visto, ela havia retornado enquanto estavam sendo tomadas as medidas da noiva e agora estava ali, parada, um pouco ofegante, apertando entre os braço uma sacola ainda maior do que a de sua mãe.

"Sinto muito lhe incomodar", começou a dizer a mãe, voltando-se de novo para Malika. "mas vejo que há muitas garotas costurando aqui e gostaria de saber se você teria a gentileza de fazer mais quatro vestidos para nós?" Sem esperar pela resposta de Malika, ela enfiou a mão dentro da sacola e retirou dela um punhado de tecidos. "As irmãs de Shafiqa e eu também precisamos de vestidos para a cerimônia de casamento. Como eu já disse, nós não conseguimos encontrar em nenhum lugar uma costureira feminina que pudesse fazer tantos vestidos de uma só vez. Nós estamos realmente desesperadas, já que faltam apenas dois dias para o casamento. Você acha que daria conta de fazer todos os seis vestidos para nós?"

Ela entregou a sacola para Malika, que estava tentando conter sua estupefação.

"Você quer que eu faça dois vestidos para a noiva e mais quatro vestidos para a cerimônia de casamento em apenas um dia?"

A mulher assentiu vigorosamente. Ela parecia estar realmente desesperada.

Malika permaneceu em silêncio por um momento. Tal encomenda tomaria normalmente uma semana de trabalho. Para que fosse possível realizar uma encomenda de tal monta, do que ela não tinha absolutamente nenhuma certeza, ela precisaria da ajuda de todas as suas irmãs e de todas as alunas da escola. E teriam que todas por mãos à obra o mais prontamente possível, ou seja, imediatamente.

Bem, ela pensou consigo mesma, nós queríamos mais trabalho...

Malika conduziu Nabila até o vestíbulo, onde pediu que ela aguardasse com as duas meninas, enquanto ela voltou correndo à sala onde Kamila continuava absorta em seu trabalho de pregar contas.

"Kamila Jan, tem uma mulher aqui querendo que eu faça seis vestidos em um dia para a cerimônia de casamento de sua filha. É evidente que eu não posso fazê-los sozinha; para ser sincera, não sei se todas juntas conseguiremos dar conta de tal empreitada. O que você acha?"

Kamila nem teve que pensar; ela largou o tecido de cor púrpura e respondeu prontamente, absolutamente decidida.

"Sim, é claro que podemos. As meninas e eu vamos ajudá-la. De qualquer maneira, estamos quase terminando esta encomenda de Hamid", ela disse. "Nós daremos conta do recado – você sabe que sempre arranjamos um jeito. Além disso, quantas vezes você já nos salvou? Mais vezes do que podemos contar!"

"Bem, será uma façanha e tanto", Malika disse, beijando sua irmã na face em agradecimento, antes de voltar para suas novas clientes.

"Vocês todas terão que voltar aqui ainda hoje, um pouco antes das seis horas da tarde, para que possamos fazer as provas em todas vocês", ela disse às novas clientes.

"Normalmente, nós não pediríamos para voltarem à noite, por causa dos soldados e do toque de recolher, mas para trabalharmos com toda essa pressa, vamos precisar da colaboração de vocês", ela disse. "Mas, por favor, procurem não se atrasar; não queremos que vocês estejam na rua ou em nosso portão na hora das preces."

"Sim, sim, é claro, tudo bem", disse a mãe da noiva, já toda sorridente. "Então nos veremos no final da tarde. E muito obrigada. Muito obrigada mesmo."

Assim que as mulheres foram embora, a sala de costura entrou em efervescência quando Malika convocou suas tropas e deu orientações a cada uma.

"Muito bem, garotas, nós vamos começar a trabalhar com esta encomenda e precisamos da colaboração de todas vocês", ela começou, colocando-se diante das alunas na frente da sala de estar. "Temos sete horas até as mulheres voltarem aqui. Até lá, precisamos estar com o modelo básico de cada vestido pronto para ser provado. Eu vou assumir a responsabilidade pela equipe que fará os vestidos de noiva e Kamila pela equipe que fará os vestidos da mãe e das irmãs da noiva. Saaman fará o corte de todos os tecidos e as marcações para os bordados. Laila e Neelab serão responsáveis por providenciar os suprimentos necessários. Sara Jan estará disponível para esclarecer quaisquer dúvidas que cada uma possa ter quanto ao que lhe cabe fazer. Por favor, não hesitem nem por um segundo se tiverem alguma pergunta a fazer a qualquer uma de nós; nós não temos tempo a perder com erros e estamos dispostas a interromper nossos próprios trabalhos para atendê-las, no quer que vocês precisem de ajuda. E se alguma de vocês puder ficar até um pouco mais tarde hoje, nós ficaremos extremamente agradecidas."

Com isso, as equipes se prepararam para entrar em ação. Elas trabalhariam em duas etapas, começando pelo vestido verde, que Shafiqa usaria durante a cerimônia em que a noiva e o noivo fariam seus votos de matrimônio. Em seguida, ela e as meninas se ocupariam com o vestido branco, que Shafiqa usaria para a recepção dos convidados que ocorreria após a cerimônia. A noiva havia pedido que ambos os vestidos fossem extremamente longos e simples, com apenas um mínimo de contas em volta do decote e das mangas. Malika havia achado aquilo um pouco estranho, especialmente porque a noiva havia visto os belos bordados que as meninas eram capazes de fazer, nos vestidos pendurados na oficina de costura. "Mas melhor assim", ela disse às meninas. "O trabalho manual nos retardaria em pelo menos meio dia."

O grupo de costureiras de Kamila começou desenrolando o rolo de tecido que Nabila havia trazido e organizando cada tecido com a mulher que o usaria. Ela escreveu os nomes em pedacinhos de papel, que fixou com fita adesiva no chão, ao lado de cada pilha de tecido. Depois de Saaman ter cortado o tecido e feito as devidas marcações para os bordados, as meninas começaram a trabalhar em duplas, dividindo cada corpete e saia em barras longitudinais que podiam ser trabalhados separadamente. Quando chegou a vez de trabalhar com as mangas, as garotas anotaram o comprimento do braço de cada cliente e o estenderam sobre a mesa diante delas, antes de começar a alinhavar pela superfície superior do tecido, à maneira que Kamila as havia ensinado. Isso facilitaria o trabalho posterior de prender as mangas ao resto do vestido. As meninas seguiram as orientações para que deixassem tecido extra para a primeira prova. Como suas professoras não se cansavam de repetir, é melhor que uma manga seja comprida demais do que curta demais. "Quando comprida demais", era o mantra repetido incansavelmente, "sempre se pode encurtar".

Toda aquela atividade fazia o ambiente zunir, mas quase não havia nenhum outro ruído, além dos zum-zuns e estalidos das máquinas de costura misturados ao ronronar do gerador elétrico e das instruções que Malika e Kamila davam a cada período de minutos. Todo mundo estava concentrado no trabalho que tinha diante de si. Depois de mais ou menos uma hora trabalhando nesse ritmo, uma das alunas mais jovens perguntou a Kamila se podia tocar uma fita cassete que havia trazido, prometendo que manteria o volume baixo. Kamila concordou que seria agradável ouvir um pouco de música e foi até um armário pegar o velho toca-fitas chinês de seu pai. Logo o ambiente se encheu com a voz melodiosa de Farhad Darya, o lendário artista popular e ex-professor de música da Universidade de Cabul; ele havia sido aclamado pela Rádio Afeganistão como o "Cantor do Ano" em 1990, o mesmo ano em que ele fugiu de Cabul e foi para a Europa, depois de ter se metido em encrencas com o governo afegão apoiado pelos soviéticos. As garotas sabiam de cor a letra de cada música e cantavam junto com ele em voz baixa enquanto costuravam.

Quando o corpete do vestido branco de noiva começou a tomar forma e a saia estava quase pronta, Malika pediu a uma das alunas, cuja altura era quase a mesma da noiva, que ficasse parada no centro da sala. Então, Malika demonstrou o quanto era experiente, pregando alfinetes nas partes da frente e de trás de cada vestido, em volta da garota, e fazendo uma rápida avaliação de todo trabalho que tinham pela frente.

"Ótimo, este é um bom começo", Malika disse. "Nas saias, procurem fazer com que haja uma almofada de tecido na ponta inferior. Lembrem-se que as saias devem ser retas e, como pode não ser fácil conseguir isso com o tecido branco lustroso, procurem ir com calma e empreguem tempo suficiente para isso. Em breve, a noiva voltará aqui."

Quando havia terminado de juntar todos os tecidos e de dispor todos os fechos e grampos de que elas precisariam mais tarde, Laila foi para a cozinha preparar uma bandeja de chai e *halwaua-e-aurd-e-sujee*, um confeito doce feito de farinha, açúcar, óleo e nozes para o lanche das garotas. A hora do jantar estava se aproximando e era óbvio que ela teria que preparar comida para, no mínimo, vinte pessoas em vez de doze, como normalmente fazia. Ela mandou Neelab comprar mais *naan* e cebola na mercearia do outro lado da rua. Arroz elas compravam em grandes sacas e parecia que, por ora, tinham o suficiente; não havia necessidade de comprar algo enquanto não fizesse falta.

Pontualmente, às seis horas da tarde, a turma casamenteira chegou, fazendo-se ouvir já no portão da rua e de novo junto da porta da casa. Elas saudaram efusivamente Malika e Kamila e as seguiram até o provador. Depois de entrar com muito cuidado em seu vestido de noiva para evitar ser picada pelos alfinetes que prendiam as respectivas partes, umas as outras, Shafiqa ficou imóvel enquanto Malika e Kamila andavam à sua volta, trocando ideias uma com a outra e anotando os lugares que precisavam ser diminuídos e os que precisavam ser aumentados. Depois dela, foi a vez de Nabila e suas outras filhas provarem seus vestidos. Kamila se encheu de orgulho ao verificar que suas jovens alunas estavam dando conta das tarefas que lhes haviam sido incumbidas. Logo, elas não vão mais precisar de mim, Kamila pensou consigo mesma, maravilhada com o quanto as garotas haviam aprendido e como se mostravam confiantes para lidar com suas clientes.

Antes de as mulheres saírem, Nabila parou diante da porta para arranjar seu chadri. "Eu reconheço que este é um grande volume de trabalho para você e todas as suas alunas", ela disse para Malika. "Eu e minha família somos muito gratas por isso. Nós não temos tido muitas ocasiões felizes nesses últimos anos e esta é uma que temos o maior prazer em celebrar."

"Este é o nosso trabalho e estamos contentes por podermos fazê-lo", Malika respondeu, sorrindo. "Aguardamos a vinda de você e suas filhas de novo, amanhã, para a última prova. Por favor, venham cedo para termos o máximo de tempo possível."

Malika, Kamila e suas equipes continuaram trabalhando noite adentro. Rahim também participou da maratona de confecção dos vestidos depois de voltar da escola; suas irmãs estavam impacientes para disporem de sua habilidade nos trabalhos de bordado e pregação de contas. Todos teriam realmente que trabalhar dia e noite, como Malika havia previsto. Em algum momento, depois da meia-noite, as jovens finalmente deram o dia por encerrado. As irmãs levantariam para fazer as orações ao amanhecer e retomar os trabalhos onde haviam deixado. Todas elas estavam exaustas, mas Kamila ainda tinha energia suficiente para arreliar com sua irmã caçula.

"Eu acho que não faremos isso de novo", ela disse, apagando a luz do último lampião. "Quando você for se casar, Saaman, nos comunique, por favor, com pelo menos dois meses de antecedência."

"Kamila Jan", sua irmã retorquiu, "quando eu me casar, nós não teremos mais este negócio de costura; você estará ensinando literatura a uma classe repleta de estudantes e só Deus sabe o que eu estarei fazendo, mas de uma coisa eu tenho certeza: nós não teremos tempo para fazer vestidos; iremos à loja mais sofisticada e os compraremos!"

Cedo, na manhã seguinte, as garotas estavam de volta a seus postos nas máquinas de costura.

Quando Nabila e suas filhas chegaram, encontraram as costureiras tão ocupadas com seus vestidos, que elas mal perceberam a entrada da turma casamenteira. Dessa vez, Shafiqa pôde provar seu vestido sem receio, pois Malika já havia removido todos os alfinetes. Ela havia acabado de pregar as partes do vestido uma hora antes.

"Ele é lindo", Shafiqa disse, dando um passo à frente e, em seguida, dando uma volta completa. "O decote está perfeito e o enfeite de contas é maravilhoso."

"Você está linda", Kamila disse. "Esperamos que você tenha uma cerimônia de casamento maravilhosa."

O vestido verde também estava quase pronto. Mahnaz precisava apenas terminar de pregar as contas, o que ela se apressaria a fazer, agora que elas sabiam que Shafiqa havia gostado do modelo do vestido e estava satisfeita com seu feitio.

"Eu acho que estamos indo muito bem", Malika disse para Kamila, posteriormente naquela tarde. "Devemos estar com tudo pronto quando elas voltarem no final da tarde para buscar todas as peças. Temos apenas que nos concentrar em terminar os vestidos de Nabila e suas filhas, que são muito mais simples."

Mas não tinham tempo a perder. Horas antes de serem esperadas, Nabila e suas filhas já estavam de volta à sua porta.

Dessa vez elas estavam com muita pressa.

"Você tem os vestidos prontos, Malika Jan"? Nabila entrou na oficina de costura, perguntando. Suas filhas, inclusive a noiva, se espremendo nervosas atrás dela. "Eu sinto muito, mas tivemos uma mudança nos planos e precisamos dos vestidos imediatamente."

Se Malika ficou atordoada, ela não demonstrou. Depois de anos costurando para amigas e vizinhas, ela havia se acostumado com as exigências mais impossíveis e ensinado a si mesma a reagir com calma e paciência.

"A maior parte deles está pronta", ela respondeu, olhando para a sua irmã, "mas estamos terminando o seu vestido". Kamila ficou impressionada com a atitude calma de sua irmã. "Vamos terminá-lo em mais alguns minutos. Por favor, sente-se e tome uma taça de chá enquanto espera."

"Por favor, eu não me importo com o meu vestido, não vamos nos deixar prender por causa dele", Nabila insistiu. O tom de sua voz estava se elevando rapidamente. "Nós estamos realmente com muita pressa."

Malika respirou fundo.

"Tudo bem, aguarde aqui", ela disse, apontando para as almofadas na oficina de costura. "Nós estamos terminando de fazer a bainha de seu vestido e precisamos de apenas cinco minutos para tê-lo pronto. Então, você poderá levar todos."

As palavras dela desencadearam uma correria entre as meninas para pegar os vestidos brancos e verdes do vão da porta onde estavam pendurados. Como não havia eletricidade e elas haviam usado todo combustível do gerador, Nasia e Neelufar foram para a cozinha e acenderam o forno a gás que usariam para aquecer o ferro a vapor. Malika não permitiria que os vestidos de Shafiqa deixassem sua casa sem estarem devidamente passados a ferro. Nenhuma noiva quer usar um vestido amassado.

Quanto ao vestido de Nabila, Sara estava instruindo as alunas para que se concentrassem em terminá-lo, não em sua perfeição. Uma das meninas se concentrou no arranjo cinza do vestido, enquanto três outras, agachadas no chão, costuravam a bainha.

E então, finalmente "Terminamos!" uma das meninas gritou para Sara, ainda com uma agulha presa entre os dentes. O trio havia terminado seu trabalho. A essa altura, os outros cinco vestidos já estavam passados e embalados, somente aguardando que Neelab e o filho de Malika, Hossein, ajudassem suas ansiosas donas a os levarem para fora da casa.

Malika se apressou a dar uma última conferida no vestido restante. "Parece bom, meninas. Com mais tempo, nós poderíamos tê-lo deixado ainda melhor, mas dá pro gasto."

A essa altura, Nabila já havia se levantado da cadeira para atravessar a oficina de costura. Assim que viu seu vestido sendo colocado dentro da sacola, ela correu a abraçar Malika e Kamila, agradecendo-as profusamente por toda a ajuda prestada e, ao mesmo tempo, apressando suas filhas: elas não tinham tempo a perder.

Neelab pegou o pacote com todos os vestidos com muito cuidado e acompanhou as mulheres, através do quintal, até a rua. Ali ela teve a maior surpresa do dia.

Neelab viu ali na rua três carros esperando pelas mulheres. Ela teve que reprimir sua vontade de soltar um grito quando percebeu que dois deles eram caminhonetes Hilux, da Toyota, com versos do Alcorão pintados em um de seus lados. Eram veículos do Talibã.

Havia muitos talibãs sentados no primeiro veículo e, para surpresa de Neelab, eles se mostraram extremamente amáveis. Eles pegaram, gentilmente, o pacote de vestidos de suas mãos e deram a ela um pouco mais dos quinhentos mil afeganes que ela havia pedido, pelo acordo feito entre Malika e a mãe da noiva, Nabila. Na segunda caminhonete estava um jovem talibã que Neelab deduziu ser o noivo. Atrás, estava um Corolla, da Toyota, que transportaria Shafiqa, a mãe e suas irmãs para o casamento. Não havia flores nem serpentinas cobrindo a capota e o para-choque do carro como se costumava fazer antes de o Talibã ter posto fim a toda pompa cerimonial. Mas Neelab não teve absolutamente nenhuma dúvida de que aquilo ali era, de fato, o começo de um cortejo nupcial.

Kamila e Malika ficaram totalmente embasbacadas, olhando uma para a cara da outra, quando Neelab terminou de contar-lhes o que havia acabado de presenciar. Em seguida, ambas irromperam numa tremenda risada. Os vestidos aos quais elas haviam dedicado as últimas trinta horas para que ficassem prontos seriam usados num casamento talibã. "Oh, Malika", Kamila disse, "por isso os vestidos tinham de ser tão simples!"

"Talvez o motivo de toda essa pressa seja o fato de o noivo ter que partir para alguma frente de combate!" Laila acrescentou.

Horas depois, Malika continuava repassando em sua memória os acontecimentos dos dois últimos dias. "Simplesmente não dá para acreditar", ela disse. Estava sentada no chão, de pernas cruzadas, a primeira vez em todo o dia que havia parado de andar para desfrutar uma xícara de chá e um prato de espaguete.

Kamila abriu um largo sorriso.

"Essa é boa", ela disse. "Pelo menos sabemos que alguns talibãs apreciam o nosso trabalho!"

Aquele fato confirmou o que Kamila e Malika vinham há muito tempo suspeitando: os talibãs de fora de Khair Khana tinham agora conhecimento das atividades delas, tanto da escola de corte e costura de Kamila quanto da confecção de roupas sob encomenda de Malika. E por enquanto, os soldados do Talibã não apenas haviam deixado de proibir suas atividades, como ainda estavam tacitamente apoiando-as.

Kamila já sabia, havia algum tempo, que esse era o caso dos talibãs locais que ocupavam os níveis mais baixos do governo, longe do centro de decisões em Kandahar. Alguns meses antes, duas irmãs haviam procurado Kamila com interesse em seus cursos. Kamila conhecia bem a família delas: provinha do sul e era da etnia pashtun, mas morava em Khair Khana fazia muitos anos, logo ali atrás de sua casa e perto da mesquita do bairro. O tio das meninas era um grande amigo de Najeeb. Kamila havia tomado conhecimento, um pouco antes, de que Mustafá, o pai das meninas, havia passado a trabalhar para o Talibã. Ele patrulhava Khair Khana com um mínimo esforço, fazendo uso de suas relações com os vizinhos para tentar impedir que aquela área de Cabul atraísse a atenção de seus chefes. Kamila havia dito para as meninas que teria muito prazer em tê-las como alunas. Ela queria muito ajudar as amigas de seu irmão e, ademais, ela pensou, convinha-lhe muito ter o pai das meninas do seu lado. Pouco tempo depois, a mais velha das duas meninas, Masuda, havia pedido para ter uma conversa particular com sua professora, longe das outras alunas.

"Meu pai pediu para que eu lhe desse um recado", ela disse, apertando com força sua caixa de costura. "Ele pediu que eu, por favor, dissesse para Kamila Jan que ele sabe que ela tem um negócio, mas também sabe que ela é uma mulher honrada cujo trabalho está ajudando muitas famílias de Khair Khana. Que ela, por favor, tome muito cuidado para que nenhum homem jamais entre em sua casa. Que se ela seguir essas regras e só permitir que mulheres trabalhem com ela, não haverá nenhum problema. Diga a ela que eu vou tentar informá-la se algum de meus chefes fizer perguntas sobre seu negócio ou estiver planejando vistoriar sua casa."

Pela maneira como Masuda havia recitado as palavras de seu pai, olhando para o alto como se estivesse tentando lê-las num caderno invisível, Kamila pôde perceber que ela havia se esforçado muito para decorar o recado sem esquecer de uma única palavra. Apesar de sua pouca idade, ela havia gravado na memória a importância do que ele havia comunicado.

"Por favor, diga a ele que minhas irmãs e eu somos muito gratas por sua ajuda", Kamila respondeu, segurando as mãos de Masuda. "Nós vamos fazer tudo que pudermos para seguir seus conselhos."

Com o passar das semanas e a expansão de suas atividades, Kamila tinha certeza de que o Talibã devia estar fazendo perguntas na mesquita a respeito de seu negócio, exatamente como no passado havia feito com respeito à escola de Malika. Ela agradecia todos os dias por, até agora, não ter tido nenhuma notícia dos homens do governo.

Ela continuaria fazendo tudo que fosse possível para mantê-los longe dali.

8
Uma nova oportunidade bate à porta

A NOITE CHEGOU JUNTO COM A LUZ ELÉTRICA, que iluminou toda a rua principal de Khair Khana. As meninas se apressaram a usar as máquinas de costura para fazer o máximo possível, enquanto a eletricidade perdurasse. Avançando noite adentro, elas só interromperam os zum-zuns e estalidos das máquinas de costura para sintonizar o programa noturno de notícias da BBC. Novos combates no norte eram as notícias principais do dia, mas aquilo não era nenhuma novidade. O Talibã podia ter trazido segurança para as ruas de Cabul, mas a paz continuava fora do horizonte visível.

De repente, as meninas ouviram o barulho característico do portão da frente da casa sendo aberto. Elas se ergueram rapidamente e ficaram alarmadas, olhando uma para a outra, deixando as máquinas continuarem funcionando sozinhas sem mãos para guiá-las. As batidas do coração de Kamila ressoavam em seus ouvidos. Quem podia ter a chave? Ela se perguntou. E quem poderia estar chegando àquela hora da noite? Faltava um pouco para as nove.

"Vou ver quem é..." Kamila disse.

Ela largou o vestido cuja bainha estava fazendo, pegou um xale escuro que estava pendurado num cabide perto da porta e saiu para o pátio. Ela ouviu a voz de Saaman, logo atrás de si, e a de Laila gritando com Rahim, mais nos fundos da casa.

Uma figura escura, alta e magra, estava vindo em sua direção. Parada no ar frio de outono, ela gritou as palavras que acalmaram suas irmãs:

"É você, papai!"

Feliz e aliviada, ela correu para abraçá-lo, quase saltando em seus longos braços, como costumava fazer quando pequena. "Oh, estamos tão felizes por vê-lo", ela disse, ajudando-o a entrar pela porta da frente. "Você deve estar com fome – deve ter viajado muitas horas para chegar até aqui."

"Sim", ele respondeu, "são muitos os postos de controle e quase todas as entradas da cidade estão bloqueadas". Ele parou e olhou-a de uma maneira que ela conhecia bem: indulgente, mas também um pouco severa. "Não está fácil entrar nem sair de Parwan". Então, com um brilho de suavidade em seu sorriso: "Como você sabe".

Ela assentiu. Apenas um mês antes, ela havia estado em Parwan, desafiando os postos de controle do Talibã e da Aliança do Norte, e encarando horas de viagem de ônibus e caminhadas a pé com seu sobrinho Adel. Com dez anos, ele tinha idade suficiente para servir como seu *mahram*, mas também era novo demais para atrair a atenção dos soldados. Os dois haviam partido antes das cinco horas daquela manhã, num ônibus caindo aos pedaços que os levara para fora de Cabul através de um território dominado pelo Talibã. Depois de passar pelo primeiro posto de controle, eles prosseguiram até Dornama, um pequeno distrito no sopé das montanhas Hindu Kush. Kamila e seu jovem companheiro de viagem fizeram então a pé a travessia das montanhas que levou mais de seis horas, onde finalmente tomaram outro ônibus que os conduziu por uma estrada esburacada até Gulbahar.

"O que vocês estão fazendo aqui?" O Sr. Sidiqi havia perguntado ao abrir a porta e dar de cara com os viajantes maltrapilhos. Sua voz tinha o tom duro de um velho oficial do exército que não tolerava a mínima oposição. "Vocês não sabem o quanto é arriscado viajar nos dias de hoje?"

A irritação dele fez Kamila recuar e mal conseguiu gaguejar uma explicação.

"Nós... só viemos ver você e mamãe. Minhas irmãs e eu estávamos muito preocupadas com vocês dois e por isso achamos que Adel e eu podíamos vir ver se tudo estava bem". Kamila havia ousado fazer a viagem para levar a seus pais uma parte do dinheiro que elas haviam conseguido ganhar com o negócio de costura em Khair Khana – "Para o caso de vocês precisarem de alguma coisa."

"Kamila Jan, isto é uma loucura", o Sr. Sidiqi dissera. "Uma jovem como você viajando sozinha e correndo tais riscos? Poderia ter acontecido alguma coisa – você sabe disso! Agradeço seus cuidados com a família, mas você tem que me ouvir e prometer não fazer isso de novo. Não se preocupe com sua mãe nem comigo. Nós estaremos bem enquanto soubermos que vocês estão seguros em Cabul."

Ele a fez prometer que voltaria para casa, já no dia seguinte, mas enquanto isso, a família passaria uma noite feliz reunida. Primos e amigos de toda a vizinhança foram jantar com eles para botar a conversa em dia e saber o que estava acontecendo em Cabul. Por sorte, um dos primos sabia que um grupo de pessoas partiria para a capital na manhã seguinte, bem cedo. O Sr. Sidiqi comunicou que Kamila e seu pequeno companheiro de viagem ficariam felizes de ir com eles.

E assim, mais uma vez, eles levantaram com o nascer do sol para a longa viagem de volta para casa. Depois de uma viagem de duas horas de ônibus através de Parwan, eles seguiram a longa fileira de mulheres e alguns homens idosos, refazendo seus passos pela travessia montanhosa e tendo, às vezes, que dividir a trilha com os burros e cavalos que transportavam viajantes mais afortunados. O chadri de *nylon*, internamente, prendia o calor úmido do dia com impiedosa eficiência, e Kamila observava com inveja como as mulheres mais velhas do grupo afastavam seus véus para enxergarem melhor o terreno acidentado. Por ser uma mulher jovem, Kamila sabia que era o alvo preferido dos combatentes de ambos os lados do conflito, bem como dos bandidos que procuravam tirar proveito apenas para si mesmos. Por isso, ela mantinha sua face encoberta, prendendo com as mãos o chadri escorregadio enquanto rios de suor escorriam de sua face.

Mas tudo isso parecia agora ter ocorrido séculos atrás. Desta vez, fora seu pai que havia ousado fazer a viagem cheia de perigos, por todo um dia, do norte até Cabul. Kamila agradeceu a Alá por tê-lo protegido ao longo de todo aquele percurso, mas pensou com preocupação que se seu pai estava ali, devia ser por algum motivo. Ela sabia que, do contrário, ele jamais sairia de Parwan.

Apressando-se a acomodá-lo numa almofada na sala de estar, as meninas menores lhe ofereceram uma xícara de chá e imediatamente começaram a despejar uma enxurrada de perguntas. Como a mamãe estava? O que estava acontecendo em Parwan? Qual era a intensidade dos combates? Por quanto tempo ele ficaria em casa? Se ele tinha visto todos os vestidos espalhados pela sala?

"Meninas", ele as interrompeu, sorrindo. "Estou muito feliz por estar com vocês. E é claro que eu vi, vocês fizeram disso aqui uma verdadeira fábrica de roupas!"

Ele silenciou por um momento, olhando para cada uma delas e assumindo um ar de seriedade.

"Eu sei que as coisas estão muito difíceis, no momento. Vocês sentem muita falta dos estudos e de suas amigas, além de terem tido que adiar todos os seus planos para o futuro. Mas vocês estão realizando um trabalho muito nobre, tanto para a família quanto para a comunidade. Isso me deixa muito orgulhoso. Um dia, se Deus quiser, nós viveremos em paz. As escolas voltarão a ser abertas e todos nós voltaremos a estar juntos. Mas, por enquanto, vocês terão que continuar costurando, obedecendo a suas irmãs e aprendendo o máximo que puderem. Eu sei que vocês são capazes disso."

"Sim, papai, é o que nós faremos", Laila disse; ela foi a única a falar.

"E agora", ele disse, abrindo um amplo sorriso em seu rosto comprido, "vamos todos desfrutar um delicioso jantar e depois eu vou ter uma conversa a sós com Kamila Jan".

Depois da refeição composta de arroz, *naan* e batatas, com um pouco de carne para celebrar a ocasião especial da visita do chefe da família, Kamila e seu pai sentaram-se a sós num canto da sala de estar. Ele mal pôde reconhecer a sala de sua casa, ocupada com um grande quantidade de tecidos, por todos os lados, e todas aquelas máquinas de costura atravancando o seu espaço. Como já era tarde e não havia mais luz elétrica, Kamila acendeu um lampião a gás.

"Kamila Jan", ele começou, "eu vou amanhã para o Irã ficar com Najeeb. Os combates estão se aproximando muito e simplesmente é perigosa demais a minha permanência em Parwan. Os talibãs estão atrás de todos que eles supõem ter apoiado Massoud e começaram a indagar os nossos vizinhos a meu respeito. É melhor, para todos, nós que eu saia do país."

Sabendo o quanto seu pai amava o Afeganistão, Kamila não conseguia nem imaginar o quanto lhe havia sido difícil decidir, finalmente, deixar o país. Ele jamais antes havia tido que fugir de seu próprio país, por pior que fosse a situação. "Simplesmente não tenho mais nenhuma função aqui; não posso trabalhar e a guerra está destruindo tudo lá no norte". Como o velho combatente que sempre fora, ele deixou transparecer muito pouco da emoção que Kamila tinha certeza de que estava sentindo. "Eu quero que você saiba que tenho muito orgulho de você. Nunca, nem por um instante, duvidei de sua capacidade para cuidar de nossa família e de realizar qualquer coisa que colocasse em sua cabeça. Você tem que continuar fazendo isso e tentar, com todo o empenho possível, ajudar os outros. Este é o nosso país e nós temos que ir até o fim, seja lá o que acontecer. Essa é a nossa obrigação e também o nosso privilégio. Se precisar de qualquer coisa enquanto eu estiver longe, envie-me uma mensagem e eu farei o que for possível. Tudo bem?"

Kamila prometeu a seu pai que faria o que ele estava pedindo. Não tinha o direito de sentir piedade de si mesma, ela pensou. Pelo menos, sua família havia conseguido se manter em segurança e o negócio de costura estava rendendo o suficiente para manter todos alimentados e protegidos. Sua função era continuar com seu trabalho. As palavras de seu pai a lembraram disso. Mas seria muito difícil tê-lo tão longe. E ela sabia quão arriscada era a viagem que ele tinha pela frente.

Cedo, na manhã seguinte, ele partiu para o Irã. Kamila enviou por seu intermédio um envelope contendo uma carta para Najeeb e o máximo de dinheiro que conseguiu juntar para lhe dar.

Apenas algumas semanas depois da partida de seu marido, a Sra. Sidiqi chegou. Antes de deixar Khair Khana, o Sr. Sidiqi havia encarregado Rahim de ir a Parwan buscar sua mãe e trazê-la de volta à capital para viver com seus filhos, em vez de permanecer sozinha lá no norte.

Kamila ficou impressionada com a aparência de cansaço de sua mãe. A viagem até Cabul era dura o suficiente para exaurir um adolescente, quanto mais uma mulher de quarenta e tantos anos que sofria de problemas cardíacos desde o nascimento de seu décimo primeiro filho. E ela devia ter passado semanas preocupada com a segurança de seu marido. Suas tranças de cabelos grisalhos estavam ordenadas em fileiras bem esticadas e sua respiração era feita com esforço e a intervalos curtos. Enquanto as meninas menores se apressaram a estender um colchão para ela descansar, Malika e Kamila lhe serviram chá e pão quente. Kamila contou a ela que Malika havia chegado muitos meses antes e ajudado a fazer o negócio progredir, ensinando às irmãs tudo que havia aprendido com sua mãe, quando ainda frequentava a escola.

Quando Kamila despertou na manhã seguinte, encontrou sua mãe já em pé preparando o café da manhã. Como ainda não eram nem sete horas,

Kamila não conseguiu imaginar como ela havia conseguido ser a primeira a se levantar. Depois de lavar o rosto e fazer suas orações matinais, Kamila entrou na cozinha e encontrou água já fervendo sobre o pequeno fogão a gás e *naan* torrado sobre o balcão. Fazia muito tempo que ela e seus irmãos não sabiam o que era ter os pais em casa.

Enquanto tomavam seu chá juntas, as meninas contaram a ela que haviam comparecido ao casamento de sua prima Reyhanna, em Cabul. Qualquer ocasião como aquela, nas circunstâncias atuais, era uma oportunidade de divulgar seu negócio, e as meninas haviam criado quatro novos vestidos deslumbrantes especialmente para aquele evento. Diferentemente das roupas tradicionais que elas faziam para as lojas do centro comercial Liceu Myriam ou do Mandawi, os vestidos que elas usaram no banquete daquele casamento eram tanto modernos como elegantes, criados com a mente voltada para as garotas de Cabul – ou seja, levando em conta o que as leis em vigor permitiam. O vestido de Malika era azul-claro, cuja cintura era bordada com contas em dourado e azul-marinho e com mangas até os punhos, enquanto o de Kamila era vermelho, com finos bordados de pequenas florzinhas em volta das mangas e do decote. Depois do casamento, suas primas adolescentes, assim como um punhado de amigas da noiva, haviam acorrido à sua casa para encomendar vestidos semelhantes. Laila contou para sua mãe que elas estavam planejando fazer uma nova série de vestidos, como aqueles, para o Eid al-Adha, o dia que celebrava a devoção do profeta Abraão a Alá. Embora elas estivessem sozinhas na capital e com poucas pessoas para visitar, as alunas, acompanhadas de seus pais, vieram cumprimentá-las no dia santo. As irmãs Sidiqi, de Khair Khana, haviam se tornado parte de suas próprias famílias quanto qualquer parente que lhes restava em Cabul.

Quando todos haviam terminado de tomar o desjejum e Rahim ter colocado seu turbante na cabeça para ir à escola, Kamila e suas irmãs colocaram a mãe a par de tudo que ocorria na oficina de costura. Laila mostrou o esquema que ela própria havia criado, descrevendo como Saaman recortava das longas peças de tecido as partes, deixando-as prontas para serem pregadas, umas as outras, pelas costureiras, e demarcadas as partes que deviam ser posteriormente bordadas com contas. Com especial orgulho, Kamila contou para sua mãe como Rahim havia se tornado bom em costura e como Laila a ajudava a administrar não apenas o funcionamento do negócio, mas também o cardápio para a preparação do almoço diário das meninas.

Com o avanço da manhã, as alunas logo começaram a chegar, uma a uma. A Sra. Sidiqi tratou de cumprimentar cada uma delas. Como esperava, ela conhecia as famílias das jovens e perguntou como estavam seus pais e ouviu atentamente os relatos sobre as dificuldades que estavam enfrentando, balançando em silêncio a cabeça para demonstrar seu interesse e compreensão. Muitas meninas demonstraram sua gratidão por terem alguém fora de suas próprias famílias em quem podiam confiar e com quem podiam discutir seus problemas. Uma jovem contou que sua mãe viúva recebia os cupons verdes de racionamento do Programa de Distribuição de Alimentos das Nações Unidas para comprar pão subsidiado na padaria mais próxima, mas que a ajuda mal dava para alimentar uma família de oito pessoas. Era por isso que ela precisava ajudar com o dinheiro que ganhava costurando; e seu irmão pequeno também colaborava com o dinheiro que ganhava vendendo balas na rua.

A Sra. Sidiqi ouviu o que cada uma daquelas jovens tinha para contar e tratou de encorajá-las da melhor maneira possível, lembrando-as de tudo pelo qual já haviam passado e lhes assegurando que tudo mudaria para melhor. "Não esqueçam do que já aprenderam na escola", ela as instigou; "vocês não vão querer ficar para trás quando as escolas reabrirem". Enquanto isso, ela encorajou as meninas a considerarem sua casa como se fosse delas próprias e a se ajudarem mutuamente a superar os tempos difíceis.

Saaman e Laila deram as aulas de costura do turno da manhã enquanto a Sra. Sidiqi ficou sentada, observando, nos fundos da sala. Ela disse depois para Kamila quão profundamente ela havia ficado impressionada com o quanto as meninas haviam amadurecido na ausência dos pais. Kamila, ela disse, teria que se empenhar junto com Malika para manter a família unida, agora que seu pai estava fora do país. Independentemente do que acontecesse, ela disse, elas tinham de continuar juntas, mantendo a casa. Deus as protegeria se essa era Sua vontade.

Algumas semanas depois ela retornou a Parwan com promessas de logo voltar para casa.

❦

De novo, as meninas estavam sozinhas e os combates em volta delas se intensificavam. Corria o ano de 1998 e o final do verão daquele ano assistiu à queda da cidade de Mazar-e-Sharif, mais uma vez em poder do Talibã, dando ao novo regime uma vitória significativa entre alegações de brutalidade de todos os lados, que superava os banhos de sangue comuns aos tempos de guerra aos quais elas já estavam acostumadas. Em Cabul, os bombardeios ocorriam a intervalos inesperados e o cerco continuava a se apertar em torno das famílias de toda a cidade, especialmente das mulheres. O Talibã decretou que as mulheres só podiam ser tratadas em hospitais exclusivos para elas, mas a maioria deles havia fechado ou por falta de suprimentos ou de médicos. O único que continuava funcionando enfrentava dificuldades para dispor de leitos para seus pacientes, os quais eram atendidos sem contar com água limpa, soro intravenoso e equipamentos de raios X. Com a chegada do outono veio um frio gelado que assustou a população da cidade, já desesperada, temendo morrer de fome, juntamente com uma epidemia de cólera. Os programas humanitários promovidos pelas Nações Unidas e outras organizações tentavam conseguir trigo, óleo e pão para os que estavam em piores condições, mas a carência superava de longe a capacidade de provisão de qualquer agência humanitária. Água potável estava em falta e poucas famílias tinham ainda algo para vender.

Kamila e Rahim frequentavam os mercados em volta da cidade, pelo menos duas vezes por semana, voltando regularmente ao bairro de Shar-e-Naw para conhecer novos lojistas, sobre os quais pessoas de confiança haviam falado ou lhes recomendado. Quando os irmãos iam de ônibus, Kamila notava que a conversa das mulheres na parte de trás do veículo sempre girava em torno de quem estava fazendo algum tipo de trabalho manual em casa, quais lojistas estavam comprando quais mercadorias e quanto eles pagavam por este ou aquele item. "Parece que todo mundo virou empreendedor", Kamila observou, surpresa diante de todas as mudanças que haviam ocorrido. Antes da chegada do Talibã, as conversas das mulheres nos ônibus giravam em torno de trabalho ou escola ou sobre a última intriga no âmbito governamental. Atualmente, elas pareciam falar apenas sobre como vender coisas.

Ao voltar para casa, após uma de suas idas com Rahim ao centro comercial Mandawi, numa tarde fria e cinzenta, Kamila ficou surpresa ao encontrar duas mulheres sentadas na sala de estar de sua casa se aquecendo junto ao forno à lenha. As mulheres haviam passado ali, no dia anterior, por sugestão de Rukhsana, uma prima de Kamila, que havia lhes falado sobre o pequeno empreendimento de costura e sugerido que fossem ver pessoalmente o trabalho que ela estava realizando. Elas trabalhavam com Rukhsana no programa *Habitat* da ONU, mais comumente conhecido como Centro das Nações Unidas para Assentamentos Humanos, e estavam em Cabul recrutando mulheres para um projeto que se achava em franca expansão. A dupla havia passado a tarde do dia anterior na casa de Kamila fazendo perguntas a todas as meninas sobre o empreendimento: quantas mulheres estavam trabalhando com as irmãs Sidiqi, como elas encontravam mercado para seus produtos e como funcionava seu programa para aprendizes.

Kamila ficou se perguntando por que suas prezadas visitantes haviam decidido voltar tão rápido à sua casa. Ela tinha muito respeito pelo trabalho das duas mulheres: Mahbooba, uma mulher robusta de sobrancelhas finas e jeito despachado; e Hafiza, uma mulher muito bonita com cabelos encaracolados caindo sobre os ombros. Hafiza havia mencionado a Kamila que era cientista por formação e isso ficava evidente; ela demonstrava uma seriedade cerebral que chamava a atenção de Kamila. Ao redor das importantes visitas e pendurados em cada gancho disponível na sala de estar/oficina de costura havia dúzias de vestidos que faziam parte de uma grande encomenda que Saaman estava a meio caminho de terminar. Os vestidos deviam ir para Mazar [Mazar-e Sharif] na manhã seguinte com Hassan, outro dos irmãos mais velhos de Ali, que os venderia para lojistas daquela cidade do norte, ansiosos por estoques de vestidos de noiva.

Kamila irrompeu na sala e abraçou calorosamente as duas visitantes, perguntando sobre seus familiares e dando-lhes as boas-vindas à sua casa. Laila trouxe uma bandeja de doces e biscoitos especiais amanteigados que as meninas desfrutavam apenas em ocasiões especiais e, finalmente, Mahbooba disse a que viera. Ela descreveu para sua jovem anfitriã o trabalho que realizava no programa *Habitat* da ONU e explicou ser esse o motivo de ela ter voltado ali à sua casa. Kamila havia ouvido falar pela primeira vez sobre o *Habitat* durante a guerra civil, quando aquele programa tomara a iniciativa de consertar o sistema de abastecimento de água de Cabul que fora destruído. Muitos anos depois, sua prima Rahela, a irmã mais velha de Rukhsana, havia entrado para a organização a convite de sua impetuosa nova líder em Mazar-e-Sharif, Samantha Reynolds.

Samantha, uma inglesa obstinada com menos de trinta anos, havia conseguido pela primeira vez envolver as mulheres no processo de identificação e solução dos grandes problemas de infraestrutura da cidade. Antes de ela entrar para aquela agência das Nações Unidas, as mulheres haviam sido sumariamente ignoradas durante as consultas à comunidade, permanecendo em casa enquanto seus maridos, pais e filhos iam à mesquita para encontrar os doadores internacionais e dizer a eles quais projetos de fornecimento de água, esgoto e remoção de lixo eram mais importantes para a vizinhança.

Samantha recrutou Rahela para ajudá-la a mudar essa situação, com o apoio dos mulás [clérigos islâmicos] da cidade. Juntas, elas ajudaram as comunidades a enfrentar seus próprios problemas locais de falta de saneamento e infraestrutura e instalar escolas e clínicas médicas para mulheres e meninas. A última coisa sobre a qual Kamila havia tomado conhecimento era que Rahela havia convocado Rukhsana para desenvolver o que passara a ser conhecido como Fóruns Comunitários de Mulheres onde as pessoas — mais especificamente, as mulheres — se reuniam para participar de atividades e programas sociais que elas criavam, apoiavam e supervisionavam. A maior parte dos rendimentos que as mulheres ganhavam por seus trabalhos ia para os fóruns e financiava outros projetos de infraestrutura. Mahbooba explicou que apenas recentemente havia voltado para Cabul, de Mazar-e-Sharif, onde ela havia encontrado um porto seguro depois de ter deixado seu cargo de professora na Universidade de Cabul durante a guerra civil. Nos últimos anos, ela havia ajudado Samantha e Rahela a instituir os Fóruns de Mulheres no norte e, no momento, elas haviam conseguido fundos para expandir o programa.

"Kamila", ela disse, apontando para os vestidos e máquinas de costura ao redor da sala, "Rukhsana nos falou sobre seu empreendimento, mas nem ela sabia que ele havia crescido tanto. Nós estivemos aqui ontem dando uma olhada, e também hoje antes de você chegar, e vimos toda a agitação das meninas costurando aqui. Suas irmãs Saaman e Laila nos falaram um pouco sobre os contratos que vocês têm e como funcionam os cursos. É realmente impressionante como você conseguiu tudo isso — e sem ter tido problemas com o Talibã."

Kamila enrubesceu agradecida e explicou que ela pretendia manter o negócio se expandindo, apesar de estar ficando cada vez mais difícil encontrar lojistas dispostos a fazer encomendas. "Estou começando a perceber que nunca vamos ter trabalho suficiente para todas as mulheres que vêm aqui em busca de emprego."

"É por isso que nós estamos aqui", Mahbooba respondeu. "Acho que você está sabendo a respeito do trabalho de Rahela Jan e Rukhsana nos Fóruns Comunitários. Bem, nós iniciamos os primeiros fóruns aqui em Cabul um ano atrás e estamos agora em vias de iniciar muitos outros por toda a cidade. O do Décimo Distrito será inaugurado em breve e gostaríamos que você viesse fazer parte dele. Nós precisamos de jovens como você, com experiência prática em negócios."

Kamila continuou sentada, totalmente imóvel, com sua xícara de chá ainda quase cheia. Uma torrente de perguntas inundava sua mente.

"Posso perguntar uma coisa: Como é que vocês estão conseguindo iniciar fóruns aqui, na situação atual?" ela começou. "Eu achava que fosse ilegal trabalhar com estrangeiros ou com organizações internacionais. Como é que as Nações Unidas conseguem continuar contratando mulheres? Eu ouvi dizer que todas as funcionárias mulheres haviam ido ou para o Paquistão ou mandadas de volta para casa."

Foi Hafiza, a cientista, quem respondeu. "Anne, a francesa que administra os Fóruns Comunitários aqui em Cabul, tem encontros frequentes com o Ministério de Assistência Social e mantém boas relações com eles e, por isso, nós temos tido permissão para expandir nossos fóruns. E Rahela tem mantido negociações ininterruptas com os ministérios do Talibã para manter funcionando os centros de Mazar. Nós temos amplo apoio da comunidade e este é o principal motivo que dá sustentação à continuidade de nosso trabalho. Do contrário, nós teríamos sido obrigadas a suspendê-lo já há muito tempo. No momento, os fóruns aqui de Cabul são mais ou menos permitidos, uma vez que apenas mulheres se encontram neles e eles oferecem programas de geração de pequenas rendas. E com a ajuda do mulá local nós até recebemos a aprovação do Talibã para que meninas frequentem cursos em um dos fóruns masculinos; portanto, como você pode ver, certos dirigentes locais podem ser convencidos da importância do nosso trabalho. Em todo caso, os fóruns pertencem oficialmente à Organização FORA para o Desenvolvimento Comunitário, que é uma organização afegã e não estrangeira, e, como tal, as restrições não se aplicam exatamente. É claro que, como as regras mudam quase que diariamente, em certas semanas é preciso que se tenha mais habilidade para manter as coisas funcionando. Mas, como você sabe, quando as necessidades são tantas, sempre se acaba dando um jeito."

Kamila assentiu. De fato, era assim.

"Mas o que exatamente vocês podem continuar fazendo aqui em Cabul?" ela perguntou às duas mulheres. "E onde vocês realizam seus programas? Com certeza, vocês não têm permissão para ter escritórios."

"Oh, não, isto é impossível atualmente", Hafiza confirmou. "Os fóruns funcionam normalmente nas casas das pessoas ou em casas que as mulheres do bairro alugam especificamente para o programa. Isso faz com que o fórum se torne mais facilmente parte da comunidade, além de possibilitar sua rápida mudança de lugar quando surge algum problema."

Mahbooba deu seguimento ao raciocínio de sua colega: "Com respeito aos programas específicos que estamos realizando aqui, eles normalmente entram em uma de três categorias – mas você vai se informar melhor sobre isso durante seu treinamento, é claro."

Kamila soltou uma pequena risada. Ela adorava conhecer mulheres tão obstinadas como ela mesma.

"Para começar, temos um programa educacional. No momento, algumas centenas de estudantes, na maioria meninas, mas também meninos, estudam em nossas escolas, onde ensinamos em dois turnos diariamente. Ensinamos o Sagrado Alcorão, o que serve para nos dar alguma proteção caso o Talibã venha nos visitar, como também damos aulas de dari e matemática. Para mulheres com mais idade, nós temos cursos de alfabetização."

"Depois, também oferecemos alguns serviços. Em alguns fóruns há clínicas que prestam atendimento médico básico para mulheres e ensinam práticas de saúde e higiene. Temos também um programa de cultivo de hortaliças que instrui às mulheres como se cultiva tomates e alface para que possam prover uma melhor nutrição a suas famílias."

"Além disso, temos uma parte dedicada à produção e é nela que achamos que sua experiência será mais útil. Os fóruns oferecem os materiais para costura, tapeçaria e tricô e as mulheres recebem dinheiro pelas roupas, cobertores e tapetes que produzem. Não é muito, mas já é algo e quase tão importante, dá às mulheres trabalho para fazer em troca do dinheiro que nós lhes oferecemos. Do contrário, elas relutam muito em receber nossa ajuda, pois, como você sabe, elas não querem esmolas. Estamos também instalando uma loja na hospedaria das Nações Unidas para vender os trabalhos das mulheres para seus hóspedes estrangeiros. E é claro que também adoraríamos a sua contribuição com novas ideias."

Na mente de Kamila, novas ideias de negócios para os fóruns começaram a pulular. Com certeza, ela podia ajudar a comercializar as roupas e artefatos que as mulheres estavam fazendo, mesmo que eles fossem simples demais para as lojas do Liceu Myriam. O trabalho parecia importante – e empolgante. Kamila estava começando a vislumbrar seu próximo passo, depois da escola de costura e o negócio da confecção de roupas: algo ainda maior que lhe possibilitaria ajudar muitas outras mulheres.

Quando Mahbooba perguntou "Você quer trabalhar conosco?" Kamila nem teve que pensar para dar a resposta. "Oh, claro que eu quero! Estou extremamente interessada". Mas ela fez uma pausa, por um instante, antes de acrescentar. "Tenho que conversar com minhas irmãs antes. Não sei o que Malika Jan vai achar disso, uma vez que já temos tanto trabalho aqui."

Mahbooba percebeu a hesitação na voz de Kamila; ela havia tomado conhecimento através da prima de Kamila, Rukhsana, que Malika era atualmente a mais velha da casa e que Kamila teria, portanto, que se submeter à vontade dela. Ela elevou o tom de sua voz.

"Kamila Jan, é evidente que existem riscos, mas este programa está realmente fazendo diferença. Ele é quase tudo que resta hoje para as mulheres; você sabe disso. Quando anunciamos que estamos iniciando um programa de geração de renda para cem pessoas, você faz ideia de quantas mulheres esperam na fila por horas, mesmo nos dias mais frios de inverno? Quatrocentas e, às vezes, até quinhentas mulheres. Todos os invernos nós promovemos programas de ajuda emergencial e não conseguimos chegar nem perto de satisfazer a enormidade das carências. Nenhuma mulher com quem até hoje falamos se recusou a trabalhar conosco. Eu sei por sua prima e posso ver por seu trabalho que você não recusaria uma oportunidade de servir à comunidade, compartilhando todas as experiências em negócios que você conquistou."

Kamila assegurou às mulheres que pensaria com muito carinho em tudo que elas haviam dito e que considerava uma honra ser convidada para assumir tal responsabilidade numa organização tão prestigiada. Afinal de contas, ela era apenas uma garota de Khair Khana e agora estava lhe sendo oferecida uma oportunidade de participar de um programa elaborado por profissionais do Japão, da Suíça e dos Estados Unidos, num momento em que seu país estava de relações totalmente rompidas com o resto do mundo.

"Eu prometo que volto a falar com vocês daqui a alguns dias", ela disse para suas visitantes, enquanto as ajudava a vestir seus casacos e chadri e depois acompanhá-las até o portão. "Muito obrigada por terem vindo."

Assim que elas foram embora, Kamila deixou-se desabar sobre uma almofada para pensar em tudo que as mulheres haviam dito. Ela estava impressionada com o fato de um programa como o *Habitat* estar conseguindo criar oportunidades num momento em que todas as portas pareciam se fechar para as mulheres. E ela não conseguia se imaginar dizendo não a tal oportunidade, dado o estado de miséria que reinava em sua cidade. Além disso, não era exatamente sobre isso que ela e seu pai haviam conversado, apenas algumas semanas antes – ajudar o maior número possível de pessoas? Não tinha ele lhe dado a bênção para fazer exatamente aquele tipo de trabalho? Ela sabia que poderia aprender muito com as mulheres que operavam os fóruns e com as estrangeiras que dirigiam o *Habitat*. E, com certeza, ela estabeleceria laços naquele novo trabalho que seriam úteis para a sua própria família. Como suas primas já trabalhavam lá, Malika e seus pais não teriam muito como colocar objeções, ou teriam?

Mais tarde, naquela noite, logo após o jantar, Kamila foi procurar sua irmã mais velha para lhe contar o que havia acontecido à tarde.

Ela encontrou Malika ainda trabalhando, sentada ao lado do berço de madeira de suas gêmeas, fazendo a bainha de um vestido cor de vinho que há dias Kamila vinha admirando.

"Ele é tão lindo", ela disse, "que estou pensando em encomendar um para mim mesma!"

"Obrigada", Malika disse, erguendo os olhos para sua irmã e rindo. "Como você está? Andamos tão ocupadas que passamos o dia todo sem conversar!"

"Malika Jan", Kamila começou, "tem uma coisa que quero discutir com você – é a respeito da visita que tivemos hoje das colegas de Rahela e Rukhsana: Mahbooba e Hafiza. Elas estão trabalhando no programa *Habitat* das Nações Unidas; o grupo com quem Rahela trabalha lá no norte. A questão é que elas estão criando um novo Fórum Comunitário em Cabul que irá oferecer cursos para meninas e programas de trabalho para mulheres."

Kamila fez uma pausa por um momento e respirou fundo, ciente de que sua irmã não estava mais sorrindo.

"Elas querem que eu trabalhe com elas", ela prosseguiu. "Para ajudar nos projetos de empreendimentos domésticos, como costura, tricô e tapeçaria. É parecido com o que fazemos aqui, mas só que em menor escala."

As esperanças de Kamila de que sua irmã se empolgaria tanto quanto ela ao ouvir a novidade logo se desvaneceram; o semblante de Malika deixava evidente que não era esse o caso. Malika olhou para a parede além de Kamila e inspirou fundo, tentando acalmar seus nervos como costumava fazer sempre que se alterava.

"Você não pode estar falando sério, Kamila Jan", ela disse.

Seu tom de voz era baixo e cuidadosamente controlado, demonstrando decepção e contrariedade. Kamila percebeu que sua irmã estava tentando reprimir a raiva que estava sentindo, mas receou que Malika estivesse à beira de perder o controle quando começou a elevar seu tom de voz. "Você sabe qual é o castigo para as meninas que são flagradas trabalhando com estrangeiros? Elas são jogadas na prisão ou coisa ainda muito pior. Você sabia disso? Afinal, o que você está pensando?"

Kamila respondeu num tom comedido e respeitoso, esperando com isso abrandar a ira de sua irmã. Ela não queria brigar com sua irmã por causa disso, mas também não tinha nenhuma intenção de ceder. Era como se sua luta para estudar no [Instituto] Sayed Jamaluddin durante a guerra civil estivesse se repetindo.

"Malika Jan, isto é importante", ela disse. "Esta é uma oportunidade de dar sustento a muitas mulheres, mulheres que não têm nenhum outro lugar ao qual recorrer". Kamila fez uma pausa de um segundo para organizar os pontos de seu argumento.

"E é também uma oportunidade para mim e para a nossa família. Eu preciso aprender mais e quero trabalhar com profissionais. Tenho que pensar em meu futuro. Eu não fui feita para ser costureira, você sabe disso. São os negócios e sua administração que me interessam. É o que eu realmente gosto de fazer."

O breve discurso de Kamila só serviu para deixar Malika ainda mais desgostosa. Ela percebeu então que sua irmã mais nova estava decidida a seguir em frente com aquela ideia maluca e Malika estava disposta a fazer tudo que pudesse para detê-la.

"Kamila Jan, se é de dinheiro que você precisa, nós já o temos", Malika disse. "Nossa família está indo bem; nós temos trabalho de sobra. Eu garanto que você vai ter tudo que quer. Mas você não pode assumir este trabalho. Se algo acontecer, eu sou a responsável por você. Nossos pais não estão aqui e a responsabilidade recairá sobre mim. Nós não precisamos de seu salário e definitivamente não precisamos dos problemas que este trabalho com certeza nos trará."

Kamila começou a responder, mas sua irmã ainda não havia terminado. Sua cara estava vermelha de indignação.

"O que você acha que vai acontecer comigo e com suas outras irmãs se você for presa? E com meu marido, o pai destas gêmeas? Eles punem também os homens da família, você sabe disso. Você está querendo colocar todos nós em risco? Em nome de sua família e de tudo que lhe é mais sagrado", ela concluiu, implorando a Kamila com palavras que não davam lugar a nenhuma oposição – "não aceite este trabalho!"

Por um momento, elas ficaram em silêncio, presas numa pesarosa situação de impasse. Kamila odiou ter perturbado alguém a quem ela amava tanto, mas a oposição de Malika só havia endurecido a decisão de Kamila por mostrar-lhe os riscos que ela envolvia. Havia mais coisas em sua vida do que sua própria segurança.

"Eu preciso...", Kamila disse, olhando para o piso e, em seguida, para as gêmeas, e qualquer coisa que não fosse para sua irmã. Ela simplesmente não conseguia acreditar que Malika, que a havia apoiado em todas as situações difíceis que ela havia enfrentado nos últimos vinte e um anos, se recusava agora a apoiá-la. "Deus vai me ajudar porque eu estarei ajudando a minha comunidade. Eu coloco a minha vida nas mãos de Alá e tenho certeza de que Ele irá me proteger porque este trabalho é em benefício de Seu povo. Eu tenho que fazer isto. Espero que um dia você possa entender."

A caminho da saída do quarto, ela disse as últimas palavras da conversa – palavras tão exaltadas que ela imediatamente se arrependeu de tê-las dito.

"Se alguma coisa acontecer comigo, eu prometo que não vou pedir a você para me tirar da enrascada", ela disse. "A responsabilidade será unicamente minha."

❈

Uma semana depois, Kamila começou a trabalhar no Fórum Comunitário do Décimo Distrito. Seu salário era de dez dólares por mês. Kamila passou a estudar os folhetos do programa *Habitat* todas as noites e decorou seus princípios fundamentais sobre a importância da liderança, do consenso e da transparência. Ela também teve suas primeiras aulas formais de contabilidade. O programa *Habitat* seguia à risca os 9.900 dólares que as Nações Unidas proviam para financiar cada novo fórum e uma das tarefas de Kamila era ajudar a detalhar como cada dólar havia sido usado no setor de produção.

Com o tempo, a própria Kamila começou a dar um curso sobre o Sagrado Alcorão, além de dirigir os cursos de costura para mulheres. Todas as manhãs, grupos de alunas entravam empolgadas andando nas pontas dos pés no vestíbulo, esforçando-se para não sucumbir ao entusiasmo e quebrar as regras excedendo-se nas risadas e gritinhos. Foi com estupefação que Kamila soube através de boatos por toda a vizinhança de Khair Khana que muitas garotas afegãs conhecidas suas, que haviam fugido para o Paquistão, haviam perdido o interesse pelos estudos. Agora que esse direito lhes era negado, as meninas de todas as idades de Cabul sabiam a importância exata que a educação tinha em suas vidas.

Muitas famílias tinham dificuldade para pagar a pequena taxa que o fórum cobrava por seus cursos e algumas não tinham dinheiro nem para comprar um lápis ou algumas folhas de papel. Mas as mulheres no comando do fórum encontraram uma maneira de fazer com que os livros doados durassem mais, e de usar e reutilizar as provisões que tinham. As meninas compartilhavam tudo.

Para Kamila, desenvolver os projetos de empreendimentos domésticos continuou sendo sua parte preferida do trabalho. Na sede do Fórum Comunitário, ela e suas colegas ensinavam conhecimentos básicos sobre costura e acolchoamento. Depois, elas passaram a ir ao distrito Taimani, de Cabul, onde distribuíam tecidos, linhas e agulhas entre as mulheres e voltavam alguns dias depois para pegar os suéteres e acolchoados que elas haviam confeccionado.

Essas saídas proporcionaram a Kamila uma visão *in loco* de toda a pobreza de Cabul. Ela viu famílias de sete e até de doze pessoas obrigadas a sobreviver por muitos dias apenas com água fervida e algumas batatas velhas; ela conheceu mulheres que haviam vendido as janelas de suas casas para alimentar seus filhos pequenos. Alguns pais desesperados que ela conheceu haviam mandado suas filhas e filhos de apenas oito ou nove anos trabalhar no Paquistão. Ninguém sabia se um dia voltaria a vê-los. Isso a fez engajar-se ainda mais nas atividades do Fórum Comunitário. Com toda essa desesperança assolando os moradores de sua cidade, quem ela era para não fazer a sua parte?

Pouco tempo depois, as dirigentes do *Habitat* pediram a ajuda de Kamila e de sua colega do Décimo Distrito, Nuria, para participar também de muitos outros fóruns. Sendo uma professora experiente e exímia contadora que havia concluído seus estudos no Instituto Sayed Jamaluddin, muitos anos antes de Kamila, Nuria sustentava seu pai e dois sobrinhos com o salário que ganhava no *Habitat*. Todas as manhãs, estivesse frio ou chovendo, ela e Kamila faziam juntas a caminhada de quarenta minutos pelas ruas secundárias até o centro em que trabalhavam em Taimani, discutindo as aulas que dariam durante o dia e ideias para projetos futuros, inclusive a de um centro de mulheres que Mahbooba havia sugerido que elas ajudassem a desenvolver.

As famílias demonstravam sua gratidão para com a existência do fórum, protegendo o máximo que podiam as mulheres. "Diga a Nuria e Kamila que um novo soldado talibã está patrulhando as redondezas: elas devem ficar especialmente atentas esta manhã", o pai de uma das alunas sussurrou no ouvido da aluna que foi atendê-lo à porta, um dia cedo pela manhã. Ele havia se apressado a vir avisar as mulheres, assim que havia tomado conhecimento de que um novo guarda controlava a área. Kamila, Nuria e três dúzias de meninas pequenas passaram a próxima meia hora amontoadas no chão rústico em total silêncio enquanto o guarda talibã batia à porta, muitas e muitas vezes, até que finalmente, sem ouvir nenhum sinal de vida, ele desistiu e seguiu em frente. Uma hora depois, quando Kamila já havia conseguido convencer seu coração a parar de saltar em disparada, as aulas foram retomadas.

Parecia que todo mundo havia aprendido a se adaptar. E isso também valia para a família de Kamila. Com a irmã passando a maior parte do tempo no Fórum Comunitário, Saaman e Laila haviam assumido a administração do negócio no dia a dia, para cuja função elas haviam sido preparadas. Kamila sabia que suas irmãs dariam conta da administração, mas assim mesmo ficou encantada ao ver com que facilidade elas assumiram as classes e o cumprimento dos contratos. Kamila continuou indo ao Liceu Myriam, quase todas as semanas, para fazer o marketing de seus produtos.

Ela também reservou para si mesma a tarefa de visitar o centro comercial Mandawi, cujos lojistas preferiam não fazer suas encomendas antecipadamente, mas escolher dentre os vestidos que Kamila e Rahim levavam, e comprar os que mais lhes agradavam. A área de comércio do centro era demasiadamente distante de Khair Khana para que suas irmãs menores fizessem as visitas, Kamila decidiu, e se recusou a deixá-las correr o risco de serem flagradas sozinhas, longe de casa. Ela e Rahim estavam acostumados a fazer esse trabalho e Kamila determinou que ele deveria continuar em seu encargo.

Quanto à protetora irmã mais velha de Kamila, as coisas haviam melhorado um pouco – mas lentamente. As semanas imediatamente após a briga com Malika haviam sido dolorosas, carregadas de uma tensão silenciosa que Kamila achava difícil suportar. Ela sentia muito a falta de sua irmã mais velha, especialmente dos conselhos e estímulos com os quais havia contado ao longo de toda a sua vida. Ela sofria com a sensação estranha de ter perdido uma pessoa querida a quem ela continuava vendo todos os dias.

Finalmente, Malika procurou Kamila depois de tê-la ouvido falar para as meninas, uma noite quando elas estavam empacotando seus trabalhos, a respeito de um projeto de bordados do Décimo Distrito. Pela primeira vez, ela pareceu resignada com a decisão de Kamila, embora ainda mostrasse estar longe de aceitá-la.

"Prometa-me apenas manter a discrição quanto a seu trabalho: não ande por aí com nenhum documento das Nações Unidas ou formulário do Fórum Comunitário que possa ser encontrado se sua bolsa for revistada", ela a advertiu. Ela havia esperado até que as irmãs mais novas tivessem se recolhido para dormir e as duas estivessem sozinhas na sala de estar, perto do antigo posto de costura de Kamila. Kamila notou que a voz de sua irmã revelava uma ponta de ressentimento, mas que predominava sua preocupação e amor. "E se você tiver que andar pela cidade com dinheiro para pagar as mulheres que trabalham com você, vá com Rahim e, pelo amor de Deus, vá de táxi. Eu sei que você sabe o que está fazendo e que toda essa experiência com costura lhe ensinou como andar pela cidade como se fosse quase invisível, mas lembre-se que basta eles te pegarem uma vez para acabar com tudo. Seu nome, sua família, sua vida. Absolutamente tudo. Não confie em ninguém além de suas colegas e jamais fale sobre seu trabalho em público; mesmo que ache não haver mais ninguém na rua. Tome cuidado o tempo todo: não se permita baixar a guarda e ficar à vontade, nem mesmo por um instante, porque basta uma oportunidade para eles te prenderem. Tudo bem?"

Kamila queria falar, mas lhe faltaram as palavras. Ela balançou a cabeça, muitas e muitas vezes, e deu um abraço apertado em sua irmã.

E rezou para que fosse capaz de cumprir sua promessa.

9
Ameaça na escuridão da noite

VOZES ALTAS ARRANCARAM KAMILA DE SEU SONO. Atordoada, ela se endireitou e se viu sentada num banco de vinil gasto de um ônibus fabricado no Paquistão. "Estamos a caminho de Peshawar", ela lembrou, já quase totalmente desperta e constatando que o ônibus não estava mais andando. Algo de errado devia estar acontecendo...

Fora quase quatro anos antes que outro ônibus levara Kamila, com o diploma que acabara de receber nas mãos do Instituto Sayed Jamaluddin, de volta para sua casa em Khair Khana, no dia em que o Talibã havia tomado Cabul. Kamila pensava com frequência naquilo – quantas coisas haviam acontecido desde então. Ela e suas irmãs haviam passado por tantas experiências e ela não era mais uma adolescente nervosa se preparando para ser professora. Agora ela era empresária e líder comunitária trabalhando com o programa do Fórum Comunitário de Mulheres e estava indo para um curso em Peshawar dirigido por suas chefes internacionais: Samantha, a dirigente incansável do programa *Habitat* das Nações Unidas, que havia lutado tanto com seus próprios superiores como contra o Talibã para manter os fóruns comunitários em funcionamento; e Anne, que dirigia os programas do *Habitat* em Cabul. Estariam lá ainda outras estrangeiras, dando cursos de liderança e administração de negócios a outras participantes do Fórum Comunitário. Era uma oportunidade extraordinária para conhecer e trocar ideias com mulheres talentosas do *Habitat* que trabalhavam em todo o Afeganistão. Como reunir todo mundo em Cabul seria impossível sem desrespeitar as leis do Talibã, as mulheres estavam viajando para o Paquistão, para onde a ONU havia transferido grande parte de seu pessoal.

Novos gritos interromperam os pensamentos de Kamila.

Pelo pequeno retângulo de seu chadri, Kamila viu como um jovem talibã fazia perguntas aos berros para Hafiza, sua companheira de viagem e colega do *Habitat*. Sentada ao lado de Hafiza estava Seema, outra organizadora do Fórum Comunitário e membro de sua equipe. O soldado talibã, Kamila supôs, devia ter entrado no ônibus no posto de controle alfandegário na divisa de Jalalabad enquanto ela cochilava.

"De onde você está vindo?" o talibã berrou, "Quem é seu *mahram*? Onde ele está? Mostre-me quem é."

As mulheres não apenas estavam viajando para o Paquistão sem a companhia de um *mahram*, mas também estavam indo para um encontro promovido por estrangeiros que trabalhavam para as Nações Unidas. As relações entre o Talibã e as agências internacionais que trabalhavam no Afeganistão vinham permanentemente se agravando nos últimos meses e o Amr bil-Maroof havia voltado a advertir que as mulheres afegãs não podiam ser contratadas por organizações internacionais de ajuda humanitária. Se o soldado irado que estava ali interrogando Seema soubesse o que elas faziam, todas elas estariam seriamente encrencadas.

Kamila continuou sentada em silêncio, imaginando todos os cenários possíveis que poderiam ajudá-las a sair do apuro em que estavam metidas. Os anos em que havia passado visitando as lojas dos centros comerciais Liceu Myriam e Mandawi com Rahim haviam lhe ensinado que normalmente havia uma saída para situações como aquela se ela apenas conseguisse encontrar as palavras certas. Algumas semanas antes, um membro do ministério chamado Vício & Virtude irrompeu na loja de Ali no momento em que Kamila estava desembrulhando os vestidos que o lojista havia encomendado. Reagindo rapidamente, ela havia explicado ao soldado que estava ali em visita a Ali, que era membro de sua família. "Muito obrigada por nos vigiar; meus parentes e eu somos muito agradecidos pelo trabalho árduo que você e seus irmãos estão fazendo para manter a segurança de nossa cidade. Nós temos muito respeito pelo Amr bil-Maroof", Kamila havia dito ao soldado. "Eu acabei de chegar aqui para ver este meu primo e ver se ele podia vender alguns vestidos para sustentar meus irmãos e irmãs". O soldado havia se mostrado bastante persuadido, mas não totalmente. "Você com certeza tem coisas mais importantes para fazer, como encontrar aqueles que são realmente transgressores e manter a nossa vizinhança livre do perigo e da vergonha para todos nós, não é mesmo?" Afinal, ele havia parecido satisfeito e fora embora com a advertência para que ela tomasse o cuidado de falar apenas com os homens de sua família e que voltasse para casa imediatamente, o mais rápido possível. "As mulheres não devem andar nas ruas". Ali havia permanecido em silêncio e aterrorizado por todo o tempo em que a conversa durara e depois perguntou a Kamila como ela havia se atrevido a falar daquele jeito com um talibã. A resposta dela fora uma demonstração de tudo que ela havia aprendido durante os anos de visitas ao Liceu Myriam com Rahim. "Se eu não me dirigisse a ele como um irmão", Kamila respondera, "ele teria a certeza de que nós éramos culpados de ter feito alguma coisa errada, o que não fizemos. Você é como se fosse da minha família e nós estamos tentando trabalhar pelo bem de nossas famílias. Se eu não tivesse me explicado, poderia haver problemas para você, para mim e para Rahim". Experiências como aquela haviam lhe ensinado que muitos dos homens que estavam agora trabalhando para o governo podiam ser persuadidos pela lógica desde que se usasse de boa educação, firmeza e respeito.

Até ali, ela observou, o soldado no ônibus continuava falando com elas e esse era um bom sinal. Se fizesse silêncio, então elas estariam realmente em perigo.

Naquele exato momento, Seema estava apontando para um homem de meia-idade sentado algumas fileiras na frente dela.

"Ele é o nosso *mahram*", ela disse, inclinando sua cabeça encoberta na direção de um senhor de barba que tinha em sua cara franca uma expressão bondosa, mas que subitamente ficou tensa de medo.

O soldado voltou seus olhos rodeados de pálpebras escuras para o homem de meia-idade e aproximou-se de seu assento, colocando-se acima dele.

"É verdade?" ele perguntou.

Kamila e suas colegas estavam demasiadamente apavoradas para se olharem mutuamente através do corredor do ônibus. Tanto Rahim como o filho de Seema, que costumavam servir de *mahram* e ser seus companheiros de viagem, não haviam podido acompanhá-las dessa vez porque tinham provas na escola. Impacientes por participar daquele curso, elas haviam decidido ir desacompanhadas, apesar dos riscos. Rahim havia feito tudo que podia para ajudar. Inclusive comprar as passagens para as mulheres em seu próprio nome, embora todos eles soubessem que isso de nada adiantaria se elas fossem flagradas sem a companhia de um homem. As três colegas haviam combinado de dizer, se fossem paradas e interrogadas, que estavam viajando em família para Peshawar, onde visitariam seus parentes. Alguns minutos depois de iniciada a viagem, elas haviam decidido tomar uma medida mais precavida e pediram ao companheiro de viagem, o homem que estava agora apavorado sentado à frente das mulheres, que dissesse ser tio delas se aparecesse algum soldado do Talibã. Essa prática havia se tornado comum em Cabul, uma vez que as mulheres viúvas, sem filhos ou outros membros masculinos na família, tinham que continuar saindo para fazer suas compras, visitar parentes e levar seus filhos ao médico. O homem havia lhes garantido com um sorriso. "Sem problemas, estou aqui caso precisem", ele havia prometido.

Agora, no entanto, o perigo era real e não meramente teórico e o homem não queria ter nada a ver com elas. Olhando para o soldado, ele abandonou-as à sua própria sorte.

"Não, não é verdade", o homem disse em voz baixa. "Eu não sou o *mahram* delas. Elas não estão viajando comigo."

O talibã se alterou.

"Que espécie de mulheres são vocês?" ele gritou para Hafiza e Seema. Em seguida, ele se virou para o motorista e gritou "Eu vou levar estas mulheres para a prisão. Agora. Chame outro ônibus para levar seus passageiros até a fronteira."

Kamila percebeu que era sua vez de agir.

"Meu irmão, com todo respeito, eu devo lhe dizer que o nosso *mahram* vai nos encontrar na fronteira", ela começou. "Meu nome é Kamila e meu irmão Rahim é o nosso *mahram*. Ele estava conosco, mas eu esqueci minha bagagem em casa e ele foi buscá-la. Ele vai nos encontrar na fronteira."

O jovem soldado continuou inabalável

"Como você pode se considerar uma muçulmana? Que espécie de família é a sua? Isto é uma vergonha!" O cano de seu fuzil AK-47 estava a apenas algumas polegadas da testa de Kamila.

Lembrando do bilhete de sua passagem, Kamila tirou-o de sua bolsa com as mãos trêmulas.

"Olhe aqui, você pode ver, esta é a prova". Ela apontou para o pedaço de papel, onde estava escrito o nome de Rahim. "Este bilhete está no nome de meu irmão para todas nós. Ele é o nosso *mahram*. Ele vai nos encontrar na fronteira."

Hafiza e Seema ficaram olhando de seus assentos, totalmente paralisadas.

"Nós não queremos violar a lei", Kamila prosseguiu. "É difícil para mim e minhas tias; nós jamais decidiríamos viajar sem o nosso *mahram*. Nós conhecemos as leis e as respeitamos. Mas não podemos ir para o Paquistão sem nossas bolsas de viagem e os presentes que estão nelas para as crianças. Como podemos visitar nossos parentes sem levar nada? Meu irmão irá logo ao nosso encontro com a bagagem."

A situação se prolongava. O soldado perguntou qual era o nome de seu pai e onde sua família morava. Depois perguntou mais uma vez sobre seu irmão. Vinte minutos se passaram. Kamila se imaginou sendo levada para a prisão e o que diria para sua mãe e Malika se fosse presa. Era exatamente a situação sobre a qual sua irmã mais velha a havia advertido quando elas finalmente haviam se reconciliado alguns meses atrás, e a razão de ela ter-lhe implorado para que não aceitasse o convite para trabalhar no *Habitat*. Kamila lembrou de suas próprias palavras ásperas alguns meses antes.

"Se alguma coisa acontecer comigo, eu prometo que não vou pedir a você para me tirar da enrascada. A responsabilidade será unicamente minha."

Agora ela só podia esperar que sua irmã a perdoasse se fosse arrastada para a prisão, em Jalalabad. Malika estava certa; bastava um momento para que tudo desse terrivelmente errado.

Ignorando seu medo e agarrando-se à sua fé e sua experiência, ela continuou falando, calma e respeitosamente. Kamila percebeu que finalmente estava conseguindo vencer a resistência do soldado e que a situação estava começando a aborrecê-lo. Ele continuava irado, mas ela percebeu nele sinais de impaciência e disposição a passar para transgressores mais submissos.

O talibã fixou os olhos na tela retangular de sua burka. As palavras saíram dele como um rosnado vindo de suas entranhas.

"Se você não tivesse este bilhete, eu jamais lhe daria permissão para viajar até o Paquistão. Nunca mais tente viajar sem a companhia de seu *mahram*. Da próxima vez, você irá para a prisão."

Ele se virou e desceu do micro-ônibus, retornando ao seu posto de controle. Kamila procurou não olhar em sua direção quando o motorista deu a arrancada e voltou para a estrada. O motorista, ela notou, estava tão pálido e trêmulo quanto ela.

Por toda a próxima hora, as mulheres continuaram sentadas, atordoadas e em total silêncio, completamente sem palavras e energia. A adrenalina que havia insuflado a coragem de Kamila havia acabado há muito tempo e ela se recostou à janela, fazendo suas orações de agradecimento a Alá por mantê-la protegida. Dentro de algumas horas, elas estariam em Peshawar, onde, no dia seguinte, começariam o curso.

✻

Quando retornou a Cabul, Kamila não disse nada a seus familiares sobre o que havia acontecido na viagem de ida para o Paquistão. Ela não queria deixar Malika preocupada — ou provar que os receios dela eram justificados. E queria poupar tanto suas irmãs menores como suas alunas de lembrá-las do que elas já sabiam: o mundo do lado de fora de seu portão verde continuava cheio de perigos. A pobreza, a falta de comida e a aridez impiedosa haviam sugado a vida de todos na cidade, até mesmos dos soldados do Talibã, que patrulhavam a capital estéril vestindo apenas suas *shalwar kameez* para protegê-los do inverno glacial. Eles estavam lutando quase tanto para sobreviver quanto os cidadãos que eles dominavam. Parecia que ninguém tinha mais energia para continuar lutando. Até mesmo o leão solitário, Marjan, do zoológico de Cabul, que havia sido um presente dos alemães em tempos bem melhores, parecia exaurido.

Kamila continuou a guardar segredo sobre o que havia acontecido, até muitos meses depois, quando soube que Wazhma, uma amiga e colega do Fórum Comunitário, havia sido presa. Parecia que uma vizinha a havia denunciado ao Amr bil-Maroof por estar dando aulas a meninas dos distritos vizinhos; dois talibãs a aguardavam cedo, pela manhã, e a levaram presa assim que chegara para abrir a escola do Fórum Comunitário. Apesar dos esforços de Samantha e Anne, com ajuda de todo aparato da ONU para tirá-la da prisão, o Talibã ainda não a havia soltado e rumores — não comprovados — de que ela estava sendo torturada, estavam se espalhando rapidamente. Muitos dias depois de sua detenção, Wazhma mandou um recado para Kamila, através de colaboradoras do *Habitat*, para que ela suspendesse imediatamente seu trabalho. "Por favor, diga a Kamila que ela não deve ir mais ao Fórum Comunitário", ela havia mandado dizer. "Diga a ela que é jovem demais e que tem uma longa vida pela frente; ela não deve correr tais riscos. Eu sei que o trabalho do fórum é importante, mas sua vida vale mais que tudo". Kamila ouviu a advertência de sua amiga, mas não se deixou demover. Ela continuou trabalhando, agora ainda mais consciente – como se precisasse de outro lembrete – das ameaças muito concretas que ela estava enfrentando diariamente, "Deus vai me proteger", ela dizia para si mesma. "Eu confio no poder de minha fé."

E então, subitamente, uma nova epidemia se abateu sobre a cidade. Por sorte, o Talibã não tinha nada a ver com ela: era a febre provocada pelo [filme] *Titanic*.

O romance épico de Hollywood havia chegado ao Afeganistão e, como seus iguais do mundo inteiro, os jovens de toda Cabul também ficaram obcecados pela história. Cópias pirateadas de fitas VHS do filme eram passadas clandestinamente de amigos para amigos e entre primos e vizinhos. Uma conhecida de Kamila havia escondido sua cópia no fundo de uma sopeira com a qual ela atravessou a fronteira com o Paquistão; um colega de classe de Rahim escondeu a sua entre túnicas enroladas no fundo das malas que trouxera do Irã. O filme podia, naquele momento, ser encontrado em lojas clandestinas de vídeo que existiam por toda a capital e, embora as fitas pirateadas houvessem sido reproduzidas tantas vezes que passagens inteiras haviam ficado corrompidas e tivessem que ser saltadas, a maioria das pessoas não se importava com isso: elas simplesmente queriam ouvir de novo alguns versos de "My Heart Will Go On" e acompanhar mais uma vez a luta desesperada dos jovens amantes perseguidos pelo destino cuja felicidade era impossível.

O arsenal comum de armas do Talibã se mostrou inútil no combate ao *Titanic*. Eles tentaram impedir a propagação das influências nocivas do filme, a começar pelo "corte de cabelo *Titanic*", que passou a ser proibido por lei. Eles arrastavam os meninos que encontravam com o cabelo caído na testa até uma barbearia para ter a cabeça totalmente raspada. Quando essa estratégia se mostrou totalmente ineficiente, os soldados do Talibã passaram a perseguir os próprios barbeiros, chegando a prender quase duas dezenas deles por darem aos imitadores de Jack Dawson "o *look* de

Leo". Bolos de casamento em forma do famoso transatlântico se tornaram populares e foram também proibidos: o Talibã o classificou como "uma violação a cultura nacional e islâmica do Afeganistão".

Mas mesmo assim aquela febre continuou se espalhando. Empresários se apressaram a tirar proveito da onda de popularidade do filme e apelidaram o mercado do leito seco do Rio de Cabul, que havia ficado marrom e queimado pela seca, de "mercado Titanic". Negociantes passaram a usar o nome e a imagem do *Titanic* em tudo que encontravam – fachadas de lojas, táxis, sapatos, cremes para mãos e até mesmo verduras e batons. Kamila também havia assistido ao filme com um grupo de amigas na casa de uma garota cujo pai tinha uma ligação próxima com o chefe local do Talibã. Posteriormente, ela comentou com Rahim que parecia não haver nada em Cabul que restara intocado pela saga de Rose e Jack. "Agora", ela disse, "isso virou comércio".

À parte do interlúdio *Titanic*, a vida continuou como sempre fora, ocasionalmente interrompida pela excitação provocada por uma carta do Sr. Sidiqi, que escreveu do Irã para agradecer a Kamila e as meninas pelo envio de dinheiro para ele e Najeeb através de amigos e parentes. A Sra. Sidiqi ficava agora com as meninas a maior parte do tempo e elas viam com tristeza o quanto ela lutava contra a piora de seu problema cardíaco. Elas viviam preocupadas com sua saúde, mas a Sra. Sidiqi não queria ouvir falar nisso e recusava-se a deixar de se ocupar com os serviços domésticos, como a limpeza e a cozinha. Sua maior alegria parecia advir do convívio com suas filhas e pela vinda diária das jovens à sua casa para trabalhar. Se as leis do Talibã e sua própria constituição frágil conspiravam para impedi-la de participar do mundo, pelo menos ela podia saber o que estava acontecendo em sua comunidade pelas notícias trazidas por essas jovens.

Enquanto isso, as encomendas de costura continuaram chegando e a sala de estar/oficina de costura prosseguiu em pleno funcionamento.

Era uma tarde de outono e Saaman e Laila estavam se esforçando arduamente para dar conta de uma grande encomenda de vestidos de noiva, além de uma encomenda sob medida de uma jovem que se casaria com um vizinho dos Sidiqi. O noivo era uma das poucas pessoas que as garotas sabiam ter relações com a comunidade internacional: ele trabalhava como guarda de uma agência internacional encarregada de remover os milhões de minas deixadas pelos soviéticos. As irmãs Sidiqi haviam ouvido dizer que seu cargo – e salário – haviam sido inestimáveis quando seu irmão fora detido por uma semana no vizinho distrito de Taimani pela ofensa de ter ensinado desenho aos alunos da escola de artes de um amigo. Ele estava apenas substituindo o professor regular, mas o Talibã o prendera em plena aula e o levara para a prisão no momento em que encontrou revistas de arte escondidas na gaveta de uma escrivaninha.

Enquanto costuravam os vestidos verdes e brancos, as meninas ouviam pelo toca-fitas as melodias de Ahmad Zahir cantadas em voz baixa e lúgubre, que continuava sendo um dos mais famosos cantores do Afeganistão, apesar de ter morrido quase vinte anos atrás. O ex-professor e repórter do *Cabul Times* havia sido assassinado em 1979, com trinta e três anos, supostamente por ordem de um oficial comunista enfurecido com a orientação política daquele cantor popular.

A voz de Zahir enchia o espaço de trabalho:

Por um lado, eu quero ir embora, ir embora
Por outro lado, eu não quero ir embora
Eu não tenho forças
O que posso fazer sem você

Um pouco depois das cinco horas da tarde, Kamila entrou correndo pelo portão e pela porta da frente. Ela estivera distribuindo roupas e alimentos para moradores necessitados de Cabul para uma outra agência da ONU, a Organização de Migração Internacional, e não era esperada em casa. Suas faces estavam vermelhas e ela estava sem fôlego.

"Vocês ouviram a notícia?" ela perguntou para suas irmãs. "Eles mataram Massoud."

Laila ligou imediatamente o rádio e alguns minutos de extrema tensão depois a estática das ondas médias deu lugar à voz clara do locutor do noticiário persa da BBC, que estava transmitindo ao vivo de Londres. O rosto da Sra. Sidiqi ficou ainda mais pálido ao ouvir a voz estranha que estava entrando em sua sala de estar vinda de uma distância de milhares de quilômetros. As meninas se amontoaram em volta do rádio.

"Houve um ataque contra Ahmad Shah Massoud em seu quartel-general na província de Takhar no Afeganistão", disse Daud Qarizadah [repórter] da BBC, citando uma fonte próxima do líder da Aliança do Norte.

"Massoud foi morto juntamente com muitos outros aliados". Aparentemente, os homens que conduziram o ataque vinham se fazendo passar por jornalistas; eles carregavam uma bomba escondida na câmera e também morreram na explosão. A Sra. Sidiqi e suas filhas sabiam que as forças de Massoud representavam o último foco de resistência ao Talibã; nos últimos anos, elas foram as únicas forças que impediram o Talibã de assumir o controle total de todo o país. Se Massoud estava morto, o Talibã estaria livre de seu maior inimigo, mas era improvável que a guerra terminasse.

As garotas ficaram perplexas e caladas. Kamila viu como o choque, o medo e o desespero se espalharam pelas faces de sua mãe. Ela se recusava a acreditar que Massoud estivesse morto; com certeza, ele, o Leão de Panjshir, era capaz de sobreviver a um atentado, mesmo que a bomba fosse explodida a muito pouca distância. Afinal, ele era um veterano de muitas guerras. Ele vinha lutando, havia muitas décadas, primeiro contra os russos, depois contra os adversários Mujahideen como ministro da defesa e agora contra o Talibã. Com certeza, ele não podia ter acabado assim, ou será que podia?

As notícias no dia seguinte, só trouxeram mais confusão e novas indagações. Burhanuddin Rabbani insistiu em afirmar que seu ex-ministro da defesa continuava vivo e o mesmo fez o porta-voz de Massoud, mas jornalistas e oficiais contradisseram essa afirmação. Ninguém sabia em quem acreditar, embora todos esperassem pelo pior.

Sara chegou ao local de trabalho em seu horário rotineiro e entregou-se a suas tarefas, ansiosa por se distrair das notícias. "Se essas notícias são verdadeiras e ele está morto", ela disse, "então podemos esperar que as coisas piorem mais uma vez. A guerra pode se tornar ainda mais violenta do que foi a guerra civil. Vocês, meninas, talvez tenham que deixar este país. Espero estar errada, mas é possível que as coisas cheguem a um nível que jamais testemunhamos."

Kamila pensou por um momento em seu pai e no quanto ela sentia falta de suas palavras sábias e confortadoras. Mas recusou-se a abandonar suas esperanças.

Nas próximas vinte e quatro horas, pouco trabalho foi feito na casa dos Sidiqi e, em seguida, as notícias que chegaram foram ainda mais apavorantes: dois aviões de passageiros tinham sido arremetidos contra o World Trade Center, na cidade de Nova York, e acreditava-se que o número de mortos chegasse a milhares, embora o trabalho de resgate estivesse apenas começando. Um outro avião havia sido arremetido contra o Pentágono, perto de Washington, D. C., a capital dos Estados Unidos, e um quarto não havia conseguido atingir seu alvo, que para muitos seria a Casa Branca. O mundo estava fora de seu eixo.

Para alívio de sua mãe, Rahim voltou mais cedo da escola, dizendo que ninguém estava prestando atenção nas aulas; todo mundo só falava nas notícias dos dois últimos dias e se perguntando o que aconteceria a seguir. Quase todos os moradores da capital haviam imediatamente suposto que Osama bin Laden, o milionário saudita que estava vivendo no país como convidado do Talibã, estivesse por trás dos ataques contra os Estados Unidos. Alguns anos antes, os Estados Unidos haviam bombardeado supostos campos de treinamento de bin Laden no leste do Afeganistão em retaliação aos ataques a duas embaixadas americanas na África. Washington havia exigido que o Talibã entregasse bin Laden às autoridades americanas, mas o regime recusara-se a retirar sua hospitalidade. Seu hóspede devia ser julgado no Afeganistão por quaisquer que fossem as ofensas que ele tivesse cometido contra os Estados Unidos. As hostilidades entre os Estados Unidos e o Talibã haviam piorado desde então. Agora os americanos declaravam ter provas de que bin Laden estava por trás do plano sanguinário de 11 de setembro e voltaram a insistir em sua entrega pelo Talibã. E, novamente, os líderes do Talibã recusaram-se a entregá-lo.

Os Sidiqi, como a maioria dos afegãos, tinham apenas uma sensação vaga de quem eram os "árabes" para o Talibã. Os homens eram amplamente vistos como sendo combatentes da Arábia Saudita, Egito, Chechênia, Iêmen, Somália e de outros países que haviam se juntado para apoiar a causa do Talibã e o comando de bin Laden. Quando o movimento do Talibã surgiu pela primeira vez, seus líderes se apresentaram não como inimigos do Ocidente, mas como humildes purificadores de seu país, comprometidos com a restauração de uma paz desesperadamente necessitada. Mas com o passar dos anos e a busca por reconhecimento internacional estar cada vez mais distante, suas lideranças passaram a adotar uma retórica cada vez mais irada contra os Estados Unidos e a se aproximar cada vez mais de bin Laden e sua organização, chamada Al-Qaeda, que quer dizer "a base" em árabe. Essa relação só se aprofundou depois que as Nações Unidas impuseram sanções militares e econômicas ao Talibã, deixando o regime ainda mais isolado do que já era, com apenas três países, de todo o mundo, reconhecendo sua legitimidade.

Atribuiu-se aos militantes da Al-Qaeda a responsabilidade pelo ataque a Massoud, de acordo com as notícias que finalmente confirmaram de forma irrefutável a morte do líder da Aliança do Norte. E agora havia rumores de que eles estavam por trás dos ataques aos Estados Unidos.

A Sra. Sidiqi e suas filhas sabiam apenas o que haviam ouvido pela BBC, e os comentários de seus colegas que Rahim havia trazido da escola. Mas isso era suficiente para deixar claro que o Afeganistão estava no centro dos horrores da última semana e certamente seria o alvo de qualquer retaliação que viria a seguir. O governo dos Estados Unidos já estava ameaçando contra-atacar se o Talibã não entregasse bin Laden. E ninguém em Cabul tinha motivos para pensar que ele fosse entregá-lo. Por anos, o Afeganistão vinha vivendo como uma nação pária, totalmente esquecida pelo resto do mundo. Agora, não se falava mais no rádio de qualquer outro lugar.

E assim começou o jogo da espera. O resto de atividade econômica que havia conseguido sobreviver na capital sofreu uma súbita paralisia enquanto o coletivo dos cidadãos de Cabul prendia sua respiração. Todo mundo sabia que o destino de seu país estava agora nas mãos dos homens de Kandahar, Washington, Londres e outras capitais distantes e desconhecidas. Os boatos se espalharam como rastilho de pólvora e, como sempre ocorria em Cabul, foram passados adiante por famílias, vizinhos e comerciantes. Os observadores mais experientes da cidade acreditavam na iminência – e inevitabilidade – de um ataque militar dos Estados Unidos contra o governo do Talibã. As meninas ouviram a notícia de que a ONU estava evacuando seus funcionários como medida preventiva de antecipação a guerra; elas ficaram se perguntando o que os estrangeiros sabiam e eles desconheciam.

Aguentar firme.
Não sair de casa.
E rezar.
Era tudo que restava fazer à maioria dos cidadãos de Cabul.

Aqueles que podiam, no entanto, estavam decididos a ir embora. As poucas famílias que continuavam morando na mesma rua de Kamila estavam encaixotando os poucos pertences que lhes restavam e deixando a cidade. Seu destino era o Paquistão, se conseguissem ir tão longe, ou, se fosse possível, o interior do próprio Afeganistão – e estavam tentando convencer a Sra. Sidiqi a fazer o mesmo. Aquele não era um lugar apropriado para ela e seus filhos; com certeza, as bombas lançadas pelos Estados Unidos logo cairiam sobre todos. É melhor vocês irem embora daqui o mais rápido possível, seus vizinhos aconselhavam. Khair Khana é um lugar repleto de alvos: o aeroporto, o depósito de combustíveis, as unidades de artilharia do Talibã. Todos eles localizados a poucos quilômetros da casa de Kamila. Até mesmo Sara implorou à Sra. Sidiqi e suas filhas para que fossem embora dali; ela própria estava levando seus filhos para outra parte de Khair Khana, a alguns quilômetros de distância do aeroporto. O risco de não arredar pé era demasiadamente alto, ela argumentou. O que poderá acontecer se os americanos errarem o alvo?

Com o definhamento da economia nas semanas que se seguiram aos ataques de 11 de setembro, os preços das passagens para fora da capital subiram muito e rapidamente. Caminhões, ônibus e táxis andavam abarrotados de famílias em busca de lugares mais seguros e as passagens chegavam a custar até quinhentos dólares. As pessoas corriam às casas de câmbio, às margens do Rio Cabul, para trocar suas economias em moedas do Paquistão e do Irã por afeganes para comprar comida e outros meios de subsistência. Mas a velocidade dos preços agia contra elas, dia após dia. Os cambistas espertalhões apostavam na entrada de dólares americanos no país, logo após a queda do regime Talibã, depois da guerra.

A Sra. Sidiqi ouvia as histórias e assistia aos preparativos de seus vizinhos. Mas continuava convencida de que o melhor para sua família era permanecer exatamente onde estava. Eles não empreenderiam nenhuma fuga. Uma coisa seria se acontecesse algo com ela ou suas filhas em seu próprio país, e ela entregaria tudo à vontade de Deus. Mas ela não permitiria que suas preciosas filhas se tornassem alvos vulneráveis de sequestradores, assassinos e bandidos que as aguardavam, uma vez que tivessem abandonado a segurança de seu próprio quintal. Sua família ficaria melhor ali, unida, longe das ruas e de seus tumultos.

❖

Quatro semanas após a morte de Massoud e os ataques de 11 de setembro, teve início o bombardeio. As garotas haviam acabado de jantar quando ouviram os zunidos dos mísseis atravessando a escuridão da noite e, em seguida, o estrondo das explosões foi ouvido por toda Cabul. Sentada em seu quarto, Kamila sentiu as janelas tilintarem e os assoalhos tremerem enquanto Nasrin e Laila corriam à procura de sua mãe e suas irmãs mais velhas, gritando apavoradas através do longo corredor que ia da sala de estar para os quartos de dormir da família. As casas ficaram imediatamente às escuras, porque o Talibã cortou o fornecimento de energia com a esperança de frustrar os planos do inimigo que rugia sobre suas cabeças. Elas ouviram a intensa fuzilaria dos pesados fuzis antiaéreos do Talibã à caça dos jatos estrangeiros, disparando de seus caminhões pretos que percorriam a cidade, tentando em vão atingir a evasiva aeronave americana que continuava intrépida sobrevoando a cidade.

E, finalmente, o silêncio.

Kamila continuou sentada com Nasrin, sua irmã de quatorze anos, aninhada em seu colo, por mais uma hora. "Acabou", ela sussurrou em seu ouvido. "Todos estão bem. Está vendo? Estamos todos aqui, sãos e salvos". Ela deu palmadinhas nas costas de sua irmãzinha e esperou que a menina não notasse o quanto suas próprias mãos estavam tremendo.

Com o alvorecer, um novo dia começou como se fosse qualquer outro. As lojas e os escritórios abriram e o sol claro de outono brilhou intensamente. Mas o terror e a incerteza haviam se instalado na capital. Famílias em pânico clamavam por deixar a capital, buscando encontrar um meio de ir embora antes de voltar a anoitecer, quando provavelmente recomeçariam a lançar bombas sobre a cidade. Rahim, de volta do mercado, contou que as ruas de Khair Khana pareciam um cemitério. Encontrar comida não fora problema, ele disse; ele tivera as lojas só para si, uma vez que todo mundo estava ocupado em planejar sua fuga.

Os bombardeios prosseguiram por uma semana, depois mais outra e mais outra, com uma pausa ocasional na sexta-feira, o dia santo dos muçulmanos. A família se acostumou a jantar cedo e passar as próximas horas tensas, iluminadas à luz de velas no quarto sem janela, à espera que o ar da noite se enchesse com o zunido dos aviões e o estrondo das explosões. Como a maioria dos habitantes de Cabul, Rahim e suas irmãs aprenderam a distinguir os ruídos produzidos por cada tipo de avião de guerra. Eles ficaram peritos em distinguir as diferenças entre os B-52, B-2, F-14 e AC-130. E também entre as bombas de fragmentação e as bombas inteligentes. E já estavam pesarosamente acostumados com o mau cheiro das nuvens de fumaça ácida que subiam da terra depois dos ataques aéreos de cada noite.

Khair Khana tremia sob a ação implacável dos ataques aéreos americanos que, às vezes, começavam bem ante do cair da noite. Sara Jan estava certa, Kamila pensou. Ninguém está seguro aqui. As bombas lançadas de cima caiam tão perto que Kamila ficava perplexa ao abrir os olhos e constatar que sua casa continuava em pé. Agora ela tinha certeza de que não sobreviveria. Os alvos dos aviões americanos tinham como objetivo as fortalezas do Talibã nos arredores, deixando atrás de si, noite após noite, explosões ensurdecedoras e crateras nas ruas. Numa tarde, depois de uma semana do início dos ataques aéreos, uma bomba demoliu duas casas em outra parte de Khair Khana e matou sete pessoas que estavam dentro delas. Parecia que o alvo pretendido era uma guarnição militar a alguns quilômetros de distância. A notícia sobre as mortes se espalhou rapidamente entre as famílias que continuavam vivendo em Khair Khana e com ela ainda mais medo.

"Fiquem em suas casas!" Eram as ordens dos soldados do Talibã, ouvidas à noite, enquanto eles percorriam as ruas de Khair Khana. O governo havia bloqueado todas as ruas principais de Cabul e determinado que o toque de recolher começasse ainda mais cedo, depois do início dos ataques americanos. Eles não precisavam se preocupar, Kamila pensou, ao ouvir as ordens dos soldados quebrando o silêncio que reinava na rua do lado de fora do portão de sua casa. A cidade inteira estava debaixo de fogo. Para onde poderíamos ir?

Todas as noites, Kamila e Saaman sintonizavam na BBC o rádio movido à pilha para saber as últimas notícias daquela guerra. Os apresentadores do noticiário em Londres aventavam constantemente a possibilidade de o regime do Talibã ser deposto; os homens de Kandahar, eles diziam, seriam finalmente obrigados a recuar antes dos ataques esmagadores das forças americanas que estavam usando a tecnologia mais poderosa do século vinte e um contra seus carros, caminhões, casamatas, casernas, estações de rádio, aeroportos, depósitos de armas e trincheiras. Nenhuma das irmãs ousava dizer em voz alta o que aconteceria se, ou quando, o governo do Talibã fosse deposto, embora as vozes transmitidas em ondas médias sugerissem que Zahir Shah, o antigo rei, possivelmente voltaria a governar o país. Kamila e suas irmãs não tinham como saber por quanto tempo a guerra ainda continuaria. Nem se sobreviveriam a ela.

Kamila se agarrava a sua fé para suportar a ofensiva aterrorizante e continuar sendo um esteio para suas irmãs menores. Ela rezava por seu país que, por toda a sua vida, não conhecera outra coisa senão guerra e banhos de sangue. Apesar da guerra, que agora já engolfava sua casa e sua cidade, ela queria acreditar que, independente do que viesse acontecer, o futuro seria mais promissor.

Paz e uma chance de perseguir nossos sonhos, Kamila pensou consigo mesma, uma noite em que as explosões que faziam tremer o chão em que pisava, pareciam não ter fim. Isso é tudo que podemos ousar esperar.

Por enquanto, ela pensou, isso teria de ser o bastante.

EPÍLOGO

Kabul Jan, Kaweyan e a fé de Kamila na boa sorte

No dia 13 de novembro de 2001, o Talibã abandonou Cabul.

A Rádio Sharia voltou a ser a Rádio Afeganistão. E a voz de Farhad Darya voltou ao ar cantando sua canção "Kabul Jan" ("Querida Cabul"), dessa vez livremente, para todos ouvirem, sem nenhuma patrulha do Amr bil-Maroof a ser temida:

Quero poder cantar o hino da nação afegã
Quero poder subir a [montanha] Hindukush e recitar o Sagrado Alcorão
Quero poder cantar meu povo errante sem lar
Por todo o caminho do Irã até o Paquistão

Os soldados da Aliança do Norte em seus enrugados uniformes de camuflagem se espalharam por toda a capital, percorrendo as ruas, gritando que o Talibã havia ido embora. Na rua principal de Khair Khana, canções indianas tocadas em lojas e tendas ressoavam em alto volume pelas ruas. Carros andavam com suas buzinas disparadas. Homens se barbeavam em plena rua. Crianças brincavam com suas bolas de futebol. A cidade relaxava e saía às ruas para comemorar em público, pela primeira vez depois de cinco anos.

Para a maioria das mulheres de Cabul, no entanto, a comemoração nas ruas era definitivamente prematura. A Sra. Sidiqi estava tão preocupada com o caos que reinava nas ruas e a mudança súbita de governo que empurrou todas as suas cinco filhas para dentro de um cubículo espremido, debaixo das escadas que iam dar no consultório da Dra. Maryam, e mandou que ficassem ali até quando ela julgasse necessário. "Quem sabe o que vai acontecer?" ela disse, empurrando as meninas para dentro daquela pequena despensa desprovida de janela. "Quem sabe se saqueadores não queiram invadir a nossa casa agora que o Talibã foi embora? Esperem aqui até amanhã; até lá, eu vou saber melhor o que fazer". As meninas passaram a noite em seu esconderijo ouvindo o ruído abafado das comemorações na rua.

Dias depois, as mulheres continuavam chegando ao portão verde usando chadri. Kamila concordou com suas amigas que era mais sensato esperar um pouco para tirar o véu com o qual elas haviam se acostumado nos últimos cinco anos. Não havia por que se apressar. Se as coisas tivessem realmente mudado, haveria tempo de sobra para se adaptar à nova ordem e viver as liberdades tão arduamente conquistadas.

❋

Quando eu conheci Kamila, em dezembro de 2005, o primeiro estágio da guerra havia há muito terminado, como também a euforia que havia saudado a invasão americana e a retirada do Talibã. Muitos afegãos que eu entrevistei se perguntavam por que as coisas não estavam melhorando. Eles ridicularizavam os hábitos de gastança dos estrangeiros esbanjadores: os carros enormes que congestionavam as ruas esburacadas; os prédios de luxo fortificados, os bem-intencionados projetos imobiliários – e seus empregados bem pagos – que eram abandonados assim que concluídos. Quanto mais tempo eu passava em Cabul, mais via o que eles viam e entendia melhor suas frustrações. Eu também me perguntava se essa última investida internacional na construção da nação afegã acabaria bem para todos.

Talvez tenha sido por isso que a primeira coisa que observei em Kamila – além de seu entusiasmo juvenil – foi seu otimismo. Sua fé foi capaz de derrubar a ascensão de minha própria desesperança. Ela falava sobre o futuro promissor de seu país com total convicção e esperança. Sem nenhum sinal de ceticismo ou cinismo. "Quando a comunidade internacional retornou ao Afeganistão em 2001", ela me disse, "foi como se eles de repente tivessem se lembrado que o nosso país existia, tão rapidamente quanto o haviam esquecido, depois de ter nos abandonado assim que os soviéticos foram embora". E Kamila saudou a volta do mundo de braços abertos. "Essa é uma oportunidade de ouro para o Afeganistão", ela disse. Uma oportunidade para ajudar os cidadãos afegãos a reconstruir o que a guerra destruiu: as estradas, a economia, o sistema educacional do país – toda a infraestrutura vital que foi destruída – e dar à sua geração e à próxima a chance de, pela primeira vez, viver em paz. Nos últimos quatro anos, Kamila vinha fazendo a sua parte, trabalhando com os estrangeiros pelo bem de seus conterrâneos, primeiro com as Nações Unidas e depois com a agência internacional de ajuda humanitária *Mercy Corps*. Mulheres como ela, que tinham experiência em trabalhar com a comunidade internacional, eram muito raras e, portanto, muito requeridas.

O trabalho de Kamila depois da invasão americana e da queda do Talibã passou a centrar-se nas mulheres e em seu empreendimento. Logo depois que as tropas do Talibã se retiraram de Cabul, ela deixou a Organização Internacional de Migração para fundar e aparelhar o centro de mulheres do *Mercy Corps* em Cabul, que passou a oferecer cursos de alfabetização e profissionalização. Ela deu cursos de microfinanças às mulheres, ensinando como usar pequenos empréstimos para cultivar hortaliças ou fazer sabão e velas e como vender seus produtos quando eles estivessem prontos para entrar no mercado. A chave era ajudar as mulheres a se ajudarem para que pudessem continuar sustentando suas famílias depois de cessada a ajuda internacional.

À medida que ela foi ganhando mais experiência, Kamila começou a treinar outras professoras de negócios e ela própria passou a viajar por todo o país dando cursos de empreendedorismo. Ela sabia como estabelecer contato com afegãs incultas e analfabetas muito melhor do que as consultoras estrangeiras que recebiam altos salários, e também tinha muita facilidade para estabelecer uma ponte entre suas superiores internacionais e as pessoas, que constituíam o motivo principal para elas estarem no Afeganistão. Suas colegas do *Mercy Corps*, inclusive Anita, que a havia recrutado para a organização, e Shireen, uma ex-jornalista que havia trabalhado para a AT&T, ajudaram Kamila a cobrir suas possíveis carências de conhecimentos.

Mas por mais que gostasse de trabalhar para grandes organizações internacionais, o bicho-carpinteiro do empreendedorismo nunca deixou

Kamila sossegar. Enquanto ainda trabalhava no *Mercy Corps*, ela iniciou uma empresa de construção civil. A empresa progrediu por um tempo, mas estava difícil encontrar o capital necessário para mantê-la funcionando e a competição era ferrenha. De maneira que ela fechou-a e começou a procurar outras oportunidades.

As colegas de Kamila passaram a fazer tanto parte de sua família como as pessoas que trabalharam com ela em seu negócio de costura. Com a diferença de que agora eram membros da comunidade internacional que atravessavam o portão verde – não jovens determinadas em busca de trabalho. Era comum a presença de colegas da França ou do Canadá no jantar da família Sidiqi, e uma amiga estrangeira chegou mesmo a morar com ela para desenvolver seus conhecimentos da língua dari. Ruxandra, uma consultora da Organização Internacional do Trabalho, que fazia pesquisas focadas em mulheres e negócios, era uma visitante assídua. Os pais de Kamila ficaram impressionados com os salários pagos pelos estrangeiros. Jovens como Kamila, que haviam trabalhado para a ONU e ONGs nos tempos do Talibã, ganhavam agora quase tanto em uma semana do que antes ganhavam em um ano. O dinheiro que Kamila levava para casa financiava os estudos universitários de seus irmãos e irmãs, assim como a manutenção da casa de Khair Khana, onde a maioria de seus irmãos voltou a morar.

Como sempre, Malika procurava ajudar sua irmã mais jovem, dando-lhe conselhos quando solicitada, mas, do contrário, deixando seu caminho livre. Ela ficou impressionada com a rapidez com que sua irmã se adaptou ao fim do regime Talibã e à chegada dos estrangeiros e observava com orgulho Kamila expandir as ambições e talentos que havia desenvolvido naquela época, agora que o Afeganistão havia voltado a se unir ao resto do mundo.

Em janeiro de 2005, a *Thunderbird School of Global Management*, sediada no Arizona nos Estados Unidos, admitiu Kamila para um curso de duas semanas em MBA para empresárias afegãs; ela já havia sido convidada para participar da *Bpeace*, uma organização sem fins lucrativos de Nova York, que oferecia um programa de assistência a empreendedoras de alto potencial. E então, em certo dia de outubro, o telefone tocou e Kamila foi informada que Condoleezza Rice, a secretária de estado do governo dos Estados Unidos, havia convidado a ela – a costureira de Cabul que havia iniciado uma empresa de construção civil – para ir a Washington, D.C.

Apenas alguns dias depois, ela se viu falando por meio de um microfone reluzente a uma imensidão de mesas cobertas com toalhas de linho e cristais reluzentes ocupadas por *Very Important People* – ou seja, por membros do Congresso, empresários, diplomatas e a própria secretária de estado – que estavam ali para ouvir sua história:

"Eu sou Kamila Sidiqi", ela começou. "Sou dona de um negócio no Afeganistão..." Ela prosseguiu contando como havia começado seu primeiro empreendimento a partir da sala de estar de sua casa em Khair Khana e como agora – com a ajuda da *Thunderbird*, do *Mercy Corps* e com o financiamento do governo dos Estados Unidos – ela havia treinado mais de novecentas pessoas, homens e mulheres de seu país, para que elas também tivessem preparo para iniciar e desenvolver seus próprios negócios. Ela falou sobre como o empreendedorismo e a educação haviam transformado as vidas das mulheres e que essa transformação havia levado a outro desenvolvimento extraordinário: as mulheres do Afeganistão passaram a participar do processo político. "Essa parceria entre os Estados Unidos e o meu país constitui um bom e proveitoso começo. Juntos, eu acredito que podemos e vamos avançar ainda mais na construção de um Afeganistão mais estável e próspero."

❈

Eu marquei um encontro com Kamila para tomarmos um chá, um mês depois de seu discurso em Washington, no escritório do *Mercy Corps* em Cabul. Era uma tarde bastante melancólica de inverno e ela se encontrava numa encruzilhada. Depois de frequentar um curso de desenvolvimento empresarial na Itália, promovido pelo *Mercy Corps*, ela decidiu abandonar seu trabalho para as agências internacionais e – outra vez – iniciar seu próprio negócio. Ela estava decidida a abandonar um bom emprego que lhe proporcionava estabilidade e certo nível de segurança e não tinha nenhuma dúvida sobre sua decisão.

"Trabalhando para uma agência internacional, eu recebo um salário extremamente alto, mas isso traz benefícios apenas para mim e minha família", ela me disse. "Não gera empregos para outras pessoas, como conseguimos fazer durante o regime Talibã. Por outro lado, se eu criar minha própria empresa, poderei treinar muitas pessoas e elas irão iniciar seus próprios negócios. E então, talvez elas inspirem um número ainda maior de pessoas a fazer a mesma coisa, e assim, sucessivamente. Eu sei que este negócio pode fazer uma grande diferença para este país."

Foi seu querido irmão Najeeb quem teve a ideia do nome a ser dado à nova empresa de Kamila. A oficina de costura o havia sustentado durante os anos de domínio Talibã e a palavra que ele encontrou capaz de demonstrar a energia e a aspiração de sua irmã foi Kaweyan, que era o nome de uma dinastia do leste do Irã conhecida por sua glória e boa sorte. Najeeb previa, com muita confiança, que sua irmã teria o mesmo sucesso duradouro.

Naquele momento, Kamila era, no entanto, a única empregada da Kaweyan, e os únicos bens que formavam seu capital eram um *laptop* Dell — cortesia do *Mercy Corps* — e a visão clara e apaixonada de sua jovem fundadora.

"Uma vez iniciado esse negócio", ela disse, "eu vou começar a treinar pessoas — tanto homens como mulheres — e criar equipes móveis que possam viajar para as diferentes províncias de todo o Afeganistão e talvez até mesmo para o Paquistão e a Índia. A Kaweyan vai ensinar as pessoas a desenvolver suas ideias e a formular planos empresariais, a fazer orçamentos e análises de lucros e perdas. Posteriormente, poderemos trabalhar com empresas privadas no desenvolvimento de marketing e ideias para negócios, porque o Afeganistão vai precisar de empresas para continuar crescendo quando os estrangeiros forem embora. E eu quero trabalhar com estudantes também, exatamente como fizemos com o negócio de costura: a Kaweyan poderia oferecer jornadas de meio período a estudantes universitários, que poderiam formular planos empresariais a diferentes tipos de empresas por todo o país. Nós não temos empregos suficientes para todos os desempregados do Afeganistão, mas dessa maneira, poderíamos criar oportunidades tanto para os jovens como para os empreendedores."

As mulheres, é claro, constituirão um alvo especial de interesse da Kaweyan. Depois de tantos anos de guerra, o empreendedorismo das mulheres abrange muito mais do que meros negócios.

"Dinheiro é poder para as mulheres", Kamila disse. "Se as mulheres tiverem seu próprio salário para contribuir com o sustento da família, elas passarão a participar das tomadas de decisões. Seus irmãos, maridos e todos de suas famílias terão respeito por elas. Eu já vi isso se repetir por muitas e muitas vezes. Isso é tão importante no Afeganistão porque as mulheres sempre tiveram de pedir dinheiro aos homens. Se conseguirmos treiná-las, e com isso torná-las capazes de ganhar um bom salário, poderemos então transformar suas vidas e ajudar suas famílias."

Ela parou de falar por um momento, para ter certeza de que eu estava entendendo e, em seguida, prosseguiu: "Eu tive sorte. Meu pai era um homem muito evoluído e fez tudo que pôde para que todas as suas nove filhas estudassem. Mas existem famílias em todas as partes que têm seis ou sete filhos e podem pagar apenas para que os meninos frequentem a escola; elas não têm condições de pagar para que as meninas também estudem. De maneira que, se pudermos preparar uma mulher que nunca teve a chance de estudar e, com isso, ela puder iniciar seu próprio negócio, será bom para toda a família, como também para a comunidade. Sua atividade gerará empregos para outras pessoas e dará condições para que seus filhos, tanto meninos quanto meninas, frequentem a escola. Pelo futuro do Afeganistão, nós temos de prover uma boa educação a nossos filhos – a próxima geração. É essa a importância que uma empresa tem. E foi para isso que eu fundei a Kaweyan."

Em todos os anos que passei fazendo visitas a Kamila, nós duas mantivemos o hábito de brincar dizendo que ambas precisávamos casar logo, se não por outro motivo, pelo menos para fazer com que nossas famílias parassem de nos perguntar quando é que íamos casar. Eu achava engraçado que, apesar de sermos de mundos totalmente diferentes, as pressões que sofríamos por parte de nossos familiares eram muito parecidas; embora sentissem orgulho de nós pelo que fazíamos, eles não paravam de querer nos ver casadas com bons maridos e "finalmente sossegadas".

E no final do ano de 2008, nós duas havíamos conseguido – felizmente! O noivo de Kamila era um primo que havia estudado engenharia em Moscou e estava morando em Londres. Apesar de estar certa de que queria casar com ele, ela fez questão de insistir durante todos os meses de namoro, por telefone e e-mail, que ele entendesse e aceitasse o compromisso que ela tinha com sua empresa e com o Afeganistão. Com a alegria de noiva recente, ela me mostrou uma fotografia 3 x 4 dele que carregava com ela em sua carteira. Ele tem um sorriso de estrela do cinema, ela disse, e um coração generoso acompanhado de um vigoroso intelecto.

O casamento deles, em 2007, foi uma gloriosa celebração tipicamente afegã com dois dias de duração, 650 convidados, ao som de muita música e muita comilança. Kamila brilhou em seu vestido branco de mangas longas e sofisticados bordados de contas. (A antiga profecia de Saaman revelou-se verdadeira: Kamila agora não tinha mais tempo para costurar o que quer que fosse e acabou comprando seus dois vestidos de casamento numa loja de roupas no centro da cidade.) Tão deslumbrante quanto uma estrela de cinema, ela posou para uma grande sucessão de fotos ao lado de seu esplendoroso marido. O Sr. Sidiqi, sempre notável por sua postura militar impecável, sorri radiante nas fotos, orgulhoso de seu papel de patriarca.

Um ano depois, Kamila deu à luz um menino, Naweyan. Ela o leva consigo para o escritório, no segundo andar, quase todas as manhãs — às vezes também para os cursos que ministra fora da cidade — e costuma dizer, brincando, que ele é o mais jovem empregado da firma. Ele dorme pela maior parte do tempo em que ela trabalha, despertando apenas ocasionalmente para interromper as falas de sua mãe com um berreiro de fome. Quando ele se torna muito irritável, uma das irmãs de Kamila o leva para passar a tarde em sua casa. Eu confesso que, vendo o bebê de Kamila passar de mão em mão entre suas irmãs, muitas vezes me pareceu mais fácil ser mãe trabalhadora em Cabul do que em Washington.

Em minha última viagem a trabalho para Cabul, em outubro de 2009, conheci o irmão mais velho de Kamila, Najeeb. Ele havia passado a maioria dos anos de domínio Talibã no Irã, vivendo de biscates, antes de retomar seus estudos universitários e assumir um importante cargo público em Cabul. Havíamos combinado de nos encontrar no Kabul Inn, um hotel tranquilo com um modesto salão para refeições com vista para um jardim repleto de arbustos floridos, que balançavam ao vento de inverno. Do aparelho de televisão, num canto próximo de um balcão de comida, vinha uma música indiana tocada em alto volume. Ele já estava com uma hora de atraso, de acordo com o horário que havíamos combinado e eu comecei a ficar preocupada. Talvez ele tivesse decidido não vir; talvez ele tivesse concluído que contar a história de sua irmã — e de sua família — não fosse sensato na atual conjuntura política. Mas, finalmente, ele entrou correndo pela porta e pediu desculpas por seu atraso. Todas as ruas do centro de Cabul haviam sido bloqueadas com o propósito de impedir ataques suicidas contra a iminente realização de eleições para presidente; havia demorado noventa minutos para ele percorrer apenas alguns quilômetros.

Eu aguardei ansiosamente que ele começasse a falar.

"Gayle Jan", ele finalmente começou, "eu quis vir a esse encontro com você para lhe agradecer. Eu sempre desejei que alguém viesse de um país estrangeiro para contar a história de minha irmã. Ela foi muito corajosa em tempos tão difíceis e fez tanto por todos nós – não apenas por nossa própria família, mas também por tantas outras pessoas de Khair Khana e de toda Cabul. E foi graças a ela que todos nós pudemos estudar. Quero que você saiba o quanto estou feliz por sua história ser finalmente contada. E agradecer a você por ter vindo aqui."

Pela primeira vez, desde que havia chegado ao Afeganistão com os olhos lacrimejantes naquela manhã ensolarada de dezembro – minha primeira viagem a trabalho, devo admitir – brotaram lágrimas de meus olhos. E percebi que o irmão de Kamila sabia melhor do que eu naquele momento porque era tão importante contar a história de sua irmã. Mulheres jovens e corajosas realizam todos os dias atos heroicos sem ninguém para testemunhá-los. Aquela era a oportunidade de fazer justiça, contando uma pequena história que fez a diferença entre passar fome e sobreviver para as famílias cuja sorte ela mudou. Eu queria mostrar aos leitores o que há por trás de um lugar que os estrangeiros conhecem mais por seus ataques aéreos e bombas que explodem à beira de suas estradas do que por seus silenciosos atos de coragem. E apresentar-lhes mulheres jovens como Kamila Sidiqi que seguirão em frente, não importa o que aconteça.

Situação atual das personagens deste livro

Sara continua trabalhando para melhorar as condições de sua família. Seus dois filhos estão matriculados na universidade, o que é motivo de muito orgulho para ela; com seu trabalho, ela teve condições de dar um lar para sua família e não ser mais um fardo para a família de seu falecido marido. Hoje, ela e seus filhos moram em sua casa própria na capital. Sara continua a trabalhar como costureira, ao mesmo tempo em que cozinha e administra a casa de sua família.

Mahnaz continuou lutando para realizar seu sonho de se tornar professora. Apesar das dificuldades para retomar seus estudos depois de cinco anos e meio de afastamento obrigatório, ela perseverou, fazendo o vestibular e acabando por obter um cargo de professora numa das principais instituições de ensino superior de Cabul. Durante dois anos, após o fim do domínio Talibã, ela continuou a usar o chadri, por dificuldade de se adaptar à mudança de poder andar nas ruas com a cabeça encoberta apenas por um lenço. Sua irmã, que também havia trabalhado com as irmãs Sidiqi, retomou seus estudos juntamente com Mahnaz e seguiu estudando para se formar médica, como sempre havia sonhado.

Em 1998, depois de quase dois anos de domínio Talibã, a **Dra. Maryam** decidiu se mudar com sua família para a província de Helmand, ao sul do Afeganistão, bem ao lado da sede do Talibã. Poucas médicas se dispunham a trabalhar naquela região, naqueles tempos, e ela passou a ser tanto adorada como respeitada pela comunidade pelos serviços que prestava. Os oficiais do Talibã também lhe eram gratos por seu trabalho e por sua disposição de deixar Cabul e não interferiam, de forma alguma, no tratamento que ela dispensava a seus pacientes. Na verdade, muitos desses talibãs chegavam a levar suas mulheres e filhas para serem tratadas por ela. Muitas mulheres de Helmand que a Dra. Maryam contratou e treinou durante os anos de domínio Talibã se tornaram enfermeiras e parteiras, passando para outras de suas comunidades a importância de proteger a saúde das mulheres. A Dra. Maryam continua trabalhando como pediatra e estimula suas jovens filhas talentosas, que são as melhores alunas de suas classes, para que considerem a possibilidade de fazerem carreira em medicina.

Rahela, a prima admirável de Kamila que contribuiu com as iniciativas do programa *Habitat* das Nações Unidas durante os anos de domínio Talibã, é hoje uma alta funcionária do governo. Atualmente, ela lidera a iniciativa de melhorar os serviços públicos do país, ao mesmo tempo em que se esforça para administrar uma carreira que exige muito dela e uma família de filhos pequenos; ela também ajuda a organizar o programa de concessão de microcrédito às mulheres necessitadas em duas províncias do Afeganistão. Ela espera, nos próximos anos, expandir o programa, que é financiado por doações de líderes comunitárias locais.

Muitas das mulheres envolvidas nos programas de Fóruns Comunitários Femininos passaram a assumir funções de liderança em suas respectivas áreas. Muitas delas trabalham para o governo, muitas são professoras e algumas dirigem suas próprias organizações comunitárias e outras se tornaram empresárias de sucesso. O programa do Fórum Comunitário lhes oferece crédito para ajudá-las a descobrir seus próprios potenciais de liderança e provar a si mesmas que têm realmente capacidade para fazer a diferença.

Quanto ao programa *Habitat* do Fórum Comunitário das Nações Unidas, ele acabou se tornando um modelo para o plano de desenvolvimento rural do novo governo do Afeganistão. O Programa Nacional de Solidariedade foi criado a partir do modelo de desenvolvimento democrático do Fórum Comunitário, usando os novos Conselhos Comunitários de Desenvolvimento para dar aos cidadãos o poder de decidir, por eles mesmos, quais prioridades devem ser desenvolvidas em cada local.

Ali e seus irmãos continuam em Cabul. Embora não tenham mais suas próprias lojas, eles continuam a sustentar suas famílias, se apoiando mutuamente. E eles se recusam a aceitar o crédito pelos bons serviços que prestaram durante os anos difíceis de colapso da economia de Cabul. Apenas um de seus irmãos viu "Roya", sua ex-costureira, depois do fim do regime do Talibã e da mudança de governo. Foi um encontro acidental que ocorreu em 2004, quando Kamila reconheceu o motorista do táxi em que estava. Como ele, no entanto, não a reconheceu, porque nunca havia visto seu rosto descoberto, Kamila/Roya se apresentou a Hamid. Ele se mostrou muito feliz por encontrar sua antiga fornecedora de roupas e enviou saudações a todos de sua família. Kamila retribuiu as gentilezas dele e acrescentou que ela e sua família haviam ficado extremamente gratas por todo o apoio que ele e seus irmãos haviam lhes dado durante os anos difíceis do governo Talibã.

Quanto às irmãs de Kamila, elas também abriram, cada uma, seu próprio caminho, se apoiando mutuamente. **Saaman**, que jamais esqueceu o prazer e a beleza que os romances e poesias lhe haviam proporcionado, elevando seu astral naqueles tempos difíceis, retomou seus estudos universitários e formou-se em literatura, deixando sua família muito orgulhosa. **Laila** também concluiu com sucesso seus estudos universitários. **Malika** é hoje uma das mulheres mais atarefadas de Cabul, conseguindo, ao mesmo tempo, ajudar seu marido, criar quatro filhos saudáveis, trabalhar com Kamila na Kaweyan e, finalmente, fazer o curso universitário que vinha adiando há muito tempo. Depois de selecionar minuciosamente entre as lembranças que guardava daqueles anos, ela escolheu me falar sobre as mulheres com quem havia trabalhado e para as quais havia costurado durante os anos de regime Talibã, e da satisfação que o trabalho de costura lhe proporcionava ao ponto de inspirá-la a retomá-lo. Atualmente, ela voltou a fazer ternos, vestidos e casacos para clientes particulares, com a ajuda e o apoio de Saaman.

Quanto ao **Sr. e à Sra. Sidiqi**, eles continuam vivendo no norte, desfrutando a beleza de Parwan e curtindo as visitas de seus onze filhos e dúzias de netos. O Sr. Sidiqi continua sendo um dos mais ardorosos defensores do direito a estudar das mulheres que já conheci. Como ele costuma dizer "É muito melhor ganhar a vida com uma caneta do que com o uso da força". O fato de suas nove filhas terem estudado constitui para ele uma fonte inesgotável de orgulho. A caçula das nove filhas está atualmente terminando seus estudos em ciência da computação.

Os irmãos de Kamila também tiveram sucesso em seus estudos. Ambos concluíram seus cursos universitários financiados pelo trabalho de sua irmã e são extremamente agradecidos pelo incentivo e apoio que ela lhes deu – tanto emocional como financeiro – pelos últimos quinze anos. Como Najeeb me disse: "Além de ser minha irmã, Kamila é minha amiga e líder em nossa família".

O futuro do Afeganistão estava, em grande parte, na dependência de mentes como a de Kamila e de sua família, quando seus membros começaram em nossas conversas a olhar para o futuro depois de ter passado muitos meses olhando para o passado. A crença deles no potencial de seu país é extremamente forte, inabalável e, muitas vezes, em minha opinião, positivamente contagiante. Kamila continua a sonhar alto, trabalhando para fazer da Kaweyan uma das empresas mais importantes de seu país. A cada dia, ela desafia os inúmeros obstáculos que se apresentam a ela e a todos os outros que estão tentando fazer a diferença no Afeganistão: escalada de violência, crescente corrupção e uma comunidade internacional cada vez mais ansiosa cujo trabalho é hoje frequentemente abortado por medidas de segurança e intensificação das ameaças à sua própria continuidade.

As mulheres que eu conheci não querem nada além de paz. Mas elas têm receio de que o mundo esteja ficando impaciente por alcançar uma negociação que inclua seus direitos como parte do preço da segurança. E elas temem que os problemas de seu país venham a ser colocados outra vez sobre suas costas. Nem elas e nem os homens que eu entrevistei, nos dois últimos anos, acreditam que um Afeganistão abandonado continue por muito tempo a ser um problema isolado.

Com graça e dignidade as pessoas que fazem parte deste livro seguem em frente, dia após dia. Elas acreditam, como sempre acreditaram, que algo melhor é possível.

Eu, de minha parte, espero que elas estejam certas.

Depois de anos trabalhando com mulheres afegãs, como empresária e líder comunitária, Kamila foi convidada a ir a Washington, D. C., para discursar na festa de comemoração do 10º aniversário da *U.S. Global Leadership Campaign*.

Agradecimentos

Este livro surgiu de uma reportagem que eu comecei a fazer em 2005 durante meu primeiro e segundo anos do curso de MBA, o qual envolveu quase dez anos de acompanhamento das notícias diárias. Eu já acreditava, e acredito ainda mais hoje, que as histórias de mulheres empreendedoras, particularmente em países lutando para se reerguer dos destroços da guerra, merecem ser contadas. Essas mulheres corajosas trabalham diariamente não apenas para sustentar suas famílias e melhorar suas economias, mas elas estão também servindo de novos modelos para a próxima geração de jovens, homens e mulheres, que podem ver com os próprios olhos o poder das mulheres empreendedoras que fazem a diferença.

Eu quero agradecer a todas as pessoas que entrevistei e que tornaram este livro possível. A começar por Kamila e sua grande e acolhedora família, cujos membros arranjaram tempo entre uma tarefa e outra de seus dias totalmente ocupados com trabalho e filhos para se deixarem entrevistar. Elas abriram as portas de suas casas e contaram suas histórias, e sou profundamente grata por sua imensa generosidade e sua inquestionável hospitalidade, mesmo nas circunstâncias mais desafiadoras. Durante os anos de pesquisa e escrita sobre a história de Kamila e suas irmãs, eu descobri exatamente como muitas jovens mulheres saíam para trabalhar diariamente pelo bem de suas famílias durante os anos do regime Talibã, apesar de terem sido banidas das salas de aulas e escritórios. Os esforços dessas heroínas inesperadas, participando de ONGs, criando empresas em casa e dando aulas em hospitais e lares de toda a cidade, fizeram toda a diferença entre sobreviver e morrer de fome para inúmeras famílias. Poder contar suas histórias de perseverança e persistência frente a obstáculos sempre mais desafiadores é para mim um privilégio.

Quero expressar meus humildes agradecimentos às jovens mulheres que trabalharam com Kamila. Para muitas delas, eu fui a primeira estrangeira que conheceram, e a entrevista que cada uma me deu foi a primeira de sua vida. Apesar de seu nervosismo inicial, elas me contaram suas experiências e me falaram de suas impressões daqueles anos sombrios cujas lembranças as perseguem mais de uma década depois. Para elas, a casa de Kamila era tanto um refúgio e um porto seguro onde podiam escapar de seus problemas, quanto seu local de trabalho. Eu me esforcei para me manter fiel aos fatos, como ao espírito dos relatos dessas jovens mulheres: elas foram trabalhadoras incansáveis que lutaram para ganhar o pão de cada dia num tempo em que as famílias não tinham para onde mais se voltar.

Aos lojistas que trabalharam com Kamila, eu devo minha gratidão não apenas por seus relatos, mas também por sua hospitalidade. Eles concederam, generosamente, horas de entrevistas em seus escritórios, e também nas salas de estar de suas casas, não por acharem suas próprias histórias interessantes ou para chamarem a atenção, mas por terem prazer em ajudar a visitante estrangeira que tinha tantas perguntas a lhes fazer sobre o trabalho que haviam realizado tantos anos atrás. Em suas vidas eles há muito deixaram aquele período para trás, mas sua humildade, caráter e coragem não se perderam com o tempo.

Às mulheres envolvidas nos programas do Fórum Comunitário, eu quero agradecer por terem me contado em tantos detalhes como e por que aqueles programas se revelaram tão eficientes. Ao ouvir um grupo enorme de participantes do fórum discutir seu trabalho, que constituía uma fonte de esperança numa época tão difícil, percebi o quanto esse esforço hercúleo para manter as mulheres trabalhando durante os anos do regime Talibã significou para tantas pessoas. O registro preciso de uma organização de base comunitária, de sua mobilização e liderança, está entre as histórias mais importantes de sucesso que presenciei durante anos de pesquisas sobre o que funciona – e o que não funciona – quando se trata de projetos de desenvolvimento.

Meus sinceros agradecimentos às dezenas de voluntários internacionais que trabalharam no Afeganistão durante os anos de regime Mujahideen e de regime Talibã, e que pacientemente me falaram de suas impressões do período em longas conversas pelo Skype, tarde da noite, com conexões cheias de interrupções provocadas pela distância que nos separava. Entre elas, Samantha Reynolds, líder de visão e convicção, que lutou incansavelmente para dar emprego às mulheres, mesmo quando muitas outras agências internacionais haviam amplamente abandonado essa ideia. As pessoas que trabalharam com ela continuam tendo-a como uma das melhores e mais louváveis líderes que já tiveram. O chefe de Reynolds na época, Jolyon Leslie, também compartilhou comigo uma série considerável de discernimentos perspicazes, e eu sou grata tanto pelo tempo que ele me concedeu quanto por sua perspectiva. Também agradeço de coração a Anne Lancelot e Teresa Poppelwell, colegas de Samantha no programa *Habitat* das Nações Unidas. O livro de Lancelot, *Burqas, foulards et minijupes: Paroles d'Afghanes*, é leitura obrigatória para quem quiser entender melhor a vida das mulheres durante o regime Talibã. Meu muito obrigada também a Anders Fänge, Charles MacFadden, Barbara Rodey, Pippa Bradford, Patricia McPhillips, Henning Scharpff, Norah Niland e Anita Anastacio, por terem dedicado horas de seus dias atarefados para me contarem suas experiências administrando programas de ajuda e socorro sob o governo do Talibã.

Muitos excelentes jornalistas e pesquisadores também compartilharam generosamente comigo suas ideias, vídeos e fotografias: quero expressar aqui minha gratidão a todos, entre eles Daud Qarizadah, Gretchen Peters, Niazai Sangar e Amir Shah.

Nancy Dupree e sua extraordinária equipe do Centro Afeganistão da Universidade de Cabul me concederam quantidades incríveis de ajuda quando eu estava pesquisando documentos fundamentais dos anos de domínio Mujahideen e Talibã. Aquele Centro dispõe de documentos que não são encontrados em qualquer outro lugar e de pessoas capazes e diligentes cuja assistência é inestimável. Os dias que passei revirando os materiais de arquivo no computador situado no segundo andar da biblioteca foram incrivelmente produtivos. O vigor e a dedicação incansáveis de Nancy a dar o melhor de si é um exemplo do que um dia eu espero ser merecedora.

As informações sobre Cabul são resultados de um trabalho de equipe. Eu quero agradecer a meu colega Mohamad por sua dedicação jornalística e seu compromisso com a excelência. Este trabalho teria sido impossível sem sua ajuda com traduções, sua capacidade para enfrentar qualquer desafio logístico e sua pronta disposição para colocar em prática suas habilidades afiadas para a solução de problemas. Agradeço também à sua maravilhosa família por sua hospitalidade e amizade. E a Saibrullah, motorista com muito senso de humor e incrível capacidade de lembrar qualquer endereço, mesmo depois de passados muitos anos.

O editor de Empreendedorismo Internacional do *Financial Times*, James Pickford foi a primeira pessoa a adquirir estas reportagens, primeiramente sobre Ruanda e depois sobre o Afeganistão, e por este começo eu lhe sou extremamente agradecida. Minha gratidão também para com Anne Bagamery do *International Herald Tribune* e Amelia Newcomb do *Christian Science Monitor*. Essas duas excelentes editoras me ajudaram a trazer até seus leitores as histórias do Afeganistão que eram ainda mais fortes e instigantes por seus conteúdos. E a Tina Brown, Jane Spencer e Dana Goldstein do *Daily Beast*, meus sinceros agradecimentos por terem dado voz a histórias vigorosas que, do contrário, poderiam nunca ter sido contadas.

Obrigado também ao professor Geoffrey Jones e Regina Abrami da *Harvard Business School*. Eles, juntamente com Janet Hanson, da rede global *85 Broads*, e Alex Shkolnikov, do CIPE [Center for International Private Enterprise], acreditaram no potencial e na força dessas histórias quando quase ninguém mais acreditava. Pela fé que tiveram eu sou extremamente agradecida.

E a Mohamed El-Erian e meus generosos chefes e colegas da PIMCO [Pacific Investment Management Company], muito obrigada por terem me dado apoio e tempo para concluir este trabalho.

Um grande número de mulheres extraordinárias apoiou esta pesquisa sobre empreendedorismo feminino com seu estímulo constante e seus próprios exemplos de excelência arduamente conquistada. Entre elas, Amanda Ellis do Banco Mundial, com sua colaboração ocasional e sua inspiração constante, e Dina Powell, da iniciativa *10,000 Women*, defensora incansável na promoção do potencial das mulheres e também modelo exemplar a ser seguido por quem deseja ver o quanto é possível quando ideias são transformadas em ações. Agradeço também a Alyse Nelson, da

ONG *Vital Voices*, cuja liderança, compromisso e apoio são sinceramente apreciados. E a Isobel Coleman, do *Council on Foreign Relations*, cujos escritos e pesquisas ajudaram a mostrar o caminho.

Desde que comecei a escrever sobre este assunto, cinco anos atrás, muitos leitores vêm me perguntando como podem ajudar. Para responder a esta pergunta, eu criei uma lista de apenas algumas das muitas organizações que apoiam as mulheres afegãs nas páginas a seguir. Você pode saber mais a respeito delas e conectar-se com suas páginas na internet através de meu site: www.gaylelemmon.com.

Elyse Cheney e Nicole Steen perceberam o potencial desse projeto desde o princípio e ofereceram seu apoio inestimável e orientação por toda a jornada que resultou neste livro. Eu não consigo imaginar que qualquer escritor pudesse sonhar em ter uma melhor promotora para seus projetos do que Elyse, a quem eu sou agradecida por sua energia e ajuda editorial. Lisa Sharkey, da [editora] HarperCollins acreditou na ideia e apresentou-me a minha editora, parceira de reflexões e amiga Julia Cheiffetz, também da Harper. Ela e Katie Salisbury guiaram todo o processo de idas e vindas da finalização de um livro e eu sou extremamente grata por seu empenho e dedicação. Meu muito obrigada também a Jonathan Burnham da Harper por seu envolvimento com o projeto. E a Yuli Masinovsky, o meu muito obrigada por ter ajudado para que tudo isso começasse tanto tempo atrás. Meus sinceros agradecimentos também a Annik LaFarge, a quem eu admiro profundamente por sua capacidade de julgamento crítico, amizade generosa e opinião preciosa.

E, finalmente, agradeço a meu marido. Sem seu apoio firme e confiança inabalável neste projeto, nada teria sido o mesmo e muito menos teria sido possível.

Bibliografia

Adamec, L. W. e F. A. Clements (2003), *Conflict in Afghanistan: An Encyclopedia*. Santa Bárbara, Califórnia: ABC-CLIO.

Ministério para a Prevenção da Virtude e Prevenção de Vícios do Afeganistão (1997). Resposta à carta da ONG TDH [Terre Des Hommes] datada de 27 de julho de 1997.

Conselho de Mulheres do Afeganistão (1999), Relatório de dezembro de 1999. Peshawar: Conselho de Mulheres do Afeganistão.

Agency Coordinating Body for Afghan Relief (1996). Decretos promulgados pelo Governo Talibã do Afeganistão, Cabul: Agency Coordinating Body for Afghan Relief.

_____ (1996). Kabul After the Taliban Takeover. Peshawar: Agency Coordinating Body for Afghan Relief.

_____ (1996). Memo on Shariate (Lei do Islã) Based Regulations for Hospitals and Private Clinics. Cabul: Agency Coordinating Body for Afghan Relief.

_____ (1997). Changing the Name of Government to Emirate: Decreto do Emirado Islâmico do Afeganistão. Kandahar e Cabul: Agency Coordinating Body for Afghan Relief.

_____ (1998). Ministros e Vice-Ministros do Emirado Islâmico do Afeganistão. Cabul: Agency Coordinating Body for Afghan Relief.

_____ (2000). Impact of Edict on Afghan Women Employment on Health Sector. Cabul: Agency Coordinating Body for Afghan Relief.

_____ (2001). Memo on the Islamic Emirate of Afghanistan Decree in Relation to the Stay of Foreign Nationals on the Territory of Islamic Emirate of Afghanistan. Peshawar: Agency Coordinating Body for Afghan Relief.

Anistia Internacional (1999). *Women in Afghanistan: Pawns in Men's Power Struggles*.

Bernard, M., et al. (1996). Socio-economic Household Survey Kabul: dezembro de 1996. Cabul: Action contre la Faim.

Crews, R. D. e A. Tarzi, eds. (2008). *The Taliban and the Crisis of Afghanistan*. Cambridge, Massachusetts: Harvard University Press.

Donini, A., N. Niland e K. Wermester, eds. (2004). *Nation-Building Unraveled? Aid, Peace and Justice in Afghanistan*. Bloomfield, Connecticut: Kumarian.

Dorronsoro, G. (2005). *Revolution Unending: Afghanistan: 1979 to Present*. Nova York: Columbia University Press.

_____ (2007). "Kabul at War (1992-1996): State, Ethnicity and Social Classes". *South Asia Multidisciplinary Academic Journal*.

Dupree, L. (1959). "The Burqa Comes Off". American University's Field Staff Reports Service 3(2).

_____ (1980). *Afghanistan*. Princeton, New Jersey: Princeton University Press.

Dupree, N. H. (1989). "Seclusion or Service: Will Women Have a Role in the Future of Afghanistan?" Occasional Paper # 29. Nova York: Afghanistan Forum.

_____ (2008). *Afghanistan Over a Cup of Tea – 46 Chronicles*. Estocolmo: Comitê Sueco para o Afeganistão.

Dupree, N. H. et al. (1999). *Afghanistan Aid and the Taliban Challenges on the Eve of the 21st Century*. Estocolmo: Comitê Sueco para o Afeganistão.

Everson, R. (1997). Memo Regarding Mukrat Letter Reference Number 69 Dated July 16, 1997. Cabul: Agency Coordinating Body for Afghan Relief.

Fielden, M. (2001). Inter-agency Task Force Study on Taliban Decree and Its Implications. Paquistão: Inter-Agency Task Force.

Gutman, R. (2008). *How We Missed the Story*. Washington, D.C.: United States Institute of Peace.

Haqbeen, F.-R. (2000). From Agency Coordinating Body for Afghan Relief: Memo on Decree on Female Employment from Supreme Leader via MOP. A. Members.

Heisler, M. et al. (1999). "Health and Human Rights of Adolescent Girls in Afghanistan". *Journal of American Medical Women's Association* 280:462-64.

Hossain, M. K. (1999). *Interim Report on the Situation of Human Rights in Afghanistan*. Preparado pelo Relator Especial da Comissão dos Direitos Humanos. Nova York: Assembleia Geral das Nações Unidas.

_____ (2000). *Interim Report on the Special Rapporteur of the Commission on Human Rights on the Situation of Human Rights in Afghanistan*. Nova York: Assembleia Geral das Nações Unidas.

_____ (2001). *Report on the Situation of Human Rights in Afghanistan*. Apresentado por Mr. Kamal Hossain, Relator Especial, de acordo com a Resolução 2000/18 da Comissão, Nações Unidas, Nova York: Assembleia Geral das Nações Unidas.

Howarth, A. (1993). *Hints for Working with Afghan Women in Purdah*. Cabul: Escritório do Alto Comissariado das Nações Unidas para Refugiados.

Human Rights Watch (2001). *Afghanistan: Humanity Denied – Systematic Violation of Women's Rights in Afghanistan*.

Johnson, C., e J. Leslie (2008). *Afghanistan: The Mirage of Peace*. Nova York: Zed.

Johnston, T. (1996). "Afghans Dig for Survival through Kabul's Rubbish". *News-India Times*, 27 de dezembro de 1996.

_____ (1997). "Afghans Ban Women's Shoes". *Daily Telegraph* (Sydney), 22 de julho de 1997.

_____ (1997). "Food Shortage Discussed in Kabul". *News-India Times*, 16 de maio de 1997.

_____ (1997). "Women Losers in Iron Rule of Taleban". *Hobart Mercury*, 4 de abril de 1997.

King, A. E. V. (1997). *Report of the United Nations Interagency Gender Misson to Afghanistan*. Nova York: Nações Unidas.

Knabe, E. (1977). "Women in the Social Stratification of Afghanistan". Em C. A. O. Van Nieuwenhuijze (ed.), *Commoners, Climbers, and Notables: A Sampler of Studies on Social Ranking in the Middle East*, p. 329-59. Leiden: Brill.

Lancelot, A. (2008). *Burqas, foulards et minijupes: Paroles d'Afghanes*. Paris: Calmann-Levy.

Latifa (2001). *My Forbidden Face: Growing Up Under the Taliban: A Young Woman's Story*. Nova York: Hyperion.

Lowthian Bell, G. (1897). *Poems from the Divan of Hafiz*. Londres: William Heinemann. Reimpresso por BiblioLife, LLC.

Maley, W. (1996). "Women and Public Policy in Afghanistan: A Comment". *World Development* 24 (1):203-6.

_____ ed. (1998). *Fundamentalism Reborn? Afghanistan and the Taliban*. Nova York: New York University Press.

Mamnoon, F. (2000). Memo on Resolution of the Minister's Council of the Islamic Emirate of Afghanistan. A. Members. Peshawar e Cabul: Agency Coordinating Body for Afghan Relief.

Marsden, P. (1998). *The Taliban: War, Religion and the New Order in Afghanistan*. Nova York: Oxford University Press.

Matinuddin, K, (1999). *The Taliban Phenomenon: Afghanistan 1994-1997*. Oxford: Oxford University Press.

Matney, S. (2002). *Businesswomen in Kabul: A Study of the Economic Conditions for Female Entrepreneurs*. Cabul: Mercy Corps.

McCarthy, R. (2000). "Taliban Try to Scuttle 'Titanic' Craze".

Guardian (Londres), 10 de dezembro de 2000.

Medair [organização internacional de ajuda humanitária] (1997). Study of Health Provision and Needs in Kabul, Afghanistan. Cabul: Medair do Afeganistão.

Mehta, S., ed. (2002). *Women for Afghan Women: Shattering Myths and Claiming the Future*. Nova York: Palgrave Macmillan.

Michel, A. A. (1959). *The Kabul and Helmand Valleys and the National Economy of Afghanistan*. Quinta de uma série de reportagens. Washington, DC: National Academy of Sciences, National Research Council.

Mittra, Sangh, ed. (2004). *Encyclopedia of Women in South Asia: Afghanistan*. Delhi: Kalpaz.

Newberg, P. R. (1999). *Politics at the Heart: The Architecture of Humanitarian Assistance to Afghanistan. Paper no. 2*. Washington, DC: Carnegie Endowment for International Peace.

Newsletter enviado a F. A. Gulalai Habib (1997). Cabul.

Niland, N. (2006). "Taliban-Run Afghanistan: The Politics of Closed Borders and Protection". Em A. Bayefsky, ed., *Human Rights and Refugees, Internally Displaced Persons and Migrant Workers*, p. 179-209.

Koninklijke: Brill.

Nojumi, N. (2002). *The Rise of the Taliban in Afghanistan: Mass Mobilization, Civil War and the Future of the Region*. Nova York: Palgrave.

Organização para a Cooperação e o Desenvolvimento Econômicos (1999). *The Limits and Scope for the Use of Development Assistance Incentives and Disincentives for Influencing Conflict Situations – Case Study: Afghanistan*. Paris: Organização para Cooperação e o Desenvolvimento Econômicos.

Paik, C. H. (1997). *Final Report on the Situation of Human Rights in Afghanistan*. Nova York: Nações Unidas.

Pont, A. M. (2001). *Blind Chickens and Social Animals: Creating Spaces for Afghan Women's Narratives Under the Taliban*. Oregon: Mercy Corps.

Qazizada, M. A. T. (2000). Further Memo on Female Employment. A. Members. Cabul, Ministério do Planejamento do Emirado Islâmico do Afeganistão.

Rashid, A. (2001). *Taliban: Militant Islam, Oil, and Fundamentalism in Central Asia*. New Haven, Connecticut: Yale University Press.

_____ (2008). *Descent into Chaos: The United States and the Failure of Nation Building in Pakistan, Afghanistan, and Central Asia*. Londres: Viking.

Reynolds, S. (1999). *Rebuilding Communities in the Urban Areas of Afghanistan: Symposium and Round Table on Operational Activities*. K. Riazi, Centro das Nações Unidas para Assentamentos Humanos (UNCHS Habitat).

_____ (2000). Quarterly Report: *Rebuilding Communities in Urban Afghanistan, July-September 2000*. Centro das Nações Unidas para Assentamentos Humanos (UNCHS Habitat).

Rodey, B. J. (2000). *A Socio-economic Evaluation of the Community Forum Programme*. Centro das Nações Unidas para Assentamentos Humanos (UNCHS Habitat).

Rubin, B. R. (1997). "Women and Pipelines: Afghanistan's Proxy Wars". *International Affairs* (Royal Institute of International Affairs 1944–) 73(2): 283-96.

_____ (2002). *The Fragmentation of Afghanistan*. New Haven: Connecticut: Yale University Press.

Samar, S., et al. (2002). *Afghanistan's Reform Agenda: Four Perspectives*. Nova York: Asia Society.

Seekins, D. M. e R. F. Nyrop (1986). *Afghanistan: A Country Study*. Washington, D.C.: The Studies.

Shahrani, M. N. e R. L. Canfield, eds. (1984). *Revolutions and Rebellions in Afghanistan*. Berkeley: University of California Institute of International Studies.

Shorish-Shamley, Ziebar (1998). *Report from Women's Alliance for Peace and Human Rights in Afghanistan*. Washington, D.C.

Skaine, R. (2002). *The Women of Afghanistan Under the Taliban*. Jefferson, Carolina do Norte: McFarland.

Tavana, N., P. Cronin e J. Alterman (1998). *The Taliban and Afghanistan: Implications for Regional Security and Options for International Action*. Special Report no. 39. Washington. D. C.: United States Institute of Peace.

Comissão de Direitos Humanos das Nações Unidas (1995). *Final Report on the Situation of Human Rights in Afghanistan*. Apresentado pelo relator especial Mr. Felix Ermacora, de acordo com a Resolução da Comissão de Direitos Humanos 1994/84. Nova York: Comissão de Direitos Humanos das Nações Unidas.

_____ (1996). *Final Report on the Situation of Human Rights in Afghanistan*. Apresentado pelo Relator Especial Mr. Choong-Hyun Paik, de acordo com a Resolução da Comissão de Direitos Humanos 1995/74. Nova York: Comissão de Direitos Humanos das Nações Unidas.

_____ (1996). *Afghanistan: The Forgotten Crisis*. Nova York: Comissão de Direitos Humanos das Nações Unidas.

_____ (1998). *Situation of Human Rights in Afghanistan: Report of the Secretary-General*. Nova York: Comissão de Direitos Humanos das Nações Unidas.

_____ (2001). *Report of the Secretary-General on the Situation of Women and Girls in the Territories Occupied by Afghan Armed Groups*. Apresentado de acordo com a Resolução 2000/11 da Subcomissão. Nova York: Comissão de Direitos Humanos das Nações Unidas.

Zhwak, M. Saeed (1995). *Women in Afghanistan History*. Peshawar: Katib Publishing Services.

Zoya, com J. Follain e R. Cristofari (2002). *Zoya's Story: An Afghan Woman's Struggle for Freedom*. Nova York: William Morrow.

Referências

Relaciono abaixo algumas organizações sobre as quais você talvez queira saber mais:

Organizações locais:
Centro Afeganistão da Universidade de Cabul
http://www.dupreefoundation.org/

Centro de Desenvolvimento e Capacitação das Mulheres Afegãs
http://www.awsdc.net/

Centro de Educação das Mulheres Afegãs
http://www.awec.info/

HAWCA [Assistência Humanitária para as Mulheres e Crianças do Afeganistão]
http://www.hawca.org/main/index.php

Instituto Afegão de Estudos
http://www.afghaninstituteoflearning.org/

PARSA [Apoio em Fisioterapia e Reabilitação para o Afeganistão]
http://www.afghanistan-parsa.org/

Rede de Mulheres Afegãs
http://www.afghanwomensnetwork.org/

Voice of Women Organization
http://www.vwo.org.af/

Women for Afghan Women
http://www.womenforafghanwomen.org/

Organizações Internacionais:
Bpeace
http://www.bpeace.org

CARE
http://www.care.org/

Institute for Economic Empowerment of Women
(Atividade empresarial como meio de conquistar a paz)
http://www.ieew.org/

Mercy Corps
http://www.mercycorps.org/

Vital Voices
http://www.vitalvoices.org

Women for Women International
http://www.womenforwomen.org/

Conheça outros títulos da editora em:
www.editoraseoman.com.br